感情増幅
類語辞典

アンジェラ・アッカーマン+ベッカ・パグリッシ=著

新田享子=訳

THE EMOTION AMPLIFIER THESAURUS:
A Writer's Guide to Character Stress and Volatility

Angela Ackerman & Becca Puglisi

THE EMOTION AMPLIFIER THESAURUS:
A Writer's Guide to Character Stress and Volatility
by Angela Ackerman & Becca Puglisi
All rights reserved.
Copyright © 2024 by Angela Ackerman & Becca Puglisi
Published by special arrangement with 2 Seas Literary Agency and Tuttle-Mori Agency, Inc.

もくじ

はじめに	6
ストーリーにはなぜ感情が必要か	8
感情ブースターと内的不協和	13
感情ストレスのプラス面	19
感情ブースターを用いてキャラクターの成長を見せる	22
感情ブースターを用いてストーリーの構造を支える	25
感情ブースターを用いて劇的緊張感を生み出す	32
感情ブースターを武器として用いる	41
感情ブースターを用いる最適なタイミング	45
強力な感情ブースター：苦痛	50
感情ブースターをいつ避けるべきか	55
心身の健康状態についてひとこと	59
筆者から最後に	62

欺き	64	体の健康問題	88
暑さ	68	感覚過負荷	92
圧力	72	監視	96
痛み	76	危険	100
命の危険	80	競争	104
栄養不良	84	強迫	108

禁断症状 ……… 112	体調不良 ……… 180
空腹 ……… 116	脱水症状 ……… 184
怪我 ……… 120	多動 ……… 188
拘束 ……… 124	注意力散漫 ……… 192
拷問 ……… 128	トラウマ ……… 196
心の健康問題 ……… 132	妊娠 ……… 200
孤立 ……… 136	認知の衰え ……… 204
催眠状態 ……… 140	認知バイアス ……… 208
寒さ ……… 144	八方塞がり ……… 212
思春期 ……… 148	パニック発作 ……… 216
睡眠不足 ……… 152	疲弊 ……… 220
ストレス ……… 156	憑依 ……… 224
精神症 ……… 160	不安 ……… 228
性的興奮 ……… 164	二日酔い ……… 232
洗脳 ……… 168	方向感覚の喪失 ……… 236
喪失感 ……… 172	ホルモンバランスの乱れ ……… 240
退屈 ……… 176	

慢性的な痛み	244	燃え尽き	260
魅了	248	薬物依存	264
無気力	252	優柔不断	268
酩酊	256		

付録A　感情ブースターでキャラクターを揺さぶる 272
付録B　キャラクターの思考過程を考える 273
付録C　キャラクターの意思決定に盛り込む4つの要素 274
おわりに 276
おすすめの書籍 277

＊読者の皆さまに
本書内各事例の「このブースターにより生まれる感情」は、フィルムアート社刊行『感情類語辞典［増補改訂版］』の各項目と表記を統一しています（一部本書オリジナルの記載あり）。本書と併せてぜひご活用ください。

日本語版刊行に際して
本書には原書出版国であるアメリカ合衆国に特有の生活慣習・文化等に基づいた表現が使用されている箇所がありますが、原書を尊重し、日本の制度・慣習にあてはめる調整は最小限にとどめました。
また本書には一部において、文化的・身体的・思想的な差異を強調するような表現・描写も認められますが、それらはいずれも原著者の差別的な意図を表すものではなく、あくまでも表現行為における創作のバリエーションとして記されたものであり、本書の性質上必要な記載であると考え、修正や調整は最小限にとどめました。

はじめに

　類語辞典シリーズの中心的存在、『感情類語辞典』の初版（原書）が刊行されたのは2012年のこと。ブログで公開されていたものを書籍化したのだ。ブログでは、キャラクターが抱くかもしれないさまざまな感情を書き手がうまく表現できるよう、私たちは毎週ひとつの感情を選び、ボディランゲージや思考、本能的反応などを通してその感情を表現するヒントを、辞典のようにまとめて紹介していた。書き手はストーリーを伝えようとするとき、つい説明的になる。情景が読者の目に浮かぶように表現しようとするのだが、これがなかなか難しい。キャラクターの感情を描く場合は特にそうで、難しいからこそ、この類語辞典がカルト的人気を博したのである。やがて、私たちのブログを訪れる書き手たちから、「この感情はどう書き表したらいいのでしょうか」と具体的な質問が寄せられるようになり、私たちも喜んでその要望に応じていた。

　そうしているうちに、書き手からの要望にはパターンがあることに気づいた。彼らが書き表そうとしているのは必ずしも感情ではなかった。むしろ、その感情に影響を及ぼし、キャラクターからより大げさな反応を引き出す可能性のある状況や条件と呼んだほうが適切だった。

　私たちはこうした要望を却下しなかった。むしろ、それに耳を傾け、書き手たちの言う感情を揺さぶる状況や条件によって、キャラクターがどのように心のバランスを失い、誤った判断や決意を下し、過ちを犯すのかを調べた。そして、これらの状況や条件を**感情ブースター**と名付け、15の感情ブースター（たとえば、痛み、疲弊、退屈）を選び、キャラクターの感情を爆発させて失敗させるヒントも加え、電子版の小冊子を作るに至った。

　『感情類語辞典』の副読本であるこの小冊子が多くの人に読まれるのを見て、もしかすると、キャラクターの感情を乱すブースターが他にももっとあるのではないかと私たちは思うようになった。結論を先に言うと、この読みは当たっていた！　実際、感情ブースターを調べれば調べるほど、その多面性と広がりが見えてきて、当初私たちが思っていた以上にその影響力は大きいのだと気づかされた。感情ブースターはキャラクターの心の状態を変えるだけでなく、対立・葛藤や緊張を引き起こし、キャ

はじめに

ラクターの内的不協和や心理的苦痛を広げ、ストーリーの構造さえも支えるのである。

あれから何年も経ち、今こうして『感情増幅類語辞典』の増補版刊行の知らせを皆さんと共有できることを、私たちはとても嬉しく思っている。

この増補版には、キャラクターの感情を増幅させる52の状況や条件が含まれている。書き手は、軋轢や対立・葛藤を生み出すための感情ブースターの使い方を学び、それによって引き起こされる身体的、認知的、心理的緊張を言葉でうまく表現する方法を模索できるようになっている。また、ストーリーの重要な局面でキャラクターに平静を失わせたいと考えているなら、この本を紐解くことで、どういう感情ブースターを用いればよいのかも発見できるはずだ。

読者は苦悩しているキャラクターに自分を重ね合わせる。なぜなら、個人的な脆弱さは誰もが経験することのひとつだからだ。この増補版では、書き手のあなたがキャラクターの身の上にあえてトラブルを引き起こしながら読者の注意を引き、ストーリーのここぞというときにキャラクターを窮地に追いやり、その感情を揺さぶる新たな方法を紹介する。

ストーリーにはなぜ感情が必要か

　もし現実の世界で、あなたの経験が本質的要素を欠いていて、記憶に残らないとしたらどうだろうか。たとえば、澄みきった氷河湖を見下ろす展望台までハイキングし、鏡のような湖面を眼前にしても何も感じない。あるいは、思い立って昔住んでいた町を車で訪ね、子どもの頃に暮らした家の前を通り過ぎるが、他の家と同じにしか思えず、懐かしさは込み上げてこない。息子の結婚式の当日でさえ、我が子が幸せの涙を流しているのを見ても何も感じないとしたら、どうだろうか。

　人生の特別な瞬間を、それにまつわる感情抜きで思い浮かべるのは、穏やかではない。むしろ空恐ろしい。私たちが一体何者であるのかがわかるのは、感情があるからこそなのだ。感情は私たちの経験に良くも悪くも意味も与え、この世を生きていくときの欲望や行動、価値観を方向付け、私たちの進化や成長を助ける。めいめいが違う人生を歩んでいても、感情によって、私たちは他者とつながりを保っている。

　人として、私たちは新しい経験をしたがる。人生を精一杯生きているかのような気持ちになれるからである。しかし、自分のやりたいことがすべて叶えられるわけではない。仕事や家庭を抱え、コミュニティに属していると、（身体的限界や経済的障壁、時間のなさなど）さまざまな制約が課されるからである。人生が自分の思うままにならないからこそ、私たちはストーリーに惹かれ、のめり込む。ストーリーを通じて、私たちはいくつもの人生を生き、知らなかった現実に遭遇し、自分とは異なる考えや信念を持って行動をとる他者の歩みをたどることができる。

　しかし、ストーリーを動かすには感情が必要だ。しかもたくさん必要になる。感情は、読者が現実から虚構の世界に入り込むための架け橋の役目を果たす。現実世界の人間と同じように、キャラクターも欲求や欲望に突き動かされ、物事を感じていれば、読者はキャラクターと自分を重ねることができるからである。たとえ読者がキャラクターの目標や挑戦に不案内であっても、キャラクターの感情は理解できるはずだ。喪失の苦しみや、誰かを失望させたときのつらい思い、人に裏切られたときの刺すような痛みはわかるし、努力して目標を達成したときの、ほとばしるような満足感も知っている。それが愛すべきキャラクターの経験ならば、共感が湧き起こる。

ストーリーにはなぜ感情が必要か

　感情は人間の経験の中心にあるものだから、それを書き表すのは簡単なはず、と思うかもしれないが、そうではない。実際は、キャラクターを現実的に描けば描くほど、その感情を言葉で書き表すのは難しくなる。真実味のあるキャラクターは現実の人間と同じように考えて行動する。私たち全員がそうであるように、キャラクターも本当はより激しい感情を抱いているのにそれを押し殺し、他人から決めつけられる不愉快な状況や、本当の自分をさらけ出すときの不快感を避けたがる。

　自分の感情を押し殺しているキャラクターは、書き手に2つの課題を突きつける。第一に、読者がキャラクター自身やその経験に共感するのは難しくなる。感情を隠されていては、キャラクターを信頼するのも難しい。信頼関係がなければ、読者は遅かれ早かれ、本を閉じて別のことをするだろう。たとえどんなにキャラクターが本心を出すことを恐れていても、書き手はそれを読者に伝える方法を見出さなくてはならない。

　感情を抑圧するキャラクターは、心の奥にある感情に向き合えず、進化を遂げようにも心の障壁をなかなか乗り越えられない傾向にある。これが書き手にとっての2つ目の課題だ。キャラクターは個人的に成長しなければ、いつまでも尻込みをしてこの障壁を越えられないし、親密な人間関係を築き、有意義な目標を達成し、自己を受け入れるといった、自分が心から望んでいるものも手に入れることができない。キャラクターに己の弱さに向き合わせるのは容易ではないが、それは心の成長の旅路を歩ませるには必要なことなのだ。

　書き手が説得力のあるストーリーを作るには、キャラクターに心の扉を開かせ、抑圧していた感情を解放させる方法を知っておく必要がある。たとえキャラクターを傷つけるとしても、彼らに本当の自分に向き合わせ、感情をこれ以上隠せないようにするために、心の壁を破らせなければならない。

　そのための有効な戦略として、**感情ブースター**を用いるのもひとつの手だ。つまり、感情を揺さぶる具体的な状況や条件の中にキャラクターを追いやって平静を失わせ、熟慮を許さないのである。たとえば、<u>注意力散漫</u>、<u>喪失感</u>、<u>疲弊</u>は人間関係に軋轢を生じさせる。キャラクターの心全体が木片を積み上げて作った塔なのだとしたら、

感情ブースターはその木片のひとつで、抜き取ってしまえば塔を崩しかねないものなのだ。

ここで、ジェイクというキャラクターを考えてみよう。ジェイクがある朝目覚めると、どうも熱っぽくて、体調が優れない(<u>体調不良</u>)。長らく待ちに待った昇進を目前に控えているので、病欠の電話をする勇気はなく、シャワーを浴びて仕事に出かける。職場の倉庫に着くと、フォークリフトに乗り込んで、パレットを運び、トラックに荷を積み込む一日が始まる。ところが、同じシフトの2人が来ていない。2人分をカバーするために仕事量は増える。何をするにもいつもより気合いを入れないとできないし、頭痛のせいで騒音に耐えられない。仕事は遅々として進まないが、倍速で働かなければならない。倉庫内を急いで行ったり来たりしているうちに、めまいがしてきた。応援に来ると言った現場監督は一体どこにいるんだ?

この緊張感と、我慢の緒が今にも切れそうになっているジェイクの気持ちをあなたは感じとれるだろうか。ストレスが溜まって同僚を怒鳴りつけ、早まった判断をし、慌てるあまり誰かに怪我をさせるのも時間の問題ではないだろうか。

感情ブースターとは、キャラクターがあれもこれもと対処を迫られているなかでさらに付加される条件や負担を指し、難題や対立・葛藤、動揺がひとつになって、身体的、認知的、心理的な不快感を引き起こすものである。感情ブースターの存在により、キャラクターは熟慮を許されず、感情を抑えつづけることができなくなっていく。それに、気が散っているせいで、カッとしやすくなり、油断をして重要なことを見逃し、ミスを犯す可能性が高くなる。

そこで、ジェイクがフォークリフトの操作を誤り、運搬していた商品を木枠ごと落として商品を出荷できなくした上に、安全上の危険を生じさせたとしよう。駆けつけた現場監督にジェイクは叱責され、あれもこれもと仕事ぶりをなじられてしまう。ジェイクにしてみれば、そもそもこの現場監督が応援に来なかったからこんなことになったのだ。病気で熱もあるところへ、いらだちでカッとなったジェイクは、「僕は体調が悪くても必ず出社しているのに、一言の感謝もない」と言い放つ。叱られた上に不用意な失言を重ねたとあっては、昇進への望みは、倉庫の床に散乱した商

ストーリーにはなぜ感情が必要か

品もろとも消えていく。

　感情ブースターは現状を崩壊させ、ストーリーに大混乱を招くことができるが、だからといって、感情ブースターが本質的にネガティブなわけではない。

　たとえば、ヤーラの場合がそうだ。40歳で独身のヤーラは生まれてこの方、常に完璧であろうとしてきた。両親が望んだ法学を専攻し、ロー・スクールでの苛烈な競争に耐え、父親と同じ一流の法廷弁護士になった完璧な娘である。近所の人に対しても迷惑にならないよう、自宅の庭の芝はいつもきれいに刈り、ごみの収集日にはトラックがごみを回収したあと、ごみ箱を出しっぱなしにせず、すぐに仕舞う。職場の法律事務所では、難事件も喜んで引き受けるパートナーだ。甥っ子の誕生日には欲しいものを必ずプレゼントする叔母だし、高齢の両親が病院へ行くときなどには、いつも他のことで忙しいきょうだいに代わって自分が送り迎えをする。

　聞いているだけで疲れる生活をヤーラは送っている。誰からも好かれるべく振る舞い、決して人の期待を裏切らない。本当は、疲れ果ててベッドから起き上がるのがやっとの日もあるが、その事実を隠し通している。完璧でなければ愛されないと知っているからだ。

　ある日、ヤーラはこの間受けた定期検診の結果を医者から聞いていた。微笑みながら頷いていると、ショックな告知を受けた。妊娠していたのだ。

　ヤーラは息をするのも忘れ、両手で膝を握りしめて座っている。気をつけていたのに。避妊もしていたのに。あのチャリティ・ディナーのあと、珍しく人を自宅に招いたあのときだ！　ヤーラの胸は締めつけられ、下唇が震え出す。箱庭のように完璧だった生活も、心の壁も崩れていく。ヤーラはかがみ込んで泣き出すと、嗚咽をこらえながら、医者に質問をする。医者は、これまで見たこともなかったヤーラの取り乱した姿を目の前に、どうしたらよいものかと困り果てている。

　<u>妊娠</u>自体はネガティブではない。しかしヤーラの場合、妊娠によりさらに疲労が増すだろうし、つわりがひどければ、生活が大きく乱れることになる。既にさまざまな責任を負わされている現状を考えると、彼女はどうなるのだろうか。職場でパニックを起こし、クライアントの前でシニア・パートナーに恥をかかせたりするかもしれ

ない。両親を喜ばせるためにいつも自分を犠牲にしてきたことへの憤りが、何もしないきょうだいへの怒りに変わるのも時間の問題かもしれない。

　感情ブースターは、大なり小なり、キャラクターを窮地に追い込むのに理想的である。なぜなら、書き手にとっては時にそれこそが必要なことだからだ。絶対に間違った選択はしない、賢くてものわかりの良いキャラクターではまったく面白味がないが、しくじり、理性を失い、思わず本音を漏らしてしまうキャラクターなら、ストーリーを面白くしてくれるのではないだろうか！　そういう脇が甘いキャラクターに私たちは自分を重ねる。私たちは皆、過剰に反応して失敗した経験を持っているからである。

　こうした難題がキャラクターの身の上に降りかかれば、キャラクターにとってどうしても必要だった、物事の見方の変化が起こる可能性もある。ヤーラは妊娠をきっかけに、これまで自分にかけられてきた理不尽な期待を拒絶し、我が子を産み育てているうちに、無条件の愛を発見することになるかもしれない。

感情ブースターと内的不協和

　感情ブースターは、ストーリーに摩擦を導入し、それにキャラクターを反応させ、本心を表に出させるのに有効な手である。しかし、感情ブースターの効力はそれだけにとどまらない。キャラクターの内面に潜み、大きな精神的苦痛を生み出す矛盾に光を当てるのである。

　この内的矛盾とは何なのだろうか。これを説明するには、次の問いを考えるのがいちばんだろう。たとえば、隣人が犬を飼っていて、その犬はいつも鎖で繋がれているとする。そのような不穏な状況を目の前にして、あなたは胸が締めつけられるような思いをしたことはないだろうか。あるいは、より良い選択をして健康的な食生活を送ろうとしているのに、マクドナルドに入ってしまうような、100％良いとは思えないことをしようとして葛藤する瞬間はないだろうか。

　この心理的葛藤は**認知的不協和**と呼ばれている。矛盾した考えや認識、価値観、あるいは信念を抱えることによる心理的不快を指し、ごく一般的な心理状態である。ささいで日常的な意思決定をするときにこうした葛藤を覚える場合もあれば、夜も眠れないような大きな悩みになる場合もある。

　心の中でこの不協和が起きはじめると、混乱から優柔不断、心配、罪悪感、後悔、羞恥心まで、人はあらゆる感情を味わう。たとえば、多忙を極めた1週間を乗りきった自分に、「マクドナルドで食事したっていいよね」と言い聞かせるとする。注文したビッグマックが出てきて、ぱくりとかじりつく。ああ、なんておいしいのだろう！

　だが、その幸福感はハンバーガーを食べている間しか続かない。食べきってしまうと、誘惑に勝てなかったことを後悔するどころか、我慢する意志がなかった自分を責めはじめる。認知的不協和がこの葛藤を引き起こしているのだ。なぜなら、あなたは（a）ビッグマックを食べるのは好きだけれども、（b）減量して健康的になりたいと思っているからである。

　この場合、葛藤の引き金になっているのは何なのだろうか。答えは<u>ストレス</u>である。もしもその週の仕事が楽だったなら、多少のストレスはあっても、頑張った自分へのご褒美においしいファストフードを食べたいとは強く思わなかっただろうし、より健康的な食事を心がけているのに、それをやめることはなかっただろう。

内的矛盾にはもうひとつの形がある。**感情的不協和**である。これは、実際に感じているのとは裏腹な感情を抱いているそぶりをしている自分に気づくことを指す。上司が考えたマーケティング戦略は最低だと思っているのに、褒め称えているふりをする場合などがそうだ。チームプレーヤーであるあなたは、上司が反対意見には耳を貸さない人であることを経験的に知っていて、他の人と同じように、上司に大賛成しているかのような顔をする。この場合、上司のひどい発想は今に始まったことではないし、自分の本音を上司に伝えたいと思うほど仕事に熱心なわけでもないので、不協和を感じていても、それほど問題にはならない。
　しかし、感情的不協和は必ずしも軽微とは限らない。偽らざるを得ない感情があまりにも本心とかけ離れていれば、自分の価値観やアイデンティティと衝突するときもある。偽りの感情に合わせて行動すれば、自分の信念を犠牲にし、自分らしさを失いかねない。
　たとえば、上司のマーケティング戦略の裏には、会社の極秘事情が絡んでいるとしよう。実は、会社は賞味期限切れの赤ちゃん用粉ミルクの在庫をたくさん抱えていて、新しい日付に変え、パッケージし直して販売するつもりなのだ。営業部長である上司は、製品には問題がないし、このようなことは頻繁に起きるのだから、黙って売って売りまくればいいのだと説明する。
　しかし、あなたは粉ミルクの安全性に問題があるかもしれないと知りながら、黙って販売できるだろうか。営業員として新生児のいる病棟や薬局を訪問し、自社製品の購入を勧めるとき、あなたは自分を偽れるだろうか。販売ノルマを達成すれば、ボーナスがもらえる。いくらボーナスが欲しくても、危険な商品を売るのは人の道に外れている。あなたは、このマーケティング戦略は自分の大切な価値観に反していると考えて、会社に抵抗するだろうか。
　この例では、本心（軽蔑と衝撃）と、装う感情（自信）との乖離がかなり激しい。どちらの感情を表に出すのかによって、あなたは正しい行いをする人間なのか、それとも、金を重視する人間なのかが明らかになる。
　人は誰もが自分の自己認識、つまり、自分自身について真実だと信じていること

を守ろうとする。キャラクターも同じだ。感情的不協和を経験すると、自分を見つめ直すはめになる。つまり、混乱や不確実さ、後悔が生まれ、ストーリーが俄然面白くなるのである。

　アイデンティティを脅かす感情的不協和が続けば、キャラクターが受けるダメージは大きいだろう。たとえば、実は家庭内暴力に耐えているのに、外では何事もないかのように装っているキャラクターだとしたら、その自尊心は次第に損なわれていく危険性がある。あるいは、本当の自分をさらけ出すのは危険だと感じて自らを抑圧しているキャラクターなら、本来の姿とは乖離した人間になっていくかもしれない。アイデンティティが危機に瀕する緊張は、長く続けば続くほど、弊害が大きくなる。こうした葛藤がキャラクター・アークの中心となっているのであれば、感情的不協和がどのようにその葛藤を深刻化させているのかを必ず探るようにしよう。

　思考と感情は頻繁に絡み合うため、キャラクターが決断を下そうとしているときは特に、キャラクターの内的不協和には認知的なものと感情的なものが両方ないまぜになっている可能性がある。こうして厄介な問題が生まれ、キャラクターはそれを解決しなければならなくなるのである。しかし、それは必ずしも解決できるとは限らない。

●キャラクターに自分の不協和に向き合わせる

　認知的または感情的不協和が起きると、内的葛藤が生じる。相容れない欲望や目標を抱えて苦悩したり、世界や自分自身、あるいは他者に対する見方が一変する情報を知ったりしたキャラクターは心理的苦痛を経験する。それを無視または抑圧しようとしても、どうにかせざるを得ないと感じるところまで、その苦痛はひどくなるのが普通だ。

　しかし、内的葛藤は理由があって葛藤と呼ばれている。キャラクターの思考はあちこちに引っ張られ、どうしたらいいのかわからない。正しく最善の決断を下すにはより困難な道を歩まなければならないとき、選択はさらに難しくなる。

　キャラクターが心の岐路に立たされたときに感情ブースターを導入すると、キャ

ラクターはさらに緊張を強いられ、不快な出来事から目を背けられなくなり、それに向き合わざるを得なくなる。

ここで、シルヴァというキャラクターを例に挙げてみよう。シルヴァは親友のクレアが夫に隠れて浮気をしていると知り、ショックを受けている。クレアからは誰にも言わないでと懇願されている。普通なら、打ち明けられた秘密を口外したりはしない。だが、今回は事情が違う。黙っているべきではないのではないか。シルヴァは貞節を重視し、浮気は最悪の裏切り行為だと考える。クレアの浮気の事実を知った自分を呪い、何も知らずに能天気でいられたときに戻れるものなら戻りたい。それどころか、クレアとの約束を守り、何も言わずにいるべきか、それとも、自分の道徳規範に忠実でありつづけ、クレアの夫リックに真実を知らせるべきかで苦悩している。

個人の核になっている信念と高いリスクが衝突すると引き起こされる不協和は、解決するのが難しい。結局、シルヴァがリックにクレアの浮気を知らせれば、クレアとの友情を壊すことになる。かといって、何も言わなければ、クレアとの友情を続けるのはつらくなるだろうし、鏡に映った自分を見るまでもなく、秘密を守りつづけることで自分も共犯者になったような気持ちになるはずだ。シルヴァは、自分がどうすべきかを考えるため、**感情的な理由付け**をすれば自ら進むべき道をはっきりさせられるのではと期待し、さまざまな要素を天秤にかけて比べる。

たとえば、クレアの夫リックが善良でないのなら——暴言を吐き、クレアを支配しようとするのをやめないのなら、不倫の事実を自分の胸にしまっておくのも楽かもしれない。クレアに、リックがこうした振る舞いをやめないのだから、やはり離婚すべきだよと伝えることができれば、シルヴァは自分の中の不協和を解消できるかもしれない。

しかし、もしリックが善良な人で、シルヴァが彼のことを友人だとさえ思っているとしたらどうだろうか。その場合、クレアの秘密を守る一方で、リックを裏切ることになる。もうひとつ考えなければならないのは、クレアとリックとの間に子どもがいるかどうかだ。真実が明らかになれば、2人は離婚の危機に陥り、家庭が崩壊する

ことも考えられる。

　シルヴァはどうすればいいのだろうと悩みながら、他の要素も考慮する。自分にとってクレアはどの程度大切な友人なのかを考え、過去を振り返り、誰かの秘密を守り通したときのことを思い出そうとし、クレアのように（パートナーが与えてくれない愛情をどこか別のところで求めたいと）感じたことがこれまでにあったかどうかを振り返る。誰かに裏切られた経験、特にリックと同じ立場に立った経験をしたことがシルヴァ自身に一度でもあれば、それも彼女の判断に影響する。

　シルヴァは各要素を心の中で比較しながら、いくつもの結論に辿り着く可能性がある。

1. シルヴァはクレアに敬意を示せなくなり、この先も友情を保つのは難しいだろう。一方で、浮気は間違っているという信念は曲げないが、リックには真実を告げないと気持ちを固める。自分の道徳に逆らって沈黙を守るのは、クレアとリックの家庭を壊したくないからだ。
2. シルヴァは自分の道徳に逆らいたくなくて、リックに真実を告げようとする。クレアのせいで自分がこうした状況に陥ったことに動揺する。こんなに不快な思いをさせられるのもクレアのせいだと思うことにし、「あなたがリックに言わないのなら、私が言う」と言って、最後通牒を突きつける。
3. シルヴァはクレアの浮気について黙っていたくはないが、一家離散を招きかねない知らせを自分の口から伝えるのも気が引ける。今後もリックと顔を合わせつづけるのであれば何かを言わざるを得なくなるから、友人であるクレアとリックとは距離を置く。

難しい決断には代償が伴うのが普通で、この場合だと、シルヴァも友人も苦しむことになる。シルヴァは誰のことも傷つけたくはないが、それは避けられない。いずれにせよ、シルヴァは友情をとるか正直さをとるかの選択を迫られるか、もしくは、その両方を犠牲にするはめになるだろう。

シルヴァの心に不協和をもたらしたのは、どの感情ブースターだったのだろうか。答えは、圧力である。クレアから浮気のことを誰にも言わないでほしいと言われ、シルヴァは強い不快感を覚えた。その不快感を払拭しようとして、自分が押し殺している感情や価値観を整理して考えなければならなくなったのだ。

　ところが、感情ブースターは諸刃の剣なのである。キャラクターを追い込み、目の前の状況や、ブースターによって引き起こされた不協和に向き合わせながら、同時にキャラクターの感情を高ぶらせ、理性的に考えるのを困難にする。キャラクターは思い悩むが、なかなか解決の糸口が見えない。緊張に耐えきれなくなると、安易な逃げ道を探しはじめる可能性もある。反射的に、手を抜く、妥協する、意思決定を人任せにするといった行動に出て、結果的に問題を大きくしてしまい、自らそれに向き合わなければならなくなる。

　しかし、対立・葛藤はストーリーにとって良いことなのだ。

　不協和を生み出す問題を簡単に解決する方法はない。だからこそ内的葛藤はつらいのである。たとえキャラクターが時間をかけて慎重に現状に折り合いをつけたとしても、自分の選択を後悔し、ためらうだろう。しかし、こうした逡巡を経て、キャラクターは自分自身をよりよく理解するようになる。これは成長に欠かせない過程なのだ。それに、書き手がキャラクターの思い悩む姿を描くことで、読者はキャラクターの心の苦しみや弱さをこっそりと覗き見ることができ、キャラクターとの絆を強め、積極的にキャラクターの行方を見守るようになる。読者は困難な決断を下さねばならないときのつらさを知っていて、キャラクターに共感するからである。

　キャラクターが思い悩む過程と、認知的不協和はどのようにキャラクターの意思決定にインパクトを与えるのだろうか。付録BおよびCには、キャラクターの思考過程を整理しやすくするためのツールを用意している。

感情ストレスのプラス面

　キャラクターに意図的に不快感を与えるのはひどいことに思えるかもしれないが、そうするのには正当な理由がいろいろとあり、すべてキャラクター形成に関係している。

● 自己認識を促す

　私たちの多くは、ある領域で苦しんでいる自分を深く見つめるのは難しいと感じている。キャラクターも同じだ。恐れから本心を表に出せず、多くのことを否認している可能性がある。他人を失望させ、未知の世界へ一歩踏み出すのを恐れたり、本来の自分になるために過去を手放すのを怖がったりする。書き手がキャラクターの感情に負荷をかけ、ストレスに耐えることを強いるとき、キャラクターは自分自身や自分が抱えて生きている矛盾を見つめ直すしかない。それはまた、誤った信念を捨て、自分の強みを発見する機会にもなる。

　あなたのストーリーに、自分を信じることができずにいるか、他人に信用されず、自尊心を持てないキャラクターがいるとしよう。このキャラクターはいつもでしゃばらないようにし、自分が弱点だと思っているところを人に気づかれないようにしている。ところが、キャラクターにとって意味のある何かが危険にさらされる。そのときに、書き手が競争や監視といった感情ブースターをストーリーに導入すると、キャラクターは追い込まれたような気持ちになり、何とかしなければと気持ちを奮い立たせ、自分にはこんな力があったのかと知ることができる。自信を得た今、この先、かつてなら恐怖が先立って行動できなかった状況に直面することがあっても、勇気を出して行動できるはずだ。この手の成長は、キャラクターが感情ストレスに耐えたからこそ可能になる。

● 声を上げさせる

　感情ストレスのもうひとつのプラス面は、頑張りすぎて手一杯になったキャラクターを奮い立たせ、自分で声を上げさせることだろう。たとえば、ある教師が、10代の若者が安心して集まり、交流を深める場所を提供する放課後プログラムを監督しているとしよう。教師がこの仕事を始めたときは、ほんの一握りの子どもたちが集まっ

ただけだったが、人数はすぐに増えた。それに伴い、さまざまな活動を企画して、軽食やおやつを用意し、多種多様な性格の子どもたちを扱う負担も増えた。学校側は早速これを宣伝し自慢するが、教師が必要な運営資金やボランティアを要請しても、なしのつぶてだ。教師はここに集まる子どもたちが大好きで、このプログラムがどれほど必要とされているのかを知っているから頑張りつづけている。

しかし書き手が、教師に燃え尽きさせる、心の健康問題を悪化させる、怪我をさせて慢性的な痛みを抱えさせるなどの感情ブースターを加えれば、教師は「自分ひとりでは無理だ、助けが必要だ」と自ら声を上げなければならなくなる。感情ストレスが臨界点に達しないと、キャラクターはこのままではやっていけないという状況から脱出し、自分自身のために立ち上がらないことが多いのだ。

● 注意を怠ってはならないと強調する

時に、感情ブースターは物事がうまくいっているかのように見せかけて、キャラクターを油断させ、自分は安全で、万事順調だと錯覚させる。たとえば、キャラクターが誰かに魅了され、性的興奮を覚えると、感情が昂揚して相手に気をとられ、陽気に会話を交わし、より親密な関係になり、快感を求める。しかし、不注意な状態になっているため、敵が迫っていることや味方が危険にさらされていることに気づかない可能性がある。あるいは、パートナーとプライベートなひとときを過ごしている最中に、弱みや脆さをさらけ出し、それを逆手にとられてしまうことも考えられる。

その場の雰囲気にのまれた反動で、キャラクターには感情ストレスがのしかかる。ストレスのかかり方には2通りある。複雑な状況に陥って、何とかしなければならなくなるか、あるいは、間一髪のところで難を逃れるかだ。いずれにせよ、この経験からキャラクターはより慎重になり、ストーリーの後半ともなれば窮地に陥りそうになっても、うまくかわせるようになる。

● スキルを磨かせる

キャラクターが困難や問題に直面したとき、感情ストレスにより、キャラクター

感情ストレスのプラス面

はこれまで持っていたスキルを捨て去るか、あるいは、必要に迫られて新しいスキルを学ぶ。キャラクターが生死の境をさまようような、命の危険がある状況を考えてみよう。そのような状況では、自ら行動を起こして自分を救う必要があり、たとえば、かつて戦闘員として活躍していたキャラクターなら、あの頃に戻って、人を殺してしまうかもしれない。あるいは、飛行機事故に遭い、荒野でたったひとり生き残った青年を想像してみよう。都会で生まれ育ったこの青年は、空腹や喉の渇き（脱水症状）をしのぎ、危険を回避するために、行く先々でサバイバル・スキルを身につけなければならないだろう。

このような状況では、増幅された感情ストレスがキャラクターを行動に駆り立て、キャラクターは状況をうまく切り抜けるために必要なスキルを身につけるはずである。

● 助けを求める必要があることを示す

感情ストレスは、いつキャラクターがコントロールを失ったのかを認識させるのに役立つ場合が多い。たとえば、憑依といった極端な感情ブースターによる心理的緊張をキャラクターが経験するとしよう。当然のことながら、そのキャラクターは精神的に壊れ、ヒステリーを起こしたり、意識が解離したりして、完全に心を閉ざしてしまうことが考えられる。こうした激しい反応は、真の危機が存在していることの証であり、キャラクターは我に返ったとき、この状況が自分の手には負えないことに気づいて助けを求めるはずだ。

強い感情ストレスは耐えがたく感じられるものの、それに対する身体の反射的反応には安全機能が備わっていて、脳の中の共感を覚える部分を刺激する。つまり、強い緊張にさらされているキャラクターは、自分と同じように苦しむ他人に親近感を抱きやすいのである。外から圧力をかけられても動かないのに、内的ストレスは共有されると特に、人々をひとつにする。人々は同情し合い、一緒に情報を集め、もっと心を開いて助け合うようになる。だからこそ、切羽詰まったときには、普段は目も合わせないキャラクターたちがひとつにまとまることが多いのだ。

感情ブースターを用いて
キャラクターの成長を見せる

　感情ブースターは感情を活性化させるので、キャラクターからより大きな反応を引き出す可能性を高めるが、それが必ず失敗や災難をもたらすとは限らない。むしろ、ストーリーを進めながらキャラクターの成長ぶりを見せることができる。

　例を挙げてみよう。大学を卒業したばかりのアミールは、生体認証技術を扱う分野でキャリアをスタートさせるべく、3社からオファーを受けていて、どうやら非常に良い仕事に就けそうだ。わくわくしているが、就職先を決めるのはとても大きな決断だからと神経を尖らせてもいる。それには、同級生が初めての仕事に就いて数週間しか経っていないのに、既に後悔していることも影響している。

　アミールは迷うばかりで、1社に絞れない日々が続いている。よく眠れないし、ささいなことでカッとなる。八つ当たりされるのにうんざりしたガールフレンドからは、「もうたくさん」と別れを切り出される始末。数週間悩んでいる間に、いちばん有望だったオファーが取り消され、それほど乗り気でもなかった2社が残った。

　それから半年が過ぎ、アミールはまたもや<u>優柔不断</u>に悩まされている。今のアパートの家賃が大幅に値上げされることになり、友人の近くにいられるけれども狭くて高いアパートに住みつづけるか、職場に近いもっと手頃な場所に引っ越すかを決めなければならないのだ。新しいアパートは見つけたが保留にしてあり、数日後には契約するかどうかをはっきりさせなければならない。期限が迫るにつれ、いつもの不安が押し寄せてきて、パニックになりつつある。

　またしても、アミールは何もかもにいらついているようである。彼は、いつも自分が馬鹿であることを謝っているという事実に気づくと、前回、自分が何を犠牲にしたのかを思い出した。自分が優柔不断であることもよくわかっている。前回はそのせいで絶好の就職先を逃した。また同じ過ちを繰り返したくない。アミールはこのままではいけないと悟り、腰を落ち着けて、優柔不断に立ち向かうべく引越しの長所と短所を書き出す。すると自分がとるべき道が明らかに見えてきて、今の家主に今月いっぱいで出ていくと伝えることができた。

　アミールに同じ感情ブースター——この場合は優柔不断——を2度ぶつけることで、彼の成長を示すことができる。1度目は、もたついて、しくじる。しかし2度目は違っ

た。最初の失敗から学び、新たな自己認識を武器に、彼は難局に立ち向かう。

　個人の成長は変化のアークをたどるキャラクターには特に重要だが、たちまち成長するわけではない。自分の内面を見つめながら成長するには、その進歩を示すいくつもの節目を経ていく必要がある。そこで、キャラクターの成長の旅路に組み込むことができる段階的基準をいくつか説明しよう。

地雷を察知する：キャラクターは手遅れになるまで危険を察知できず、ひどい目にあった過去がある。その経験から、注意を怠らず、より徹底して危険に備えるようになった。今は何かが起きてももっとうまく対処できるし、予防可能な失敗から、もっとうまく自分を救えるようになっている。

境界線を引く：キャラクターには、ノーと言えなかったばかりにストレスや疲弊、圧力、あるいは危険までも感じた過去があり、それを自覚している。今は妥当な境界線を引いて自分を守ることができるし、新たに感情を揺さぶられる状況に直面してもあまり流されずにいられる。これはキャラクターが正しい方向に進んでいる証なのだ。

助けを求める：試練の中には、あまりにも厳しくてひとりでは太刀打ちできないものがある。頑固で、独立心が強く、人を信用しないキャラクターであれば、このことを苦労して学ばねばならないだろう。しかし、いったん学べば、無駄な苦労はしたくないという思いから、「この場合は人に助けを求めたほうがいい」と状況を見極められるようになる。実際に助けを求めることができれば、成長の証にもなる。

ポジティブに変わる：ネガティブになりがちなキャラクターなら、その考え方の変化を描き、成長する姿を見せよう。たとえば、自分の短所ではなく長所に目を向ける、ポジティブな独り言を言う、試練やトラブルに見舞われても明るい側面に目を向ける、感謝の言葉を実際に述べる姿などを描いてみる。普通、変化は心の中から始まるので、

絶望的状況の中で明るい希望を見出すといったわずかな兆しであっても、変化が起きていると読者に示すことができる。

感情を自制する：キャラクターが精神的に大人になっていれば、自制心が備わっているはずだ。人生が順風満帆のとき物事は単純だが、<u>圧力</u>を感じ、<u>体調不良</u>に見舞われ、痛みを感じているときは、感情が激しく揺れるため、困難にぶつかりやすい。キャラクターは感情を抑えきれずに問題が起きてしまった過去を振り返り、今度は自制しようと努めるかもしれない。

気を紛らわす：不愉快な状況は必ず避けられるとは限らない。それを乗りきるしかないときもある。たとえば、<u>退屈</u>なときは自分で何か楽しみを見つけ、<u>空腹</u>に苦しめられているときは別のことに意識を集中させ、面倒な状況で<u>八方塞がり</u>のときは良いことに目を向ける。これらはどれも健全な反応だ。書き手は、キャラクターが気を紛らわせることができずに失敗した経験を描いたあとにこうしたテクニックを用いれば、読者にキャラクターの成長ぶりをうかがわせることができる。

諦めない：キャラクターの変化の旅路はまっすぐではなく、起伏がある。初めのうちは、困難に直面してもいつもの悪い癖に陥ることが多く、問題解決にならない。楽だから、ついそうなってしまうのだ。しかし、賢く成長するにつれ、悪い癖にすぐに陥らなくなり、諦めずにもう一度トライするか、新しい解決法を試しはじめる。

感情ブースターは、それに対する反応次第で、キャラクターが成長していること（あるいは成長していないこと）を浮き彫りにするため、成長具合を確かめるのにもってこいである。しかし、どのタイミングでそれを確認すべきなのだろうか。
　幸いなことに、そのタイミングは既に決まっている。どの局面で感情ブースターを導入すべきかは、ストーリーの構造をよく研究するだけで見えてくるものなのだ。

感情ブースターを用いて
ストーリーの構造を支える

　ストーリーをうまく書ききるには、感情がいかに重要であるかを前に述べた。しかし、読者にキャラクターと自分を重ね合わせてストーリーを楽しんでもらうには、もうひとつ揃わなければならない要素がある。それが構造なのである。

　ストーリーの構造について調べるとわかるが、世の中には数多くのモデルがあり、どれも少しずつ異なっている。最も一般的なモデルは、ジャンルや形式にかかわらず、多くの読者の共感を呼ぶ3幕構成に従っている傾向がある。

> **第1幕**では、ストーリーの中でのキャラクターの目標や設定など、基本をすべて確立し、読者をストーリーへと誘う。
> **第2幕**では、第1幕で確立した基本を膨らませ、キャラクターの目標を阻む対立・葛藤（内的なものと外的なものの両方）を導入し、ストーリーを前進させる。
> **第3幕**では、キャラクターが目標を達成できるかどうかが決まる最終段階が描かれ、ストーリーの対立・葛藤が解決される。

これは単純な枠組みだが、その中で、出来事がいくつか起こる必要がある。プロットを進展させるだけでなく、キャラクターに自分を悟らせ、ポジティブな内的進歩を遂げさせ、挫折を克服させるための出来事だ。これをキャラクターは必ず経験して、「かつてはこうだった」自分が「最終的にはこうなりました」と現実的な進歩を遂げなければならないのである。その道は平坦ではなく、キャラクターは時に尻込みをする。前進するより、安寧の地にとどまっていたいのだ。何も変わらない状態がずっと続くと、不健全でさえあるかもしれない。だが、キャラクターはそうするしかない。

　しかし、キャラクターが尻込みをしているということはストーリーが停滞していることを意味する。それでは、読者がストーリーに乗ってきてくれない。このような停滞が起きているときは、書き手がキャラクターの背中をそっと（あるいはどんと）押してやらないと、ストーリーは次の重要な展開まで進まない。

　感情ブースターを導入するのは、そういうときなのだ。

　感情ブースターがどのようにキャラクターを動かしつつストーリーの構造を支え

るのかを説明するために、私たち筆者が愛用しているモデル、マイケル・ヘイグの「6段階プロット構造」を見てみよう。このモデルはヘイグの著書『Writing Screenplays That Sell（売れる脚本を書く）』に詳しく説明されているが、ストーリーを3幕に分け、それぞれにおける重要ポイントを示したものだ。ストーリーに適した順序で、適切な位置にこれらのポイントを配置しておけば、ペースを損なわずに、論理的にストーリーを通してキャラクターを動かすことができる。

● 6段階プロット構造モデル

	第1段階	第2段階	第3段階	第4段階	第5段階	第6段階
位置	0%／10%	25%		50%	75%	90%-99%／100%
名称	設定	新状況	進展	事態のこじれとリスクの高まり	最後の一押し	その後
内容	完全に装った自己	本当の自分を垣間見る	装った自己と本当の自分の間で揺れ動く	本当の自分に着実に近づく	一度は後退するが、完全に自分らしさを取り戻す	本当の自分になれる
ターニングポイント	契機（TP1）	計画の変更（TP2）	引き返せない（TP3）		大きな挫折（TP4）	クライマックス（TP5）
幕	第1幕		第2幕		第3幕	

設定：キャラクターはいつもの日常を送っているが、感情的に行き詰まっているか、何かしら不満を抱えている。

契機（ターニングポイント1）：他のモデルでは「促進剤」と呼ばれるこのポイントは、キャラクターをストーリーの目標に向かわせる難題や危機、またはきっかけで構成される。何とかしなければならないと決断したキャラクターは、平凡な世界から新たな世界へと駆り立てられ、変化の旅路を歩みはじめる。

新状況：キャラクターは新たな世界に適応しようと、さまざまな障壁にぶつかりながら、その世界でのルールや自分の役割を理解していく。この時点ではまだ自分の欠点や、それが一因となって充実感を持てていないことにあまり気づいていない。

計画の変更（ターニングポイント2）：キャラクターを目覚めさせる何かが起きる。キャラクターは自分の目標を達成するために何をすべきかが見え、目標に向け果敢に動き出す。

進展：目標と新たな計画をはっきりと意識するようになったキャラクターは、知識を身につけ、スキルを磨く、資源や味方を集めるなどして、成功への一歩を踏み出す。自分というものに目覚めつつあるが、内面の変化はかなり深いところで起きなければならないことをまだ完全には理解できていない。

引き返せない（ターニングポイント3）：死または重大な喪失によって目標が遠のいたように思え、状況はかつてないほど困難を極める。キャラクターは自分の足かせとなっているもの（欠点、恐怖、自分が受け入れてきた嘘など）と向き合うことを余儀なくされ、状況を悪化させるだけのこれまでの対処法を改め、目標に向かって自分を変える決意をする。

事態のこじれとリスクの高まり：キャラクターはもっと健全な方法で自分を変えようと頑張るが、対立・葛藤を悪化させてリスクが高まり、目的を達成するしかない状況に追い込まれる。

大きな挫折（ターニングポイント4）：キャラクターは痛烈な挫折や失敗を経験し、何もかもを疑うようになる。今までの前進計画ではもはやうまくいかず、すべてが水の泡に帰したように思える。そこで遂に、自分の足かせとなっていた信念や偏見、疑念を否定し、計画を修正する。

最後の一押し：キャラクターは成功に必要な内的変化を完全に受け入れたことを選択と行動で証明し、全力で突き進む。

クライマックス（ターニングポイント5）：これが最後の挑戦であり、キャラクターは対抗勢力と一大対決をする。そして、これがストーリーの勝者を決定づける。

その後：読者はクライマックス後のキャラクターの人生を垣間見る。キャラクターが目標を達成していれば、一皮剝けて成長し、心も満たされている。達成できなければ、ストーリーのスタート地点に戻ることになる（あるいは、もっとひどくなる）。

以上の進行具合から、ポイントからポイントへの論理的つながりがわかるだろう。この構造により、はっきりとした起承転結を持つバランスのとれたストーリーが出来上がるのである。

● ストーリー構造の中の感情ブースター

　ストーリーの流れは、プロットの構造というレンズを通して見ると論理的に思えるが、本当は、この楽しくて小さな旅の行方を決めるのはあなたのキャラクターなのである。ただし、キャラクターは常に協力的とは限らない。

　キャラクターは変化、特に内的変化に抵抗しがちだ。感情ブースターはそんなキャラクターの背中を押して、ひとつのポイントから次のポイントへとキャラクターを動かす働きがある。キャラクターは新しい局面にぶつかるたびに短気を起こし、より脆弱な気持ちになって状況を悪化させ、決断を下すはめになる。ストーリーが進むにつれ、特に後半に差し掛かると、キャラクターも慣れてきて、より賢い選択をするようになり、感情ブースターは、その成長を徐々に明らかにすることもできる。

　そこで、人気の映画や本の中で、感情ブースターがどのように用いられているのかを見てみることにしよう。

酩酊：映画『メラニーは行く！』の主人公メラニーは、ニューヨークのマンハッタンで新しい人生を切り開こうと何年も頑張っていた。あるとき、疎遠になっていた夫と離婚をしようと故郷に戻るが、夫は離婚に同意しない。思い通りに事が運ばないことにいらだったメラニーは、**進展**段階で酒に悪酔いし、親友を追い出してしまう。ここからストーリーは**引き返せない**段階に突入し、翌朝目を覚ましたメラニーは、二日酔いで頭がぼうっとしているが、昨夜のひどい行いが引き金になって、夫が離婚届に遂に署名したことを知る。これでやっと過去を忘れて、人生を再スタートさせることができると喜ぶべきなのに、自分が求めていたのは別のものだったことにメラニーは気づく。

心の健康問題：映画『恋愛小説家』の主人公メルヴィンは強迫性障害を患っているが、治療を受けていないため、孤独で惨めな思いをしている。メルヴィンはあるダイナーの常連客なのだが、**進展**段階で、お気に入りのウェイトレス、キャロルが慢性疾患を持つ息子の世話をするためにダイナーを辞めたことを知る。いつもの安らかな日常を取り戻したい（そしてキャロルに恋心を寄せているため、彼女に戻ってきてほしい）と切実に願うあまり、医者を雇い、キャロルの息子の治療代を肩代わりすることにする。メルヴィンの行動が突飛すぎてわけのわからないキャロルは、なぜメルヴィンがこのような行動をとるのかと不審に思い、「感謝はしているが、あなたと寝るつもりはない」と告げる。メルヴィンは、そんなつもりではなかったが、このままの状態では自分には愛は見つけられないのだと悟る。こうしてメルヴィンは、**引き返せない**段階に入っていく。

不安：映画『エイリアン』で、ノストロモ号は地球から何光年も離れた宇宙空間を漂っていて、誰にも助けを求められない状態にある。そこへ、エイリアンが乗り込んできた。この古典的SF映画の**事態のこじれとリスクの高まり**の段階では、エイリアンによって乗組員がひとりずつ殺されていく。船長はエイリアンを退治しようと通気口に進入し、追いかけるが逆襲される。こうして宇宙船の責任者になった主人公リ

プリーは、機密情報に目を通し、ノストロモ号の本当の使命を知ってしまう。つまり、リプリーと残された乗組員たちは使い捨てにされる計画だったのだ（**大きな挫折**）。

空腹：コーマック・マッカーシーの小説『ザ・ロード』〔同タイトルで映画化もされている〕では、終末後の生きていくのも厳しい世界で、父と息子がある沿岸地域に向け旅をする。**進展**段階で、空腹のあまり、父はある建物の中へ入る。そこで目にした光景に親子はショックを受け、命からがらその場から逃げ去るが、人間の生きる権利とは何なのだろうかと問わずにはいられない。親子は森に隠れ、雨に濡れながら、寒さと経験したことのない空腹に耐える。「遂に自分たちに死が近づいてきたのだと思うようになった」という父の言葉は、彼のそのときの心境をよく表している。極度の空腹に耐えかねて、あの恐ろしい家に入っていった親子は、そこから一気に**引き返せない**段階へ突入する。

以上の例はいずれも、ターニングポイントからターニングポイントへとキャラクターを駆り立てるために感情ブースターを用いている。これは書き手にとっても効果的なテクニックになり得る。書き手は創作プロジェクトの大枠を作ったら、キャラクターをストーリーのさまざまな段階へと駆り立てるために戦略的に配置できる感情ブースターを探ってみよう。

　場合によっては、ひとつの感情ブースターでストーリー全体をつなげることも可能かもしれない。そんな感情ブースターを見つけたら、ストーリーを推し進める装置として繰り返し使うことができる。

　映画『あなたが寝てる間に…』では、テーマとして孤独（孤立）が繰り返し用いられている。**設定**の段階では、主人公ルーシー・モデレッツは両親を亡くしていて、他に家族はおらず、猫とふたり暮らしで、シカゴの鉄道の改札でひとり寂しく働いている状況が描かれる。クリスマスの日、長年の片思いの相手ピーター（実際に会って話したことは一度もない）が強盗に襲われ、その場にたまたま居合わせたルーシーは彼の命を救う。ピーターは病院に担ぎ込まれ、ルーシーは彼の家族に会うが（ピー

ターは昏睡状態)、誰かがルーシーをピーターの婚約者だと勘違いする(**契機**)。しかし、ルーシーは訂正しない。

　新状況では、ピーターの家族が少し遅いクリスマスを祝うことになり、ルーシーを招待する。ルーシーは最初は断るのだが、自宅に戻ってみると、電子レンジで温めるディナーと猫しかいない。これが**計画の変更**に直結する。結局クリスマス・ディナーに出かけたルーシーはピーターの弟ジャックと知り合う。**事態のこじれとリスクの高まり**の段階では、ルーシーはジャックと一緒に時を過ごし、彼に恋心を抱くようになる。ピーターが昏睡状態から目覚めるまでは、状況は比較的単純だったのだが……。

　他にもいろいろな出来事が起きるのだが、孤独がルーシーの原動力になっていることを示すにはこれで十分だろう。ひとり暮らしの孤独が主な原動力となり、彼女の決断を左右し、ストーリーをポイントからポイントへと押し進めている。

　このように、テーマはキャラクターの選択や行動を繰り返し特徴づける完璧な感情ブースターになり得る。ストーリーのテーマがわかっているのであれば、それを補強しつつ、同時にプロットの出来事も動かすブースターを考えてみよう。とはいえ、ストーリーにぴたりと合い、繰り返し用いることのできる感情ブースターはめったなことでは見つけられないので、無理はしないようにしよう。

　同じ感情ブースターを繰り返し用いるときは、ジャンルも考えるとよい。前出の『ザ・ロード』のような殺伐とした終末後のストーリーなら、自然に<u>空腹</u>や<u>寒さ</u>、<u>疲弊</u>を感情ブースターとして使える。同様に、<u>魅了</u>や<u>性的興奮</u>はロマンスのプロットやサブプロットでよく使われる。スリラーやアクション系のストーリーには、<u>危険</u>や<u>ストレス</u>、<u>命の危険</u>が繰り返し用いられることが多い。

　他にも、この辞典の項目部分にざっと目を通してみると、適切な感情ブースターが見つかるかもしれない。ストーリーの計画段階で前もってこれをやっておくと、修正段階でイライラすることがぐっと少なくなるはずだ。

感情ブースターを用いて劇的緊張感を生み出す

　感情と緊張は密接に関係していることが多い。おそらく、キャラクターの感情が激しくなければ、ストーリーの緊張感も緩んできているはずである。逆に、キャラクターの感情が激しく、それが効果的に書かれている場合は、緊張が高まりつつある可能性が高い。

　劇的緊張感とは、次に何が起きるのだろうという期待感を指し、読者の関心を誘うには欠かせないものである。キャラクターがトラブルに見舞われ、先行きも暗いとき、読者は心配するからだ。この心配は共感につながり、「このキャラクターは大丈夫なのだろうか」と気になって読み進めたくなるのだ。したがって、各場面で読者の関心を失わない程度に緊張を保つことが重要になる。

　スーザン・コリンズ著の小説『ハンガー・ゲーム』3部作の1作目を例にとって考えてみよう。キャラクターたちは命懸けでゲームを戦っているため、ストーリー全体を通して緊張感が高い。しかしそれだけにとどまらず、コリンズは感情ブースターの形でストレス要因を導入し、さらに緊張感を高めている。まず、ゲーム開始後間もなく、競技場では新鮮な水が手に入らない設定にし、<u>脱水症状</u>が命取りになる可能性をキャラクターにちらつかせている。他にも命を脅かす危険要素が加えられていて、キャラクターは気が気でない。コリンズはさらにトラッカージャッカーと呼ばれる殺人蟻を導入する。これに刺されると、精神錯乱状態（精神症）になり、死に至ることもあるのだが、主人公のカットニスが無力な状態に陥っているときにこの殺人蟻と対峙させ、果たして彼女は無事でいられるのだろうかと読者をハラハラさせている。またカットニスはゲーム開始直後に共闘していた少女ルーを失い、<u>喪失感</u>に苛まれている。これも読者にとっては心配で、そのような脆い状態にあっては何が起きてもおかしくないと、カットニスの身を案じる理由になっている。

　人に苦痛を与えることに喜びを感じるゲームメーカーの社長のように、著者コリンズはカットニスに決して容赦しない。新たな驚くべき問題に次々と直面させ、既に生き抜くのは不可能に思える状況をさらに困難にする。しかも、コリンズがカットニスに与える苦悶は効果を発揮する。感情ブースターが新たに導入されるたびに、カットニスと読者にとって2つの重要なことが達成されるからだ。

第一に、カットニスはさらに強いストレスを味わう。感情ストレスがキャラクターに与える影響については前述した通りだが、この例では、過度のストレスによってカットニスの頭が働かなくなり、最善の決断を下すのが困難になっていく様子がはっきりと描かれている。判断を誤っては、さらに大きな問題に直面し、それがさらにストレスを引き起こす――この連続で緊張感が高まり、読者はページを次から次へとめくっていく。

第二に、次々と導入されるブースターにより、カットニスの感情は無視することができないところまで揺れ動く。新たなストレス要因が生じるたびに、彼女は恐怖や怒りに駆られ、疑心暗鬼に陥り、憂鬱になっていく。読者である私たちは、カットニスと一緒になってその感情を味わい、彼女のストーリーに引き込まれ、彼女を応援し、つい最後まで読みつづけてしまうのである。

● **ストーリーがさらに緊張を必要とするとき**

緊張は非常に重要な要素なので、書き手としては、ストーリーに十分な緊張感を持たせたい。では、それが十分かどうかはどうすればわかるのだろうか。計画と推敲の段階で、ストーリーの緊張レベルを確認し、もう少し緊張を高めたほうがよいかどうかを判断するのにやれることがいくつかある。

マッピング：ストーリーの構造を大体決めると、どこで緊張が欠けているのかが見えてくるはずだ。ストーリーをマッピングして、各場面について、次の2つの問いに答えられるようにしよう。

1. **キャラクターは何を追い求めているのか。** キャラクターは場面ごとの小さな目標を達成しながらストーリー全体の目標に向かっていくので、あらゆる場面で目標が必要になる。書き手であるあなたは、まず場面ごとの目標を特定し、それを達成すればキャラクターは前進できるかどうかを考える。前進できると思えなければ、読者は無意識のうちにストーリーが横道にそ

れていると感じるので、緊張感は衰えていく。この場合、全体的にもっと力強いストーリーにするために、緊張感の欠けた場面をカットし、ある程度のメスを入れる必要があるだろう。場面の目標に問題がないのであれば、ストーリー全体の目標を念頭に置いて手直しを入れることで、その場面を残せるかもしれない。場面レベルの目標が書き手にはっきりと見えてくれば、精彩を欠いていた場面も生き返り、勢いが加わる。

2. **キャラクターが欲しいものを手に入れるのに、何が障壁になっているのか。**
場面の目標が決まったら、キャラクターがそれを達成するのを妨害している人や物の存在を確認しておこう。キャラクターが何の反対や障壁もなく欲しいものを手に入れるストーリーでは、面白くも（または緊張感も）ないはずだ。対立・葛藤のないページがあまりにも多いと、ストーリーがだれてしまう（読者は、冷蔵庫の中に何があったかな、などと関係のないことを考えはじめるだろう）。適切な対立・葛藤を加えれば、読者にはキャラクターが果たして目標を達成できるのかがわからなくなり、劇的緊張感が高まる。このストーリーはどう展開していくのだろうかと読者に期待を抱かせよう。

意味のある危機を含める：残念ながら、対立・葛藤があるだけでは緊張感は生まれないし、緊張感のない対立・葛藤は読者を引きつけない。読者を不安にさせ、キャラクターの未来を案じさせるには、重大な何かが危険にさらされなくてはならない。つまり、キャラクターがうまく状況を切り抜けられなかった場合に払う代償が必要になる。場面中の対立・葛藤にはそれぞれ、「さもなければ」の深刻な切迫感が必要なのだ。

キャラクターを効果的に動かす危機を導入する前に、それが次のカテゴリーのいずれかに該当しているかどうかを確認しておこう。

個人的危機は、目標を達成できなければ、ネガティブかつ直接的にキャラクターに影響を及ぼす（キャラクターにとって大切な人にも影響する可能性がある）。
大規模な危機は、大勢の人に喪失などの結果をもたらす。
道徳的危機は、キャラクターの根本的な思想や信念を脅かす。
根源的危機（死の危険とも言う）は、純真さや人間関係、キャリア、夢、思想、信念、評判といった重要な何か、あるいは生命を失う危険を伴う。

　危機はたとえ広範囲に影響を及ぼすものであっても、キャラクター個人を揺り動かさなければならない。したがって、さまざまな危機をとり混ぜたほうがうまくいく場合が多い。危機が個人的なものであれば、キャラクターにとって重要な何か、あるいは大切な人が危険にさらされ、キャラクターは意を決して危機に挑まなければならなくなる。読者のほうも、自分が気にかけているキャラクターが大ピンチに陥っているのを見れば、もっと読み進めたいと思う。
　書き手のあなたが、ある場面で何が危機に瀕しているのかを特定できない場合や、それを読者に十分に伝えきれていない場合は、劇的緊張がしぼみ、読者に不満を抱かせることになるだろう。

●感情ブースターを用いて緊張を高める

　場面の目標と危機を見直し、手直ししたものの、それでも緊張が欠けているのなら、感情ブースターを加えるときかもしれない。シチューに入れるひとつまみの塩のように、感情ブースターには既にある素材をさらに引き立て、全体の調和を高める働きがある。その例をいくつか挙げてみよう。

感情ブースターを用いて緊張を導入する

　マンディは利発な高校生だが、経済的事情により大学進学はスポーツ奨学金に頼るしかない。次の試合にはスカウトが来るとの噂で持ちきりだ。

> マンディはフィールドで自分の最高の実力を見せる必要がある。
> 　不運にも、毎日練習があるし、社会奉仕活動や宿題もこなさなければならないため、試合に備えて調子を整えるのもままならない。馬鹿みたいに忙しいスケジュールをこなして疲れ果てている。この試合でベストを尽くせるはずがない。マンディはふと、大学進学者用の化学のクラスで、アデロール〔注意欠如・多動性障害の治療薬で、精神を刺激する〕を売っている男子生徒を思い出す。マンディはそこまで——薬物に頼るほど——身を落としたことは一度もない。しかし、あまりにも疲れているし、一生懸命頑張ってきたのだから、少しくらい薬に頼ってもいいのかもしれない。1回だけなら……

　この場面で、マンディは束の間の安心を得たいあまり、疲弊しきった心身を奮い立たせるために興奮剤に頼りたい誘惑に駆られ、善悪の判断が揺らいでいる。読者にとっては、マンディが試合で好成績を残せるかどうかよりも、憂慮すべき事態が出てきた。私たちはみな「1回だけなら」の危険を知っている。もしマンディが誘惑に負ければ、その瞬間から、彼女は隠し通さなければならない秘密を抱えることになるか、薬物を手放せなくなって彼女の目標すべてを危険にさらしかねない。

感情ブースターを用いて難しい決断を下させる

> 　妻の死後、フアンは街から遠く離れた貧村で幼子3人を男手ひとつで育ててきた。より良い暮らしを求めて移住するには、ジャングルの中を歩いていかなければならない。その道のりは厳しく、体力があって健康でなければならないが、食べ物や資金も乏しく、きれいな飲み水がないことを考えると簡単にはいかない。
> 　ところがある日、村への食糧供給が途絶えてしまう。飢えに襲われ、フアンは不可能と思える決断を迫られる。子どもたち全員が生き延びられる

> とは限らないのを覚悟の上で今すぐ村を出るか、事態好転を祈りつつとどまるかだ。

　この過酷なシナリオでは、フアンが家族の不安定な状況を自分ひとりで何とかしようと奮闘しているところから、既に苦境が始まっている。そこへ空腹が加わると、状況が一層悪化するだけでなく、フアンはあの恐ろしい「ソフィーの選択」〔あり得ない二者択一のことで、同名の小説が起源〕を迫られる。彼がどういう道を選ぼうと、苦痛と後悔は避けられないからである。

感情ブースターを用いて不安や秘密をあらわにする

> 　ズーリはとうとう理想の男性に出会った。彼と結婚する自分が想像できる。筋としては彼の家族に会うのが次のステップだが、彼らはみな頭脳優秀で、発音しにくい名前の学位を持ち、一流の職業に就いている。一方、ズーリは幼稚園の先生だ。彼の家族と一体何を話せばいいだろう。子どもの鼻の正しい拭き方とか？　ドクター・スースかエリック・カールのどちらを話題にすれば食いつくだろうか。
> 　ズーリは恋人のディーンに連れられ、彼の実家の玄関へと続く階段を登る。疑念を振り払うかのようにディーンに微笑みかける。大丈夫よ、私は大丈夫だからと言わんばかりに。
> 　ところが、家の中に一歩入ると、騒音がズーリを包み込む。大音量の音楽、数十人はいると思われる話し声と笑い声、それに隣の部屋からテレビの音が鳴り響いていて耳障りだ。ディーンが何か話しかけてきたが、聞こえない。こんな場所ではどんな会話も続けられはしない。
> 　ズーリはリビングを横切り、壁際に身を寄せ、冷静さを装おうとする。ディーンの手を握っている手は汗でべとべとだし、頭がクラクラする。今まで聴覚

> 過敏であることをディーンに隠してきたが、彼の高学歴の家族がこんなにもパーティー好きだとは知らなかった。飲み物を手に取ったが、パニックが喉元まで押し寄せてきて、我慢の限界だ。何もかもが最悪の方向へ向かっている。

　気の毒なズーリ。欲しいものすべてを手に入れるのに、あと一歩のところまで来ているというのに。だが、その最後の一歩を踏み出すには、自分の秘密に気づかれないように、<u>感覚過負荷</u>を乗り越えて、彼の家族に認めてもらわなくてはならない。

感情ブースターを用いて脆弱さを高める

> 　7番のバスがキーッと音を立てて止まり、ドアが開く。エドは悪い腰をかばいながら、そろそろとバスを降りた。家に帰りたい一心で、ひび割れの激しい歩道をよろよろと歩く。ビルが立ち並ぶ辺りを通り過ぎたが、窓の日よけは破れ、壁は落書きだらけだ。待てよ、この道ではない。公園の入口はどこだ？　家路には背の高い松の木が並んでいるはずじゃないか。
> 　バスが停車場から走り出すと、エドの鼓動は激しくなる。4つ目の停車場で降りたはずだ。家に帰るときはこれでいいはず。いや、医者に行くときに降りるのが4つ目だったか。
> 　近くに少年の集団がたむろしている。強い匂いのする何かを吸いながら、こちらを見ている。そのうちのひとりが寄りかかっていた壁から身を離し、「おい、じいさん、道に迷ったのか」と声をかけてきた。
> 　「い、いや……そういうわけでは」。自分はどこにいるのだろう。どこへ行くつもりなのか。

　エドという老人は、家から遠く離れた治安の良くない地域にいて、地元の少年た

ちがどういう意図を持って声をかけてきたのかがわからない。読者はそれに不穏な空気を感じ、劇的緊張感が高まる。しかもエドの認知の衰えが明らかになると、頭の中に霧がかかっている状態のエドは不安どころか危険な状況にいるのではないかと、読者である私たちの心配を一層強める。

脆弱さには常に、既に緊迫した状況をさらに緊迫させる効果がある。しかも、脆弱さは既に導入されている他のさまざまな感情ブースターから自然に派生するものなので、危機感を高める必要があるときは、この点に留意しよう。

疲弊、空腹、感覚過負荷、認知の衰え。これらは、読者とキャラクターの緊張感を高める感情ブースターのほんの一例にすぎない。書き手のあなたがどれを選ぶにしても、それがストーリーのある局面や、既に存在する対立・葛藤に自然にフィットするようにしよう。

● 感情ブースターと脇役

主人公に影響を与えるのに、感情ブースターで主人公の感情を直接揺さぶる必要はない。そのそばにいる脇役の感情を揺さぶっても、同様の効果が得られる。

『指輪物語』の第1部「旅の仲間」では、ガンダルフがモリアの坑道の入口にある魔法の門を開けようとしている間、フロドとその仲間は外で待ちぼうけを食らう。いらだちと焦りを覚えたボロミア〔『最新版 指輪物語』では「ボロミル」と表記〕は近くの水たまりに石を投げ込み、水中に棲む魔物を目覚めさせる。一行はあやうくその魔物に殺されそうになるが、間一髪で坑道に逃げ込んだ。しかし一行は坑道の中に閉じ込められ、オーク鬼の襲撃に遭い、最終的にガンダルフを失う。

これらの出来事の発生に、ストーリーのヒーローであるフロドは一切関わっていないが、脇役であるボロミアのストレスが引き起こした出来事の波及効果をまともに受けている。その結果、ストーリーの緊張は高まり、読者もキャラクターも手に汗握る思いをする。

また、ストーリーを大きく揺さぶるのに、感情ブースターを極端にする必要はない。

感情ブースターを用いて劇的緊張感を生み出す

時には、緩んだねじを締め直す程度で主人公の感情を緊迫させ、意思決定を誤らせることもできる。映画『素晴らしき哉、人生！』では、主人公ジョージ・ベイリーが最悪の一日を終えて帰宅すると、娘が風邪を引いていた。体調不良は心配するほどではなかったが、ジョージにはこれがとどめの一撃となり、普段なら決してしないような行動に出てしまう。ほどなくして、彼は吹雪の中、橋の上に立って自殺を考えていた。

　感情ブースターの面白いところのひとつが、誰もがそれに対して同じように反応するわけではない点である。同じ感情ブースターに直面してもキャラクターが異なれば、個性や瞬発力、立ち直りの速さなどが違うので、それぞれに違う反応を示すのである。

　映画『スリーパーズ』〔同名の小説が原作〕では、マンハッタンのヘルズ・キッチン地区で有名な問題児である4人の幼馴染みが少年院に送られ、そこで看守から性的・身体的虐待を受ける。それから13年後、少年たちは自由の身の大人になり、各々まったく異なる人生を歩んでいる。マイケルとシェイクスはトラウマと闘いながらも、何とかやっている。高校も大学も出て、最善を尽くしながら自分の人生を歩んでいる。ところが、ジョンとトミーはうまくいっていない。今やプロの犯罪者で、刑務所を出たり入ったりしながら、アイルランド系マフィアの手下として働いている。2人は少年院で味わったトラウマのせいですっかり頑なになっていて、ある日、加害者のひとりに遭遇すると、ためらうことなく大勢の目撃者がいる前で冷酷に撃ち殺す。

　このストーリーは、同じ感情ブースターであっても、人によって対照的な反応を示す例となっている。4人のうち2人はトラウマを抱えながらも前進できた。あとの2人はそうはいかず、大事な時に怒りが爆発し、大きな過ちを犯した。

　以上の例からも明らかなように、感情ブースターはストーリーの緊張を高め、キャラクターの感情を揺さぶるのに非常に有用である。キャラクターが脇役だろうと主人公であろうと、書き手がストーリーに複雑な事態を招いて読者を飽きさせないようにしたいときには、頼りになるテクニックのひとつなのだ。

感情ブースターを
武器として用いる

　感情ブースターの多くは内的で、キャラクター自身の中に出現する。<u>多動</u>や、<u>性的興奮</u>、<u>酩酊</u>、<u>栄養不良</u>、<u>妊娠</u>などがそうだ。一方で、<u>寒さ</u>、<u>拘束</u>、<u>不安</u>など外的要因によるものもある。しかし、キャラクターに最もダメージを与えるブースターの一部は、他者によって引き起こされている。なぜなら、そのようなブースターは意図的であり相手を選んでいるからである。

　感情ブースターにどれほどの一触即発性があるのかを知っているのは書き手だけではない。キャラクターもだ。悪役やライバル、友人のふりをした敵、アンチヒーロー、そして善玉にも悪玉にもなり得るキャラクターであれば、感情ブースターを戦略的にうまく用いて相手を第一線から外し、自分の計画を進められることを知っている。書き手は、主人公を不安に陥れるために敵を作り出せば、主人公と敵との間の摩擦を強め、緊張感を高め、敵は侮れない存在なのだと読者に注意を促すことができる。

　敵が密かに次のような目的を抱いているとき、感情ブースターはそれを表面化させる手段になる可能性を持っている。

● **気分を操作する**

　気分とは、外部からの刺激に影響されがちな、束の間の心の状態を指す。ネガティブまたはポジティブに傾きやすく、キャラクターが自分自身や他人をどう思うのか、自分の置かれている状況をどう認識するのかを操作し、キャラクターの意思決定に影響を与える。

　つまり、キャラクターの気分を操作したいと目論む人物は、感情ブースターを用いて簡単にそうすることができるのだ。意図的にキャラクターの睡眠を妨害して<u>疲弊</u>させる、あるいは、わざと冬に暖房器具を使えなくし、<u>寒さに耐え</u>させるといったことをするかもしれない。これでキャラクターの気分が揺れ動けば、敵の目論見通りになり、キャラクターは感情を高ぶらせてイライラし、本当に重要なことから注意をそらしてしまう。

● 服従させる

　敵はキャラクターに服従を求める傾向にある。結局のところ、キャラクターが盛んに抵抗していないときのほうが、はるかに支配しやすいのだ。キャラクターがまだ自分が敵であることに気づいていないなら、静かに状況を操作してキャラクターを弱体化させるだけで十分だ。キャラクターが弱りきったところで間違った方向へ導き、自分に都合の良い助言を与え、既にキャラクターが感じている認知的または感情的不協和を広げればよい。

　映画『ゴースト／ニューヨークの幻』では、モリーは恋人サムを亡くし、喪失感に苛まれている。(彼女のあずかり知らぬところでサムの死に関与していた)親友のカールは下心を持ってモリーにさりげなく接近するが、うまくいかない。そこで、彼は別の手段に訴えて、彼女をさらに悲しませる。最愛の人と死別したばかりの状況につけ込んで、モリーの気持ちをより脆くさせ、自分の助言に耳を傾けるように仕向ける。これは卑劣だがよく使われる手段で、自分の思うままに人に決断させることができる。

　キャラクターを服従させるには、他にも方法がある。感情ブースターを導入して故意に苦境を作り出し、被害者であるキャラクターを「救出」する方法だ。

　貪欲な男爵がいて、村を乗っ取ろうと目論んでいるとしよう。村の長老は女性で、男爵はこの長老さえ追い出せば、乗っ取りに成功すると考えている。そこで、自分の潤沢な資金を使い、その村に人為的に飢饉を起こす。凶作に見舞われた村人や家畜は飢え、冬が来れば、さらに飢えに苦しみ、死が待っている。かつて食べる物には困らなかった村に恐怖が蔓延する。長老は飢饉の原因を特定できず、途方に暮れている。

　そこに見知らぬ男がやってくる。彼は村人に同情し、次の収穫期まで自分の財産をなげうって飢饉をしのぐ。この男に恩義を感じた村人は、彼を自分たちの長老よりも有能で、機転がきくと思いはじめる。こうして事は男爵の思惑通りに進む！ 人為的に引き起こされた災害は村人の間に飢え(空腹)を広げて恐怖を煽り、男爵は村人の信頼を勝ち取って、いよいよ村を自分のものにしようとする。

● 心理的に狂わせる

　しかし、単に人を味方につけるだけでは足りないとしたら、どうだろうか。極端な場合、敵は相手を精神的・感情的に崩壊させてから洗脳する必要があるかもしれない。そのような場合は、次の感情ブースターをてこにするとよい。

孤立：キャラクターを他の人々から切り離し、社会からも隔離すると、キャラクターは社会的なつながりを失い、欲求（マズローの欲求の階層における帰属意識・愛の欲求）が満たされなくなる。孤独なキャラクターは感情的に脆くなり、他者に受け入れられたくて仕方がないため、標的になりやすい。

拘束：キャラクターを何らかの形で閉じ込める、あるいはその行動を制限すると、キャラクターの感情は不安定になる。やがてキャラクターは解放をせがんだり、生き残るのに必要な情報などを手に入れようとしたりして監禁者に依存するようになる。

強制的薬物依存：キャラクターをドラッグなどへ依存させると、キャラクターは人が変わったようになり、ドラッグ欲しさに、これまで大切にしていたもの、たとえば道徳規範などをかなぐり捨てるようになる。

拷問とトラウマ：直接的にキャラクターを拷問してトラウマを与える、あるいは間接的にキャラクターの愛する人々をそうした目に遭わせることで、キャラクターを脆くさせ、心を壊れやすくさせる。

洗脳：キャラクターの信念や態度、行動を強制的に変えさせる思想改造は、血も涙もない敵対者がとる手段である。敵対者は不当な手段でキャラクターに恐怖と希望を巧みにちらつかせ、自分の考えに合わせてキャラクターの思考改造を図る。

こうした感情ブースターは現実世界で実際に恐ろしい目的に用いられている。そのことを知っている私たちは、たとえフィクションとはいえ感情ブースターを軽々しく導入すべきではないが、それを使うだけの動機を持つ腐敗したキャラクターにとっては理にかなった選択肢なのである。

● 悪役だけのものとは限らない

　道義に反する目的を達成するため感情ブースターを用いるのは、悪役に限らない。主人公が刑事なら、容疑者の信頼を獲得するか、人に真実を語らせる目的で感情ブースターを用いる可能性がある。たとえば、犯人だと目をつけた人物を留置場に拘束したり、わざと取調室の室温を上げて暑さを感じさせたりすることが考えられる。主人公がセラピストなら、クライアントに自己認識と癒しを促そうと、トラウマを緩やかに利用するかもしれない。また、我が子が危険な秘密を隠していると強く疑っている親なら、子どもに圧力をかけて、口を割らせようとするだろう。

　善良な人であっても、極限状況に立たされれば追い込まれ、ぞっとするような行動に出る可能性がある。たとえば、映画『プリズナーズ』の主人公、ケラー・ドーヴァーは法を遵守する市民であり、愛情深い父親である。しかし、娘が誘拐され、警察が犯人とおぼしき人物の尋問に手こずると、ケラーはその容疑者を誘拐し、娘の居場所を聞き出そうと、拷問というまったく彼らしからぬ行動に出る。私たち視聴者はケラーが善人だとわかっていて、自分自身を彼に重ねるため、善悪の境界線が曖昧になっていくこの映画を見るのがつらくなる。私たちはみな自分を悪ではなく、善と結びつけている。愛娘という心の支えを失ったケラーが善人から悪人にいとも簡単に変わるのだから、それは私たちの誰にでも起こり得ることなのだ。

　私たちは書き手として、ストーリーを自分の思い通りに方向づけるために、中立的に感情ブースターを用いることができる。キャラクターが権力を振るう立場にあるときは、極悪なキャラクターだけが恐ろしい行為に手を染めると思い違いをしてはならない。

感情ブースターを用いる最適なタイミング

　ここまでの説明で、感情ブースターにはさまざまな機能があることはおわかりだろう。使い方は無限にあり、ある種のキャラクターやストーリーの要素を扱うと、特に効果を発揮する。

● 感情をコントロールできる知的なキャラクター

　自分を抑えることができ、自分という人間を知っていて、社交術もある共感性の高いキャラクターは、EQ（感情指数）が高い。よって、人の心を読み、自分の気持ちを前面には押し出さず、感情を慎重にコントロールすることに長けている。

　しかし、過ちや判断ミスを誘うのに大きな反応が必要なときもある。感情ブースターをストーリーの重要局面で用いれば、冷静で知的なキャラクターであっても不安にさせることができる。そうすると、キャラクターが解決すべき問題や自省の機会が生まれるだけでなく、キャラクターが苦悩していることを周囲が知るようになる。感情をコントロールできるキャラクターは、精神的に強く有能で、すべてを兼ね備えていると見られがちだ。普段なら考えられないまずい反応を示したりミスをしたりすると、読者には、キャラクターがいつもの気丈さを失っていて、普段は冷静でもやはり助けを必要としていることが明らかになる。

● ソシオパスとサイコパス

　感情のコントロールを失う可能性が低いもうひとつのタイプは、共感力に欠けるキャラクター、すなわち、ソシオパスやサイコパスである。彼らの感情を爆発させるにはさらに一手間かかるが、拘束、危険、強迫などの感情ブースターを用いれば、過激な反応を引き出すことができる。

● 感情の動きが鈍いキャラクター

　感情が表に出てこない事情を抱えているキャラクターは、読者には何も感じていないように見えるだろう。たとえば、失感情症（アレキシサイミア）を患っていると、感情を認知し経験するのが困難なだけでなく、それを言葉にして表すのも難しい。

統合失調症など、感情の動きが鈍くなる精神疾患を抱えている場合も同じだ。読者にこうしたキャラクターとつながりを感じてもらえるようにするのは非常に難しいが、感情ブースターを用いて、キャラクターが感情を高ぶらせるようにしばしば仕向けると、読者が認識し共感できる感情があらわになる。

　感情の動きが鈍いキャラクターに対して感情ブースターがうまく働くのは、ブースターに共通性があるからでもある。ブースターが導入されても、キャラクターが感じたことを表に出せない場合は、書き手がその因果関係を明らかにすることで、キャラクターが表に出せずにいる感情を読者が想像で埋めやすくなる。読者は体験していないが、聞いたり読んだりしたことのある<u>精神症</u>や<u>憑依</u>をキャラクターが持っていたり経験したりする場合であっても、この手法で解決できる。

● 強いトラウマを抱えているキャラクター

　過去のトラウマも人間が経験する普遍的要素で、キャラクターの人生を根底から覆し、ストーリーの要所に機能不全の種を蒔いてくれる。

　つらい経験をしたキャラクターは心の殻に閉じこもらざるを得ないが、必ずしも良い意味で自分を守っているわけではない。人とは距離を置き、また自分が傷つくかもしれない状況を避けるのがうまくなる反面、しばしば孤立を招き、他人とのつながりを持ちにくくなる。キャラクターにネガティブな感情が芽生えると、感情剝離、解離、回避といった不健全な防衛機制が働いて、キャラクターはそのネガティブな感情を受け入れなくなる。これを繰り返すと、過去に向き合うことも、健全な前進もできなくなり、トラウマによる心の傷は続く。

　トラウマが解決していないと、油断すればまた自分は傷つけられるとキャラクターが思い込む可能性もある。そう思っているうちに、キャラクターの人間としての基本的欲求は次第に損なわれていく。損なわれる欲求はひとつとは限らず、複数の場合もある。そして、自分を守るために築いた心の壁のせいで目標を達成できなくなり、欲求も満たされないままになる。

　強いトラウマを受けていて、心の傷を癒すことに前向きでないキャラクターであ

れば、急には自分の過去に正面から向き合えない。むしろ、自信と自尊心を一度に少しずつ高めていく必要がある。書き手がそこで感情ブースターを導入すれば、キャラクターはうまく回復の道を歩み出せる。

　薬物の禁断症状に苦しんでいるミハイルというキャラクターを例にとってみよう。ミハイルはうずく痛みがひどくて汗だくになりながら、リビングルームのカーペットの上を何度も行ったり来たりしている。苦しみが増すにつれ、薬物を断ち切ろうとする決意は弱まっていく。この苦しみから解放されたい。そのために薬物を手に入れたい。あの名前、あの顔、あの場所がミハイルの頭をよぎっていく。どれもこれも、このアパートのドアを開けさえすれば、自分を待っているのだ。

　ミハイルはドアに向かって一歩踏み出す。

　そのとき、「パパ？」と眠たげな声が聞こえ、ミハイルははっと我に返る。アヒル柄のつなぎのパジャマを着た息子のエーベルが寝室のドアのところに立っている。「お水を飲んでもいい？」

　「もちろん」ミハイルはかすれ声で答えると、息子に涙を見られないようにキッチンの蛇口へと急いだ。「なぜ薬を断とうとしているのかを忘れるなよ」と心の中で自分に言い聞かせながら。

　3歳のエーベルを寝室に連れて戻り、寝かしつけていると、エーベルのぬいぐるみが床に落ちているのに気づいた。それを拾ってリビングルームに戻ると、玄関のドアに椅子を立てかけ、椅子の上にそれを置いた。薄汚れたキリンのぬいぐるみだ。ドアの向こうの闇から自分を守ってくれそうには見えないが、一晩中、震えと熱にうなされながら、朝日が昇って明るくなるまで、キリンを見つめた。

　ミハイルがそもそも依存症になったきっかけであるトラウマはまだ消えていないし、それに向き合う心の準備もまだできていないかもしれない。しかし、回復に向けて難しい最初の一歩を踏み出したミハイルは強くなり、何のために依存症と闘っているのかがはっきりした。ここから、ミハイルはさらに成長への道を歩んでいくことになるはずだ。

● ストーリーとサブプロットの材料

　感情ブースターは、キャラクターが感情的になってとった選択を勢いづかせ、メインのストーリーラインやサブプロットを刺激する場合がある。多くの書き手がこの方法で感情ブースターを用いて、すばらしいストーリーを紡いできた。

　その一例が映画『危険な情事』だ。主人公のダンは既婚者だが、アレックスという女性に魅了されて判断を誤り、不倫関係に走る。一晩だけの関係でいるつもりだったが、アレックスはダンにべったりとまといつき、ダンが関係を絶とうとすると逆上し、ストーカー行為に出る。ダンの自宅に侵入して娘のペットであるウサギを殺し、再び自宅に侵入して妻を襲うが、最終的にアレックスは浴槽で死ぬ。

　映画『マトリックス』では、主人公ネオが、自分がコンピューターによって作られた仮想現実の世界に生きていることを知らされ、ここにとどまるか、それとも去るかの二者択一を迫られ、優柔不断に陥る。青いカプセルを飲めば、マトリックスというプログラミングされた夢の世界、つまり仮想現実に生きつづけることになる。そうすれば、モーフィアスとの経験は消滅し、忘れ去られる。赤いカプセルを飲めば、現実世界に目覚め、そこでの苦しみを味わい、自分自身の存在の真実を知ることになる。この映画では優柔不断が繰り返し感情ブースターとして用いられ、やがてネオは自分が運命の道具であることを知り、あらゆる選択が自分だけでなく、全人類に影響を及ぼすのだと知る。

　スティーヴン・キングの小説『ジェラルドのゲーム』〔同名で映画化〕は、夫婦が週末にロマンチックなひとときを過ごそうとしたのに失敗に終わるストーリーを、さまざまな感情ブースターを駆使して描いている。主人公のジェシーは夫に擬似レイプを強いられ、手錠でベッドに繋がれる。ところが、夫が心臓発作で死に、拘束されたままになる。そこから事態は劇的に悪化し、ジェシーは脱水症状、疲弊、空腹に苦しむなか、幻覚を見はじめる。実は、ジェシーは幼少期に性的虐待を受けたことによるトラウマを抱えていて、その抑圧されていたトラウマを追体験するのだ。子どもなのに守ってもらえなかった過去を思い出したジェシーは、ここから絶対逃げてやると決意に燃え、力と勇気を奮い起こす。

感情ブースターを用いる最適なタイミング

　感情ブースターの用途は広く、書き手がアイデアに尽きたときや、キャラクターが協力的でないときに、書き手を救ってくれる。感情ブースターを用いるにしても、何から手をつければよいのかわからない場合は、苦痛（痛み）を使ってみてはどうだろうか。この感情ブースターなら、ほぼあらゆる状況で、どんなキャラクターにも使えるはずだ。

強力な感情ブースター:苦痛

　苦痛とは人生の不運な部分である。キャラクターは働き、人間関係を築き、目標を追い求め、ストレスを発散しながら日々を送っているが、必ずしも思い通りに物事は進まず、傷つくこともある。どれだけ早く立ち直り、どの程度回復するのかは、痛みに対する各キャラクターの反応と、直面する苦痛の種類に左右される。

　身体的苦痛や心の痛みなら私たちの多くに馴染みがあるが、それ以外の苦痛も特定の感情を増幅させ、さまざまな度合いの不協和を引き起こせる(したがって、内的ストレスの解消方法も多様になる)。ここでは、感情ブースターとして考慮すべき苦痛を広い範囲にわたりいくつか紹介しよう。

● 身体的苦痛

　身体的苦痛とは、病気や怪我による身体の痛みを指し、痛みの程度は原因によって異なる。床に落ちているレゴのブロックを踏んだときの痛みの質や強さ、持続期間は、列車事故のような大惨事に比べれば取るに足りない。キャラクターが小さなブロックを踏んだときの痛みは短時間で治まるし、増幅される感情も、フラストレーションやいらだちといった比較的軽いものだ。しかし、キャラクターが列車事故の残骸の中で息を吹き返したあとに感じる痛みはそれどころではない。手足の粉砕骨折や肋骨の骨折も考えられるだろうし、もっとひどいことになっているかもしれない。痛みももっと強烈で、悶え苦しみ、パニックやヒステリーなどを伴うはずだ。

● 心の痛み

　心の痛みは、困難な体験をしたあと、激しく不快な感情によって引き起こされる。苦痛の度合いは軽微なものから深刻なものまで、そして、短期的なものから長期的なものまでさまざまだ。ビキニを着ていて人前で胸をぽろりと出してしまったときの恥ずかしさに持続性はないが、それでも不愉快な気持ちは強い。配偶者の死に直面したときや、過去のトラウマが何かをきっかけに蘇ったとき、ある種のメンタルヘルスの問題を抱えている場合などは、苦痛はより深いところから生まれる。

　苦痛の質や強さにかかわらず、心の痛みは身体的不快感と変わらぬほど受け入れ

強力な感情ブースター：苦痛

がたく、キャラクターはそれを避けたくて、苦痛の原因から離れようとする。このとき増幅される感情は状況によって異なるが、フラストレーションや怒り、罪悪感、危惧、自信喪失、混乱は共通して増幅される。

● 精神的苦痛

精神的苦痛は感情の不快感と近い関係にあり、キャラクターの心の痛みが長引いて変質すると生じる。その苦痛は心の奥深くまで蝕み、常に痛みをもたらし、キャラクターの人生観をゆがめる。キャラクターは日常生活で直面するさまざまな問題に次第に対処できなくなり、自分自身に疑問を抱き、生きていく意味や目的がないのではないかと苦悩する。心の奥では、自分の人生は自分が期待していたものではないと感じずにはいられない。

精神的苦痛は、トラウマが未解決のままになっていると引き起こされることが多い。親の育児放棄や、性的虐待、不当な投獄などがトラウマの一般例だが、心を傷つけられる出来事を体験したのに、それに向き合ってこなかった場合も、何かが引き金となって精神的苦痛を引き起こす。PTSD（心的外傷後ストレス障害）のように、治療したり、折り合いをつけたりするのが難しい精神疾患も同様である。

精神的苦痛はキャラクターを疲弊させる。痛みは常にそこにあり、キャラクターの人生のさまざまな領域に現れては状況をもつれさせる。欲求は満たされず、自尊心や自主性が失われ、他人に支配を許す。精神的苦痛を引き出すために増幅された感情は必ず根本の原因と結びついている。キャラクターが強い精神的苦痛を覚えると、絶望や無力感、意気消沈、苦悩、自暴自棄、恥といった感情が芽生え、自分には価値がないと思い込む可能性がある。

● 社会的苦痛

社会的苦痛は他者とネガティブに関わり合うことによって引き起こされ、多くの場合、人間関係の衝突、いじめ、拒絶、排除、別れや絶交、または喪失から生じる。人は社会的な生き物であるため、こうした苦しみはキャラクターの心にくっきりと傷

跡を残し、自尊心や自己価値の認識を揺るがす。キャラクターは社会から切り離されたような気持ちになり、自分には価値がない、あるいは不当に扱われていると感じるかもしれない。社会的苦痛を経験すると、怒りや裏切り、混乱、悲しみ、屈辱、恥、孤独を覚え、自分には価値がないと感じる可能性がある。

● スピリチュアルな苦痛
　キャラクターが自分にはスピリチュアルなところがあると思い、自分よりも大きな存在とつながっていると信じているなら、その信心が脅かされ、人生の目的を疑ってしまうような状況に置かれると、スピリチュアルな苦痛を覚える可能性がある。この苦痛によって一般的に増幅される感情には、混乱、幻滅、あやふや、疑念などがある。

● 慢性的な痛み
　身体的苦痛のひとつで、慢性的な疾患や怪我に伴う苦痛を指し、治療しているにもかかわらず何ヶ月も何年も痛みが消えない。慢性的な痛みは特に有害で、やがてはキャラクターの生活の他領域にまで影響を及ぼし、長引く身体的苦痛に加えて、心的、精神的、社会的苦痛や、スピリチュアルな苦痛も生む。キャラクターが慢性的な痛みに苦しんでいるのなら、意気消沈、絶望、フラストレーション、無力感、屈服、苦悩などの感情を増幅できるだろう。

● 苦痛の対処法：掘り下げて考える
　苦痛は普遍的で、どのキャラクターもこれを経験する。ところが、苦痛を抑えて対処する能力は人によって異なり、いくつかの要因に左右される。その要因には個人の内面に根差したものもあれば、外的なものもある。書き手が苦痛をうまく言葉で表現するには、これらの要因をよく知っておくことが重要だ。

苦痛への耐性：どのキャラクターにも身体的苦痛に対する最大許容値というものが

強力な感情ブースター：苦痛

ある。この許容値が高ければ高いほど、より強い不快感に耐えることができる。苦痛に耐えられる限界は、遺伝要因や年齢、苦痛の経験に加え、感情ブースターの導入時にキャラクターが既に感じていた精神的、感情的、身体的ストレスの大きさによって決まる。

性格と価値観：キャラクターが苦痛にどう反応するのかは、キャラクターの支配的な性格や価値観によって決定づけられる。克己心のあるキャラクターは、大げさに騒ぎ立てる人や依存心の強い人、何かと不安がる人、病的に過敏な人と比べると、身体的苦痛への対処法が異なる。決断力や勇気などをとても大切にするキャラクターであれば、不快感から身を守るためにそうした資質を用いるはずである。構想を練る段階で、キャラクターが苦痛にどう反応するのかを考えるときは、その性格と核となる価値観を考慮に入れよう。

人目の有無：階段から転げ落ちれば痛いし、気分を害するかもしれないが、目撃者が誰もいなければ、思いきり痛がることができるし、一体何が起きたのかを冷静に考え、痛みが治まるまでじっとすることもできる。ところが、転げ落ちたところを誰かに目撃されたとなると、自意識過剰になり、弱々しいと思われたくなくて、大した怪我ではないかのように振る舞うかもしれない。つまり、痛がっているのを人に悟られないようにしつつ、同時に人にジロジロと見られたくないがために、必死に反発的な態度をとる可能性がある。

責任感：キャラクターに苦痛に対処する力があるかどうかは、そのキャラクターが人や物に対して責任を負っているかどうかにもよる。苦痛に襲われたとき、どうしても守らなければならない重要な責務を負っているのであれば、苦痛を二の次に考えるかもしれない。何事も精神力で乗り越えようとするキャラクターであれば、やるべきことをやり遂げるまで苦痛を無視し、抑え込む傾向がある。書き手がキャラクターの身体的不快感に心の痛みや精神苦痛を加えれば、そのキャラクターは他

人が危険にさらされていても行動できず、事態が深刻化する可能性がある。つまり、責任感は諸刃の剣となり得る。

薬理学的要因：アルコール、違法なドラッグ、一部の薬剤を摂取すると、苦痛への反応が変わる。こうした物質は、摂取した人の感覚を鈍らせ、物事への反応に影響を及ぼすが、必ずしも感情を高ぶらせるわけではない。気分を変える物質を摂取すると油断しがちになり、やたらと多弁になったり、不愉快な真実を打ち明けはじめたりする。薬物が絡むとストーリーに可能性が広がるが、つらい場面を作るときは慎重に用いるようにしよう。

逸脱した存在：苦痛に関しては、常に例外が存在する。不快をあまり感じない疾患や能力を持ったキャラクターや、ある種の痛みを感じないキャラクターがそうだ。サイコパスは他の人よりも苦痛に対する耐性が高く、心の痛み（特に失望や不満に絡んだ痛み）を感じることはあっても、その理由は限定的である。

　他にも、先天的に痛みを感じない人、つまり身体的苦痛を感じることができない稀な症状を抱えている人がいる。アクションヒーローや超悪役には、そうした点が強みになるのかもしれないが、こういう存在はいくら重傷を負っても手遅れになるまで気づかないので、破壊性が高く、世界はより危険な場所になる。

　人の苦痛の感じ方に影響を与える特殊事情は他にもたくさんある。キャラクターの生活や心的背景を入念に調べていくと、こうした要因を見つけ出し、キャラクターに唯一無二の反応をさせることができるはずである。

感情ブースターを
いつ避けるべきか

　感情ブースターが適所に導入された場合にもたらされる利点を長々と説明してきたが、他のあらゆる物語装置と同じで、感情ブースターは効果的に用いれば、最大限の効果を発揮する。よって書き手にとっては、感情ブースターが最適な装置にな・らないのはいつなのかを認識することが極めて重要になる。

●場面やプロットラインが解決段階に達したとき
　一般に知られていることだが、うまく書かれたストーリーには明確に定められた始まり、中盤、結びがある。同じことが力強い場面にも当てはまる。
　場面の始まりは場面目標、すなわち、キャラクターがその場面で成し遂げようとしていることを示す機会になっている。キャラクターはそれを達成すればストーリー全体の目標に向かって進むことができる。
　しかしそのあと、障壁や逆境、ジレンマといった形で対立・葛藤が起き、場面中盤はその対立・葛藤との闘いに費やされる。場面を緊張させ、複雑にしたいなら、こここそが感情ブースターを導入する適所となる。
　場面の結びで示すのは、キャラクターが目標を達成できたかどうかである（ヒント：大抵の場合は、達成できていない）。
　場面ごとの緊張度を図に表すと、次のようになる。

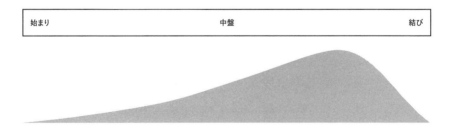

| 始まり | 中盤 | 結び |

ある場面でキャラクターが対立・葛藤に苦しみ、感情ブースターが導入されると、欲しいものを手に入れたくても困難になり、緊張が高まっていく。この高まりが長く続いたあとに緊張はピークに達し、場面の問題が解決されると、緊張は結びに向かって解けていく。

　結びの段階で感情ブースターを用いると、緊張が再び高まり、解決は遠のく。結びは高まった緊張を解いていくときであって、炎を煽るときではない。一度結びの段階に達したら、新たな感情ブースターの導入は避けるのが最善である。

　しかし、「最後までハラハラさせる終わり方があるじゃないか、あれはどうなんだ。私が読む本の半分は、深刻な対立・葛藤や、強い緊張が続き、キャラクターが完全に感情ブースターに煽られている状態で終わるじゃないか」とあなたは疑問に思うだろう。

　しかし、この場合、あなたは章についての話をしているのであって、場面についてではない。この2つの用語はしばしば同義語として使われるが、同じではない。

　場面はストーリーの基本構成要素である。どの場面も決められた構造に従うべきで、すべての要素を盛り込むまでは場面は完成しない。先の図に示したアークは、その構造を視覚的に表したものだ。解決段階で感情ブースターを導入するのは避けるべきである。

　一方の章は、読者が読みやすいようにストーリーを固まりに分けるために使われる。構造に従って分けるのではなく、各章の終わりは書き手が任意に決め、どういった終わり方をするのかは表現方法に大きく左右される。

　1章1場面の場合もあれば、章が場面の途中で終わる場合もある。後者の場合、場面がまだ結びの段階に達していないため、その章には感情ブースターが次々と導入され、緊張が高まったまま終わる可能性がある。その場合、ドキドキハラハラの状態で終わることが多く、また、意図的にそう終わらせる理由も多い。ただし、場面の終わりが章の終わりと一致するかどうかにかかわらず、場面の最後で感情ブースターを使用するのは避けるべきである。

感情ブースターをいつ避けるべきか

● 気づきの瞬間が訪れたとき

　キャラクターが成長の旅路を重い足取りで歩んでいるとき、書き手のあなたは想像し得る限りのあらゆる困難をキャラクターに投げかけるはずだ。初めのうち、キャラクターはいつもの機能不全状態しか招かない非効率的な習慣から抜け出せずにいるため、困難に振り回される。しかし、ストーリーが進むにつれ、キャラクターは内省するようになり（大抵は大きな出来事のあとに）、ある気づきに至る。今まで嘘を信じていたことや、強みだと思っていたものが実は自分をためらわせている最大の弱点であることに気づくのである。こうした目の覚めるような瞬間が訪れたあと、キャラクターは自分のこれまでの問題への対処法を考え直し、目標達成のためにどうしても必要な変化を遂げるのである。

　こうした瞬間が訪れたとき、キャラクターは頭をすっきりさせて考える必要がある。<u>疲弊</u>、<u>燃え尽き</u>、<u>二日酔い</u>、<u>認知の衰え</u>などで思考が曇っていると、理にかなった結論に達する可能性は低い。感情ブースターはキャラクターを内省的にさせる出来事用にとっておく。そうすれば、キャラクターは自己を認識し、変化を受け入れることのできる最強の立場に立つことができる。

● 平穏でいたいとき

　あなたが書き手としてやるべきことをしていれば、キャラクターはフラストレーションや怒り、恐れ、不確かな気持ちを抱いたまま多くの時間を費やすはずだ。感情ブースターはこうした感情を芽生えさせる状況を作るのに優れている。

　しかし、キャラクターの感情が常にフルスイングしていると、読者は次第に疲れてしまう。それに、あらゆる感情を経験するキャラクターでは嘘っぽく見えてしまう。

　感情ブースターはキャラクターの感情を揺さぶり、かき乱すので、キャラクターがリラックスしたいときや心の平穏を求めているときに用いるのはあまり効果的ではない。場面やストーリーの中で、キャラクターが冷静になり、対立・葛藤のない状態でいる必要がある局面では、感情ブースターを用いるのは別の機会まで待ったほうがいい。

● キャラクターが限界に達したとき

　現実に存在するようなキャラクターを描くとき、真実味は非常に重要になる。動機、恐れ、欠点、長所、変わった癖など、ありとあらゆる点で、実在の人物を模倣したキャラクターを作るべきだ。現実世界の私たちにそれぞれ限界点があるように、虚構世界のキャラクターにも限界点はある。

　では、どこまで行くと行きすぎなのだろうか。これは草稿段階で明らかになることが多い。書き手はキャラクターをいたぶりつづけるうちに、一線を越えたこと、あるいは越えそうになっていることに気づくはずだ。また、原稿を読んで批評してくれる仲間がいれば、キャラクターが十分に苦しみつづけたことを知らせてくれるだろう。いずれにせよ、一線を越えたと感じたら、そこがやめどきである。キャラクターを限界まで追い詰めたのなら、それ以上はやめておこう。

　うまいストーリーに対立・葛藤は欠かせない。よって、キャラクターには感情をかき乱しつづけてもらう必要がある。ここまでに示した状況は、感情ブースターがストーリーに不利に働く場合の好例である。感情ブースターは、ストーリーの適切なタイミングで必要な役割を果たせるよう、そのときが訪れるまで使わずに置いておこう。

心身の健康状態について
ひとこと

　ストーリーを作る上で、いろいろな状況や条件を用いてキャラクターの感情を増幅させ、引き出しやすくすることについては多くの議論がある。なかでも、心身の健康状態は一時的な虚飾として扱うべきではなく、それを考えもなく場面に割り振ってセンセーショナルに扱うべきではないこと、ストーリーに都合よく合わせるための装置として用いるべきではないことを明確にする必要性を私たち筆者は感じている。

　現実世界では、こうした状況や条件は、人によっては苦しみであったり、アイデンティティの一部として受け入れられたりしている。あるいは、その両方である場合もあるだろう。しかし、それがどのようなものであれ、彼らは人であって、その状況や条件に支配されてはいない。これは重要な事実なのだ。彼らは生き生きとして深みを持った個人なのだから、そのように扱われるべきである。

　言葉には力があり、書き手がデリケートな話題をどう扱うか次第で、読者が現実世界でその話題をどう見るのかが方向づけられる。キャラクターの心身の健康状態（さらに言えば、アイデンティティもだ）を描くにあたり、私たち書き手には、事実を調べて正確に描写する義務がある。そして、心身の健康状態を感情ブースターとして用いるときは、描写の対象となる人々を傷つけないよう、敬意を持って用いなければならない。

　メンタルヘルスが感情を増幅させる例をひとつ挙げてみよう。成人してからずっと広場恐怖症を患っているリサというキャラクターがいる。リサはこの不安障害のために、4階にあるアパートから怖くて出られずにいる。かといって、この障害に縛られてはいない。リサは自分の空間で幸せに安心して暮らしている。生活必需品は配達してもらっているし、在宅勤務をしていて、チャットルームやオンラインゲームで知り合った友だちがいる。

　ところが幸せな生活は、ある日崩れる。リサは壁のコンセントから小さな虫が這い出すのを見かけた。ベッドシーツにも同じ虫が数匹ついている。南京虫だと気づいたリサは駆除に取りかかる。まず、虫の捕獲器とマットレスカバーを注文し、アパートじゅうのコンセントをガムテープで塞ぎ、衣類と寝具をいちばん高い温度のお湯で洗濯し、クッションと枕はバルコニーに出し、日干しでこの小さな虫の退治を試

みた。
　週が終わる頃には、リサはくたくただった。ほとんど眠れず、仕事も遅れたが、虫を駆除できればすべてが報われるはずだった。だが残念ながら、虫はまだいる。ありとあらゆるものをごしごしと洗い、片付け、掃除機をかけても、まだ虫はいる。
　そこへ大家がやってきたとしよう。建物を燻蒸して虫を駆除することにしたから、一時的に退去してほしいと言う。
　アパートを出て、エレベーターを降り、通りに出るなど考えただけでも吐き気がする。外に出るなんて絶対に無理だ。思考が頭の中を猛スピードで駆け巡り、呼吸が追いつかない。大家には出て行けない事情を説明し、害虫駆除業者に何とかしてもらいたいとはっきり伝えた。
　リサの事情を知った大家は同情的だ。なるべく外に出ずに済むように、道を挟んで向かいにあるホテルの部屋を予約してやるからと言って、リサが入居したときにサインした賃貸契約書をそっと差し出す。そこには、必要なメンテナンスを行うために契約を交わした作業員がアパートに立ち入ることに同意する、と書かれている。
　ほぼパニック状態で否定的になっているリサには大家の善意が見えず、これは脅し以外の何物でもないと考える。追い詰められ、圧倒された気持ちになり、大家は自分が出ていけないのがわかっているから、強制的に追い出すつもりなのだと思い込む。プレッシャーが極限に達したリサは大家を怒鳴りつけ、ここは私のアパートだから追い出すことはできないと言い放ち、ドアを叩きつけるように閉めると、どうしたらいいのかわからなくなり、震えながら倒れてしまう。
　このような状況では、広場恐怖症が最後のとどめになる。それまで南京虫と格闘していたのに、だ。リサを苦しめているのはこの精神疾患ではない。それどころか、彼女はこの疾患と共に生きるすべを学んでいた。このストーリーは広場恐怖症についてではない。この疾患はリサという人間の一部でしかない。この場面では、リサがピンチに追い込まれたせいで広場恐怖症が前面に出てきて、この疾患に絡んだ問題が増幅しているだけだ。
　残念なことに、フィクションには人の健康状態やアイデンティティについて、悪

心身の健康状態についてひとこと

意に満ちたステレオタイプがあふれている。今を生きる書き手として、私たちは責任を持ち、より良い表現を磨くことに勤しまなければならない。少数者を公正に描くことは重要であり、読者には自分とは異なる人々の実体験に触れてもらいたい。そのためには、私たち書き手が描いている人々を理解するための下調べが必要になる。何かしらの心身の健康問題を抱えた人物を基にキャラクターを作るにしても、目的を持ち、敬意を忘れずにキャラクターを作る。そうすれば、読者にも真実味あふれるキャラクターであることが伝わり、その強みや個性を知ってキャラクターとのつながりを感じてもらえるはずである。

　こうした問題を抱えるキャラクターを描くのであれば、診断されている疾患だけではなく、それ以上の深みをキャラクターに持たせること。他のキャラクターを作るときと変わらず、時間をかける。ストーリーがキャラクターの心身の健康問題との闘いの旅を描いたものでない限り、その疾患を前面に押し出してはいけない。

　心身の健康問題を感情ブースターとして用いる場合は、目的を持って、細心の注意を払うこと。何よりも、健康問題が人のすべてではないこと、そしてそれはキャラクターも例外ではないことを忘れずに。

筆者から最後に

　このあとには本書の辞典部分が続く。書き手の皆さんには、項目を拾い読みしながら、感情ブースターによってどのように感情と対立・葛藤が調和され、ストーリーにパンチを効かせられるのかを考えることをお勧めする。『感情類語辞典』と同じように、本書の各項目には、ひとつのブースターへの反応として考えられる行動や思考、本能的感覚などを例示している。対立や葛藤を高めるシナリオも提示してあるので、各ブースターをいつ、どこで用いるのが最善なのかについてのアイデアも出しやすくなっている。

　実に数多くの感情ブースターがあり、選択肢は豊富だ。書き手は、対立・葛藤を煽ってキャラクターから感情的な反応を引き出したいとき、必ずブースターを使いたくなるが、対立・葛藤と同じで、ブースターも多用しすぎると、気まぐれに書いているように見えかねない。キャラクターがある場面では<u>ストレス</u>を感じ、次の場面では<u>栄養不良</u>に陥り、そのまた次には<u>性的に興奮</u>し、<u>疲弊</u>し、<u>痛み</u>に耐え……といった具合に次から次へと苦しみを味わっていると、やりすぎの感があるし、読者にも、キャラクターの経験が本物らしく思えない。こうならないためには、ストーリーの要所に感情ブースターを導入して、その瞬間をより質の高いものにする必要がある。

　感情ブースターは本来、キャラクターの感情を不安定にし、ある方向へと傾かせるものなので、多用しすぎるとメロドラマになってしまう。強い感情的反応を引き出すには心の傷を蘇らせる強烈な出来事が必要なのと同じで、感情ブースターの場合も、強い感情を引き出すには強烈な状況が必要になる。

　感情ブースターを選ぶにあたっては、必ずなぜ、何のために用いるのかを知っておくこと。キャラクターの心に負担をかけ、決定的瞬間にキャラクターの感情を左右するブースターを選んでいるのなら、おそらく正しい方向へと進んでいるはずだ。『感情類語辞典』の真の相棒とも言えるこの類語辞典には、各項目に、ブーストされる可能性の高いさまざまな感情が並べられ、書き手のあなたが作り出したい感情に、どのブースターがいちばん効果を発揮するのかを判断しやすくなっている。ページに感情を豊かに盛り込めるよう、この類語辞典がさらに役立つことを願っている。

　ハッピーライティング！

感情増幅
類語辞典

本書では、感情を揺さぶって増幅する 52 の〈感情ブースター〉について、その効果を高めるために活用できるさまざまな表現を、以下の通りに整理して解説する。

外的なシグナル
ブースターに由来する反応が、身体や発言を通じて表面化したもの。第三者も感じとることができる。

内的な感覚
ブースターに由来して身体の内側で起こる、本能的、もしくは生理的な感覚。

精神的な反応
ブースターに由来する人間の思考パターン。

○○を隠す努力
ブースターによって身体的に、あるいは心理的に影響を受けていることを隠すための言動や行動。

この感情を想起させる動詞
各ブースターに結びついた行動や動作を描写しやすくするための動詞のリスト。

このブースターにより生まれる感情
ブースターが生み出し増幅する感情のリスト（各感情は『感情類語辞典［増補改訂版］』に掲載）。

引き起こされるネガティブな状況
ブースターの影響によって遂行が難しくなる義務や、満たされなくなるニーズ。

対立・葛藤や緊張を高めるシナリオ
ブースターを特に効果的に使用することのできるシナリオの例。

あ か さ た な は ま や ら

欺き
〔英 Deception〕

【あざむき】
誰かに対して嘘をつき通そうとするとき、真実を隠そうとするときに、欺きは起きる。欺いた本人が内的に感じるストレスの度合いや人を欺く能力は、その人の性格や、ごまかす理由、道徳心の強さによって異なる。嘘をつかなければならない相手と親密であればあるほど欺くのは難しくなる。大切な人を欺かなければならない場合は、どんなに嘘をつくのがうまくても、下手になる可能性がある。

外的なシグナル
- 相手と目を合わせない
- 瞳孔が開く
- 質問をはぐらかす
- 汗だくになる
- 相手を欺いているときに自分の顔の一部を何かで覆う
- 声量が急に変わる
- 爪を噛む、髪を指に巻きつけるなどの癖が出る、または両手を忙しくするために物をいじる
- 言葉を発する前に唇を閉じる、またはこすり合わせる
- 耳たぶを引っ張る
- 欺いている相手から少し体をそらす
- 顔が引きつる
- 両手の指を合わせて三角を作る
- 首を少し横にかしげる
- 姿勢を頻繁に変える
- 自分が欺いている人がそばにいると、無口になる
- 爪を深く噛む
- いつもより喫煙や飲酒の量が増える
- 自分の素性を知らない人と一緒に時間を過ごす
- 人と顔を合わせずに済む時間帯に働く、または欺かなければならない人を避ける
- 情報を伝えるときに言葉がスラスラ出てこない
- なるべく物を言わない
- 学業、仕事、恋愛関係などが長続きしない
- 社交の場を避ける

あざむき ― 欺き

- 自分のことばかり話す(またはとりとめのない話ばかりする)
- むきになって反応する
- 異常な熱意で人を味方につけようとする
- ある特定人物を非難し疑いたくなるような噂を吹聴する
- 自分に投げかけられた質問を繰り返し、考える時間を稼ぐ
- 質問をしているかのように、文末のイントネーションを上げる
- 曖昧で不完全な答え方をする
- 「正直に言うとね」「本音を言わせてもらえば」などと誠実そうな言い草をする
- 自分に本当のことを言わせようとしている人を避ける
- だらしなく疲れて見える(睡眠不足の証)

内的な感覚
- 体が火照っているように感じる
- 胃が重く感じられる
- 筋肉が引きつる
- 吐き気がする
- 呼吸が速まる
- 感覚が敏感になる
- 口の中が乾く
- 胸が締めつけられる
- 鼓動が激しくなる
- 喉の奥が痛む
- アドレナリンがどっとあふれる

精神的な反応
- 自分の嘘を正当化しようとする
- なぜこの状況では真実を伝えるべきではないのか、その理由を自分に言い聞かせる
- 自分自身を疑う、または自分の人を欺く能力を疑う
- 相手は自分を信じているのだろうかと怪しむ
- ミスを犯すと自分に腹を立てる
- 愛する人に嘘をついているので罪悪感を覚える
- 誰も本当の自分を知らないかのように思え、孤独を覚える
- 嘘のせいで自分らしさが崩れていく気がする
- 辻褄を合わせるための作り話や言い訳を考え出す
- 自分の嘘は暴かれないと自分に言い聞かせる
- 偶然を装う
- すぐに動揺する
- 自分がついた嘘を覚えていられない
- 人を欺くのをやめたくて、ある意味、嘘がばれることを望む

- 相手のことを騙されやすく愚鈍な人だと見なす
- 他の人が知らない情報を持っている自分には力があると感じる

欺いていることを隠す努力
- 曖昧な表情を保つ
- 安全な話題へと会話を慎重に誘導する
- 退屈そうな、または平然とした顔をする（体の力を抜く、だらりとした姿勢をするなど）
- 嘘をついている間、意図的に目を合わせる
- 疑惑や非難を他の誰かになすりつける
- 相手の警戒心を解くために、冗談や世辞を言う
- 質問をはぐらかす
- 詰問に傷ついたふりをし、相手に罪悪感を覚えさせ、それ以上追及させない
- 相手をはぐらかすために、（噂話や世間話をするなどして）芝居を打つ
- 相手との間に距離を置くために他の人を会話に引き入れる
- 声の高低や調子を抑制し、言葉の選択に気をつける

この感情を想起させる動詞
操作する、作り上げる、隠し事をする、植え付ける、曖昧にする、思いめぐらす、リハーサルする、理屈をつける、守る、嘘をつく、騙す、そらす、かわす、話を別の方向に向ける、避ける、話が変わる、落ち着かない、汗が出る、汗をかく、言葉に詰まる、凝った嘘をつく、惑わせる、言葉を控える

このブースターにより生まれる感情
動揺、不安、懸念、葛藤、混乱、防衛、自暴自棄、興奮、危惧、狼狽、罪悪感、自信喪失、孤独、緊張、疑心暗鬼、自己嫌悪、恥、心配、脆弱、気がかり

引き起こされるネガティブな状況
- 当局に事情聴取される
- 真実を知る人々と関わりを持つはめになる
- 物事を見抜く力のある友人や家族との関係維持が難しくなる
- 敬愛すべき友人や家族、同僚と顔を合わせるのがつらくなる
- 嘘に関わっている他の人たちを守ることができない
- 法廷で証言しなければならない
- 善良な市民であることが評価され、賞や感謝状をもらうはめになる
- 恋人を欺いているため、親密な時間を持てなくなる
- 愛する人に疑われる
- 報道陣がいる場所に入っていかなければならない
- 我が子にも嘘を繰り返さなければならない
- 自分に嘘をつかせている人たちに忠実でいられなくなる

- 真相を知らない友人が間違いを犯すのを黙って見るしかない
- 隠し立てをせず正直な人に本当のことが言えない
- セラピーや告解などに行っても、心の中を洗いざらい話すことができない
- 自尊心を失いそうになる、または自己肯定感が低くなる

対立・葛藤や緊張を高めるシナリオ
- 守るに値しない人を守るために嘘をつかなければならない
- 自分の状況がソーシャルメディア上でさらされる
- 気づかないうちに誰かに嘘を見抜かれつつある
- 嘘が明るみに出れば、大切な人間関係が脅かされる
- 人を欺いていることが友人にばれ、口封じをして共謀者にする
- 自分に近しい誰かが真相を摑みつつある
- 真実をばらすぞと脅される
- 守ると約束した秘密が実はでっち上げであることを知る
- 覚えのない罪を自分に被せるために嘘が利用される
- 嘘をついていたことを打ち明けるはめになる

書き手のためのヒント
読者はキャラクターの道徳心が揺らぐときに引きつけられて共感することが多い。利己的な目的で、または悪意を持って人を欺くキャラクターを作るのではなく、相手のことを思って欺かなければならない理由を持ったキャラクターにしてみよう。

暑さ
〔英 Heat〕

【あつさ】
暑い外気にさらされて体温が上がると熱中症になる。熱気にさらされる時間、暑さの程度によって、身体的、精神的、感情的反応は変わるし、状況悪化のスピードも変わる。以上の点に加え、普段の健康やそのときの体調、気質にも留意しよう。

外的なシグナル
- 肌が赤くなる
- 汗の量が増える
- 唇がひび割れる
- (湿気で) 髪がぼさぼさになる
- 目をしばたたかせる、目を閉じる
- 帽子や本で自分を扇ぐ
- 上着を脱ぐ(または、肌を守るために上着を羽織る)
- ズボンの裾や長袖をまくる
- 肌に赤い斑点ができる
- 体を冷やすためにシャツの前を引っ張ってパタパタと扇ぐ
- 足取りが弱々しい
- 腕がだらりとする
- 足を引きずりながら歩く
- タオルやティッシュで顔と首を拭く
- 手近にあるもので頭を日差しから守る
- 日陰や直射日光を避けるための日傘などを探す
- フラフラしながら立っている
- ふらつきながら歩く
- 苦しそうにあえぐ、息が荒い
- ほんのわずかな風にも顔を向ける
- 汗疹ができる
- 汗で髪が濡れている
- 肌がむくむ
- 服に汗染みが広がる

- 体臭がきつくなる
- 日焼けする
- 足首がむくむ
- 目が落ちくぼんだように見える
- 水ぶくれができる、皮が剥ける
- 判断力が鈍る
- （脱水症状が原因で）汗が出なくなる
- 体の動きがぎくしゃくする
- （声をかけても乗ってこない、質問に答えないなど）反応しなくなる
- 倒れ込み、立ち上がれなくなる
- 気絶する

内的な感覚
- 口の中が乾く、ネバネバする
- 肌が火照る
- 汗で目がしみる
- 舌が腫れる
- 上唇の汗を舐めると塩の味がする
- 体が重く感じる
- ひどく喉が渇く
- 視界がかすむ
- 頭が割れるように痛い
- 頭がクラクラし、めまいがする
- 筋力の低下、こむらがえり、けいれんが起きる
- 頭痛がする
- 疲れて無気力になる
- 脈が速くなる
- 吐き気がする、嘔吐する

精神的な反応
- 混乱する
- 頭が働かない
- 集中力がない
- 水や氷、雪、エアコンの効いた部屋を空想する
- 食欲不振に陥る
- いつになく短気になる
- 日陰など、暑さから一時的に逃れられる場所を探すことだけを考える
- 無感情になる
- イライラや敵対心、激しい怒りを示す

- 幻覚を見る
- 脳卒中の発作が起きる
- 脳障害が起きる

暑いことを隠す努力
- 何かに体をもたせかけ、リラックスしているふりをする
- プールに入る、または扇風機の前に座る
- できるだけ薄着をして出かける
- こっそりと大量の水を飲む
- 髪を上げ、顔にかからないようにする
- 日向より日陰を選ぶ
- 温かい食べ物より冷たいものを選ぶ（または辛いものを避ける）
- 冷気に触れたくて（小腹を満たす物を探すふりをしながら）冷蔵庫を開ける

この感情を想起させる動詞
汗をかく、息が止まる、燃える、うだる、ゆだる、焼けつく、オーバーヒートする、むせる、暑さに覆われる、ムシムシする、毒を吐く、煮えたぎる、萎える、ぐったりする、覆う、泣き言を言う、照りつける、紅潮する、赤くなる、体が焼けるように熱くなる、ひどい日焼けをする、焦がす、飲み込まれる、しなびる、喉が渇く、皮が剥ける、汗の湯気を立てる、焼きつける

このブースターにより生まれる感情
動揺、怒り、苦悩、不安、懸念、気づかい、混乱、自暴自棄、決意、立腹、緊張、執拗、疑心暗鬼、苦しみにもがく、あやふや、気がかり

引き起こされるネガティブな状況
- ばっちり手入れの行き届いた外見を保てなくなる（特にメイクをする人の場合）
- 冷静さを保てなくなり、すぐにカッとなる
- 持久力を試すレースなどを途中棄権する
- ここぞというときなのに最高の状態でいられない
- 肉体労働を最後までやり通せない
- 強くて能力があるように見せられない
- 外見がチェックされる面接を受けるが、それに耐えられない
- 離婚協議の最中など、既に対立関係にある2人を仲裁しないといけないのに、できない
- 熱いオーブンを使って料理ができない
- なかなか寝つけない
- 客をもてなせない（または子どもたちを楽しく遊ばせることができない）
- 暴徒が押し寄せ、危険な状況になっているのに鎮静化できない

対立・葛藤や緊張を高めるシナリオ
- 正装で参加するイベントで熱中症になる
- 猛暑に巻き込まれるが、愛する人を助けられない
- 短気な性格の人と暑い場所で足止めを食う
- 自分の結婚式など一生に一度のイベントで耐えられない猛暑に見舞われる
- 熱波に巻き込まれ、怒りっぽい家族と一緒に過ごさなければならない
- 目下起きている熱風は、自分を懲らしめ、追い詰め、弱らせるために、敵が落とした爆弾によるものだと知る
- 気温が上昇しつづけているため、急いで解決策を見つけなければならない
- 不快な発疹ができる
- 愛する人や仲間を怒鳴りつけ、関係に亀裂が生じる
- 産気づく
- 客観的に頭を働かせなければならない状況にいる
- 水が不足し、脱水症状も心配される状況になる

書き手のためのヒント

暑さは自然な感情ブースターで、一般の人々を怒りと暴力へと駆り立てるにはもってこいである。しかし、ときどきキャラクターと読者を暑さから解放してやることが必要だ。定期的に休息と充電の機会を与えて休ませないと、必要なときに戦いに戻れなくなってしまう。

圧力
〔英 Pressure〕

【あつりょく】
人が圧力をかけられていると感じるのは、心の準備がまだできていないのにある行動や決断を迫られるときで、他人の期待を背負わされている場合が多い。

外的なシグナル
- 何かをいじる、爪を噛む、太腿を指で忙しげに叩く、髪をかき上げる、うなじをさするなど、神経を尖らせているか、不快に思っているサインが現れる
- 自分に何が期待されているのかをもっとよく知ろうとして質問を重ねる
- うつむいて唇を噛みしめる
- 自分の体を抱きしめるように腕を回す
- ゆっくり呼吸する
- 唾を頻繁に飲み込む
- 姿勢を正す
- 同じ場所を行ったり来たりする
- 唇を舐める、噛む
- 無口になる
- 額に皺を寄せる、口元が引きつる、または目を細める
- 汗ばむ
- 肩をすくめる
- 自分のとる選択や行動に絡んだ場所や物、人、またはそれが象徴することばかり気にする
- 手を揉み合わせる
- いつもよりゆっくりと体を動かす
- 指輪やボタンなどをもてあそぶ
- 腕を手でさする
- 足を何度も組み直す
- 手汗をズボンの太腿部分で拭う
- 着心地が悪いかのように、何度も服を引っ張っては整える
- 襟のボタンやベルトを外す
- 圧力に耐える力が欲しくて、自分にとって意味のある物を握りしめる

- 神経質になり、すぐにびくつく
- 時間を何度も確認する
- 携帯電話で何度もメールやメッセージが届いていないかチェックする
- 食事を抜く
- テレビのチャンネルを次々と変える、ソーシャルメディアを何も考えずにスクロールして眺める
- 日課を放棄する
- 圧力をかけてくる人を避ける
- 時間を稼ぐ
- 仕事などが遅れている言い訳をする
- 決断を下さなくて済むように交渉する、または妥協点を探る
- 会話をしていても気がそがれる
- どこを見るともなく見つめ、考えに耽る
- 仕事や学校のプロジェクトの締め切りを延ばしてほしいと頼む
- 睡眠導入剤を服用する
- 人に助言を求める
- 圧力をかけてくる人に対してむきになる、または攻撃的になる
- 小さなことでカッとなる

内的な感覚
- 胸や胃が重苦しい
- エネルギーが有り余って落ち着かない
- 空腹と喉の渇きが止まらない
- 食欲がなくなる
- 呼吸が荒くなる
- 胃がむかつく
- 胃が痛くなる
- 脈拍がいつもより速くなる
- 手足がピリピリする
- めまいがする
- 不眠症に陥る
- オーバーヒート気味になる
- 胸焼けがする
- 潰瘍になる

精神的な反応
- やらなければならないことを先送りする
- 思いつく選択肢に固執する
- 時間だけがあっという間に過ぎる

- 決断の日が迫るのを恐れる
- 用意ができておらず、自分には無理だと感じる
- ささいなことで圧倒される
- イライラが募る
- パニック状態になる
- （ある人に関わったことや、すぐに断らなかったことなど）圧力をかけられる状況に至った自分の選択を悔やむ
- 自分には歯が立たないと感じる、または正しいことを成し遂げられないのではと自分の能力を疑う
- もし他の人が自分の立場にいたらどうするだろうと考える
- メリットとデメリットをすべて並べて考える
- 人を失望させるのではと気に病む
- 圧力をかけてくる人にフラストレーションや反感、怒りを覚える
- 最悪の場合を考えて心配する
- 一度決めても、また気が変わる
- 他の人たちを喜ばせる決定や行動を正当化する

圧力をかけられていることを隠す努力
- 愛想笑いを浮かべる
- 慌てる必要などないと言わんばかりに、のんびりくつろぎ、居眠りしているふりをする
- エクササイズや家事など、体を使うことに夢中になる
- 圧力をかけられても笑い飛ばし、大したことではないかのように振る舞う
- 決断に向かっていると嘘をつく
- そのことに触れられると、そっと話題を変える
- 他の人からの情報や意見を待っているところだと言い張る
- ひとりで過ごす時間が長くなる
- 過食に走る
- いつもより飲酒量が増える

この感情を想起させる動詞
避ける、はぐらかす、無視する、ぐずぐずと先延ばしにする、遅らせる、弁解する、そらす、かわす、気が散る、装う、取引する、息を吐き出す、気が進まない、大きく呼吸する、揺さぶられる、思いめぐらす、心配する、自ら放棄する、はかりにかける、理屈をつける、距離を置く、絞りとられる、落ち着かない、ぎょっとする、ぶち切れる、過剰に反応する、爆発する

このブースターにより生まれる感情
動揺、苦悩、不安、葛藤、混乱、自暴自棄、疑念、怯え、危惧、狼狽、罪悪感、劣等感、自信喪失、怖気づく、むら気、圧倒、不本意、あやふや、気がかり

あつりょく｜圧力

引き起こされるネガティブな状況
- 新たなストレス要因にうまく対応できない
- リラックスして気楽にやることができず、読書や映画、家族でゲームをして遊ぶ夜などを楽しめない
- 友人や配偶者などの近しい人のそばにいて、労わってやれない
- 家庭や職場でやらなければならないことがどんどんと溜まり、捌けなくなる
- 予約や会議の予定を忘れる
- 血圧が上がる
- みんなを幸せにする決断を下せない
- 苦しい時期に耐えている人を支えてやれない
- 将来の計画を立てられない

対立・葛藤や緊張を高めるシナリオ
- 決断の日が繰り上げられる
- 集中力が足りないと上司に直々に言われる
- 肝心なことを失念し、仕事に穴を開ける、または家庭で揉める
- ささいなことでカッとなる
- 新たな問題が浮上し、対処しなければならない
- すぐに行動しなかったせいで、状況が悪化する
- 感情の起伏が激しいあまり、配偶者や子ども、きょうだいとの間に摩擦が生じる
- 圧力をかけてくる相手と定期的に顔を合わせなくてはならない
- 人に批判され、自分の能力を疑うようになる
- （早く終わらせたい一心で）早まった判断を下し、散々な結果になる

書き手のためのヒント
圧力といえば、まず思い浮かぶのは同調圧力だ。しかし、それ以外にもキャラクターに圧力をかける方法はたくさんある。大きな変更を強いたり、キャラクターが報告したことを否定したり、道徳的姿勢を変えさせたり、誰かを裏切らせたり、道義に反することをさせたり、夢を諦めさせたりと、例を挙げればきりがない。キャラクターが圧力にどう反応するのかは、キャラクターが行動をとるまでにかかる時間によっても決まる。どのような状況を描くにしろ、キャラクターは誰にまたは何に圧力をかけられているのか、それによってどのような内的葛藤を味わうのかを考えて、アイデアを洗いざらい出しておこう。

痛み
〔英 Pain〕

【いたみ】
痛みと言っても、その不快感にはさまざまな種類がある。この項目では、怪我や病気に絡んだ身体的な痛みに焦点を当てる。長期にわたり続く不快感については、「慢性的な痛み」(p. 244) を参照のこと。

外的なシグナル
- 肌が青白い、または肌が炎症を起こしている
- 見るからに目が充血し、潤んでいる
- 苦しそうな表情
- 目の下にクマができる
- 唇をギュッと噛み、口をすぼめる
- (怪我をした箇所をあまりにも速く動かした、傷口にうっかり触れたなど) 痛そうな声を出しながら息をする
- 歯を食いしばる
- 額に大粒の汗が噴き出し、顔が光っているように見える
- 前かがみになる
- 肩を丸める
- 体をこわばらせて歩く
- 見るからに手足が震えている
- しっかりと物を握れない
- 怪我した箇所をよく調べる、さする、さっと掴む
- 顔をしかめる
- 怪我をした箇所に触ると体が縮み上がる
- 体をのけぞらせて、顔をしかめる
- 怪我した体を動かすときに、うめき声や痛そうな声を出す
- (軽傷の場合) 怪我をした腕を振る、または払う
- (移動のため、応急処置用の物資を手に入れるため、助けを呼ぶためなど) 救援を求める
- 足を引きずりながら歩けるかどうかを確かめる
- 怪我をした箇所が腫れる
- 傷口の周りの皮膚が赤くなる

いたみ──痛み

- 泣く
- 鎮痛剤を服用する
- 肩で息をする
- 深呼吸して息を整える
- 鼻孔が開く
- 寝て痛みを忘れようとする
- 体を支えるために人または近くの物につかまる
- 怪我をした箇所をそっと手で保護する
- 喉を締めつけられたような声、または緊張した声を出す
- 短い言葉で、途切れ途切れに話す
- 頭を縦か横に振って、質問に答える
- 叫び声、うなり声、うめき声を出す
- 体を前後にゆする
- 痛みにあえぐ
- 同じ言葉を何度も繰り返す
- 目をギュッと閉じて、怪我した箇所を見ようとしない
- 痛みに身悶えする
- 背中をそらす
- 気絶する

内的な感覚

- （鋭い痛み、切り裂くような痛み、一定間隔で訪れる痛み、ズキズキとした痛みなど）さまざまな痛みを覚える
- 怪我をした箇所の皮膚や関節が炎症を起こし硬くなる
- 怪我をした箇所に触れると熱を持っている
- 吐き気がする
- 過呼吸になる
- 血を見てめまいを起こしそうになる
- まぶたを閉じると、放射状に広がる光が見える
- 体がこわばる
- めまいがして、気が遠くなる
- こむらがえりが起きる
- （菌に感染して）寒気を感じる、または熱っぽく感じる
- 口の中が渇き、銅の味がする
- 手足が震える
- 震えが止まらない
- 立っていられなくなり、座るか横になる
- 息もできないほど胸が締めつけられる
- （光、物音、圧力などの）刺激に過敏になる

精神的な反応
- (冷静を保つために、痛みはいずれ治ると言い聞かすために) 心の中で独り言を呟く
- 短気になる
- 痛みのことを考えないようにする
- これよりもひどい思いをした記憶や経験を思い起こす
- 痛みが治まりつつある徴候を探す
- 時間の経過がわからなくなる、時間がゆっくりと過ぎている気がする
- (今までに感じたことのない痛みで、どこから痛みが来ているのかわからないとき) 最悪の場合を考えて不安になる
- 自分の責任下にある人々や、自分以外にも怪我をするかもしれない人々のことを心配する
- 今の怪我または病気がネガティブな影響を及ぼすのではないか、たとえば、旅行に行けなくなるのではないかと心配する
- 痛みを和らげることだけをひたすら考える
- 子どもがパニックにならないようにする、または、敵に怪我の程度を知られないようにするなど、ある状況下で痛みを隠す
- 集中する、問題を解決する、物事を思い出すのが難しくなる
- 質問に答えられなくなる、または会話のキャッチボールができなくなる
- パニックになる

痛みを隠す努力
- 歯を食いしばる
- 血の気がなくなるまで唇をギュッと閉じる
- すぐに笑顔を見せ、痛みを振り払う
- 弱いところを見せないように、横になるか座る
- 身じろぎひとつしない
- 他人と口を利かない
- 怪我をした箇所を腕で抱え込むように保護する
- 表情または怪我を隠すため、人に背を向ける
- 両手を握りしめる
- 両手で毛布または服を握りしめる
- 怪我のひどさを隠すため、怪我をした箇所を何かで巻く
- 人目のないところへ行き、ひとりで痛みに向き合う

この感情を想起させる動詞
痛む、脈打つ、火傷する、ブルブル震える、汗をかく、引きつる、傷つく、刺すように痛む、硬直する、うめく、歯ぎしりする、噛む、肌を刺す、泣く、引き裂く、うなる、絶叫する、ズキズキ痛む、ほとばしる、チクチクと刺す、身悶えする、泣き叫ぶ、引きつけを起こす、いらつく、さする、苦悶する、はさむ、障る、顔を引きつらせる、涙を流す、胸を激しく上下させる、気絶する、毒を吐く、赤くなる、悩ます、打ちつける、身を切る、

いたみ —痛み

スパッと切る、支える、人に頼る、引きずる、叩きのめされる、たどたどしく動く、ガタガタ震える、感染する、おののく

このブースターにより生まれる感情
怒り、苦悩、不安、愕然、懸念、拒絶、自暴自棄、決意、打ちのめされる、失望、怯え、危惧、狼狽、フラストレーション、ヒステリー、短気、立腹、むら気、圧倒、パニック、激怒、後悔、屈服、自己憐憫、あやふや

引き起こされるネガティブな状況
- スポーツ大会で優秀な成績を残せない
- 愛する人に対してイライラし、ものわかりの良い人間でいられない
- 強くて無敵であるとは見られない
- 動きが激しくて体力を使う身体的活動に従事できない
- 長距離の移動ができない
- 人のために働けない、または人を守れない
- 眠らずに常に警戒していることができない

対立・葛藤や緊張を高めるシナリオ
- 嫌いな人または信用していない人に頼らなければならない
- 自分が痛みに耐えているのに人の面倒も見なければならない
- 応急処置の薬などが手に入らない、辺鄙な場所で痛みに襲われる
- 環境に危険が迫り、痛みを抱えながら移動しなければならない
- 痛みで頭がぼんやりしているのに重要な決断を下さなければならない
- （レース中や、危険から逃げているときなど）痛いのを我慢して前進しなければならない

> **書き手のためのヒント**
> 人によって痛みへの反応は異なる。我慢せずに痛がる人もいれば、やせ我慢をする人もいる。キャラクターの痛みへの反応を描くときは、キャラクターの痛みへの耐性や性格はもちろんのこと、怪我や病気をした状況も考えよう。

命の危険
[英 Mortal Peril]

【いのちのきけん】
命の危険、すなわち、キャラクターの命が危機にさらされる状況には、時間軸の長いものがある。暴力的な人物に人質にとられる、または、怪我をしてだんだんと死が迫るといった状況がそうだ。一方で、キャラクターに突然銃口が突きつけられる、あるいは、反対車線を走る車が自分の車線に飛び込んでくるなど、時間軸の短いものもある。この項目は、時間軸の短いシナリオに焦点を当てている。他にも「危険」の項目（p.100）を参照するとよい。

外的なシグナル
- 凍りついたように、その場から動けなくなる
- 刺激に反応しない
- 瞳孔が開く
- 目を見開く、または目をギュッと閉じる
- 震えが止まらない
- 目が涙で滲む
- 言葉に詰まり、言葉が出てこない
- 声がかすれる、高い声になる、うろたえた声になるなど、声の調子が変わる
- 口が利けなくなる
- うめき声や恐怖に怯えた声を出す
- 鳥肌が立つ
- 動いたり音を立てたりしないように、なるべくじっとする
- 恐怖の源を直視せず、目をそらす
- 地べたにへなへなと座り込む、または地面に伏せる
- 頭や急所を守ろうとして胎児のように丸くかがみ込む
- 後ずさりして、距離を置く
- 足元がおぼつかなくなる
- 自分と脅威との間に盾を作ろうと移動する
- 急場しのぎの行動をとる
- 理屈で考えず、直感で行動する
- 何かに触れて、ぱっと飛びのく
- 大丈夫だと自分に言い聞かせる
- 衝動的に行動する
- 身体機能を抑制できない（失禁や多汗など）

- （叫ぶ、むせび泣く、倒れる、反撃するなど）感情の高ぶりが表に出る
- （助けてほしい、考え直してほしい、お願いだからなどと）懇願する
- 恐怖のあまり走って逃げる
- 過呼吸になる
- （振り返る時間がある場合）後悔を口にする
- 家族に宛てて愛や詫びを伝える短いメモを書き殴る

内的な感覚
- 視界が狭まる
- 体全体にアドレナリンがみなぎる
- 耳がよく聞こえない
- 脈が弱々しくなる
- 冷や汗をかく
- 口の中が乾く
- 吐き気がする
- 急に尿意を催す
- 呼吸が速まり、肩で息をする
- 体に力が入らない
- 胸が締めつけられる
- 体を思うように動かせない
- 落ち着かない

精神的な反応
- 脅威にひたすら意識を集中させる
- 生命に関わること以外はすべて忘れる
- 何が起きているのか頭の中で処理できない
- ショックや混乱、または不信を味わう
- 逃げ出したくてたまらない
- 死の危険が迫るまでに起きたことを頭の中で思い返す
- 何とかして逃れる方法はないかと頭を働かせる
- 絶望感と無力感を覚える
- 怒りに圧倒される
- 目の前の状況を受け入れることができない
- 奇跡を願う
- 解放または救出を祈る
- 次に何が起こるのだろうと想像する
- 自分の人生が走馬灯のように脳裏に浮かぶ
- 過去の過ちを後悔する気持ちでいっぱいになる
- 死と死後の世界を恐れる

- 自分が知っている人生、または知ることのない人生が失われるのを悲しむ
- 諦めて、次に何が起きても構わないと腹を括ったあとに、思いがけない心の平和が訪れる
- 超自然的な冷静さと先を見据える力を感じる

命の危険を軽く見る努力
- 自分の口調や声量を慎重に加減する
- 深呼吸して息を整え、取り乱していないふりをする
- 姿勢を緩め、体がこわばらないようにする
- 体の震えを隠す（手を握りしめる、足を組むなど）
- 動じていないふりをしてわざと笑う
- 脅威に慎重に近づく
- （自分が有用な存在であることを強調する、妥協案を示す、他の標的へ意識を向けさせるなど）交渉して説き伏せる
- （質問を投げかける、相手に話しつづけさせるなどして）時間を稼ぐ
- 大丈夫だと言わんばかりに周囲の人に微笑みかける
- 差し迫った危険のことばかり考えないよう、自分だけでなくみんなの気を紛らわせる

この感情を想起させる動詞
言葉に詰まる、どもる、取引する、懇願する、体を丸める、解離する、はぐらかす、薄れる、気絶する、失神する、倒れる、闘う、逃げる、立ちすくむ、うめく、ブツブツ言う、パニックになる、嘆願する、退く、後ずさる、引きこもる、リスクを冒す、走る、絶叫する、ガタガタ震える、大きく呼吸する、沈み込む、縮み上がる、おののく

このブースターにより生まれる感情
受容、怒り、苦悩、不安、敗北、反抗、拒絶、絶望、決意、怯え、危惧、悲嘆、ヒステリー、切望、圧倒、パニック、後悔、屈服、悲しみ、衝撃、恐怖、苦しみにもがく

引き起こされるネガティブな状況
- 自分の身の安全を守れない
- 自分と一緒に命が危険にさらされている人を支えられない
- 愛する人を守れない
- 同じ危険な状況にある愛する人のために強くなれない
- 頭が働かない
- 恐怖心を抑えることができれば、危険な状況を逃れられるか、脅威を制圧できるかもしれないのに、恐怖が先立って何もできない
- 説得力のある理路整然とした話し方をすることができない
- 自分の道徳基準を破ることができず、助からない
- 過ぎたことを元に戻せない（昔の過ちを元に戻す、非を詫びる、後悔を消し去るといったことができない）

- 時間がなく、愛する人に大切なことを言い残せない
- 尊厳を持って死ぬことができない

対立・葛藤や緊張を高めるシナリオ
- 死を免れようとして守れない約束をする
- 他の誰かが突然殺される
- (仲間、武器、頼れるスキルなど) 頼りにしていたものを失う
- 誰かを犠牲にしないと自分を救えない
- 刻一刻を争う事態が発生して、状況がさらに複雑になる
- 一瞬の判断がミスになる
- 他の人の足手まといになる怪我を負う
- 逃げるチャンスを与えられたのに、それを台無しにする
- 誰を救うのか選択を迫られる
- 恐怖のあまり身動きできなくなった自分の代わりに、誰かが代償を払う
- 自分自身の行動が今の状況を招いたのだと知る
- たったひとりだけ生き残り、罪悪感にひどく苛まれる

> **書き手のためのヒント**
> 死の危険に直面したキャラクターがどういう反応を示すのかは、多くの要因に左右される。キャラクターの性格はもちろんのこと、どのような道徳基準を持っているのか、危機に瀕したときに、闘うのか、逃げるのか、それとも身動きできなくなるのか、ひとりでいるのかどうかなどが影響する。あなたのキャラクターがどんなタイプの人間なのかを隅々まで調べておけば、命の危険が差し迫ったときにどういう反応を示すのかがわかるはずだ。

栄養不良
〔英 Malnutrition〕

【えいようふりょう】
ビタミンなど、心身が正常に機能するために不可欠な栄養が不足すると、栄養不良になる。その根本的原因としては、貧困、メンタルヘルスの不調、摂食障害、食糧不足などが考えられる。動けなくなって食料入手が困難になる場合もそうだろう。どの程度の栄養不良になるのか、どういった徴候が表れるのか、それに対して人がどういう反応を示すのかは、栄養不良の原因だけでなく、本人の健康や遺伝的性質、ダイエットなどの個人的要因によっても変わる。栄養不良よりは軽微ではあるが、「空腹」の項目（p.116）も参照のこと。

外的なシグナル
- 筋肉に張りがほとんどない
- 頬がこける
- 目が落ちくぼむ
- 髪が薄くなる、または傷む
- うつろな目
- やせて骨が浮き出ている
- 肌の色やきめが悪くなり、肌が荒れる
- 舌がむくむ、舌の表面がひび割れる
- 虫歯になる
- 口臭がきつい
- 苦しそうに息をする、または息切れする
- 頭が重くて持ち上げられないかのようにうなだれる
- 体の動きが緩慢になる
- 頻繁に座ったり、横になったりする必要がある
- 動きがぎこちなくなり、自分の足が絡んで転ぶ
- 足取りがぎくしゃくし、足を引きずって歩く
- 手足が見るからに震えている
- 壁やカウンター、家具に寄りかかって自分を支える
- （力が湧かず）無口になる
- ろれつが回らない
- （空腹に耐えかねて）食べ物を乞う
- 明るい光に過敏になる
- 服がだぶついている
- 今までの趣味や関心事に勤しまなくなる

えいようふりょう — 栄養不良

- 会話の流れについていけない
- 下痢をする
- 嘔吐する
- 体調不良が長引く
- 怪我の治癒に普通よりも時間がかかる
- あざができやすい
- 泣いていることが多い
- 腹部が膨れ上がっている
- 引きこもる
- 体が冷えないよう何枚も重ね着をする
- 空腹を満たすために大量の水を飲む
- 発育不全に陥る
- 月経が止まる

内的な感覚
- めまいがする
- 体に力が入らない
- 視界がかすむ
- 口内炎で口が痛い
- いらだつ
- 関節が痛む
- 動悸が激しくなる
- 体がすぐに冷える
- 無気力になる
- 常に疲れている
- 喉がつかえて飲み込めない
- 吐き気がする
- 目の周りがヒリヒリする
- 極度の空腹に襲われたかと思うと、まったく空腹を感じない状態を繰り返す
- 味覚と嗅覚が鈍くなる
- 高血圧に絡んだ症状が出る

精神的な反応
- 思考にまとまりがなくなる
- 頭がぼうっとして集中できない
- 記憶を失う
- 意識が朦朧とする
- （どうやって食料を入手したらよいか、または自分の健康悪化について）不安と心配が尽きない

- 食べ物のことばかり考える
- （子どもやきょうだいなど）自分と同じ境遇にいる他の人たちのことを案じる
- 栄養不良の根本的原因がある可能性を無視する
- （自ら絶食している場合）克己心で力を振り絞る
- （摂食障害の場合など）自分が望めば変われるんだよと自分に言い聞かせる
- 自分の外見に不安を覚える
- 身体醜形障害に陥る〔自分の容姿が良くないと思い込み、社会生活に支障をきたすようになる〕
- 自分の状況は変えられないのではないかと絶望感を覚える

栄養不良を隠す努力
- やせ細った体を隠す服を着る
- 食事制限の言い訳をする
- 医者の診察を拒む
- 自分の症状に目をつぶり、大したことはないと甘く見る
- ますます薬物を乱用する
- 食事が並ぶ集まりを避ける
- 深刻な栄養不良から人の注意をそらすため、自分の外見について冗談を言う
- 人前では食べる（または健康的な食事をする）努力をしているふりをする
- 何も問題がないかのように振る舞いつづけようとする
- 体調には気をつけているから大丈夫だと人には言う
- 体に負担のかかる活動を避ける
- さっき食べたばかりだと人には言う

この感情を想起させる動詞
やせ衰える、体が小さくなる、しぼむ、隠し事をする、避ける、なしで済ませる、そらす、理屈をつける、正当化する、懇願する、嘆願する、痛む、打ちつける、横たわる、寝る、おののく、飲む、失神する

このブースターにより生まれる感情
苦悩、不安、懸念、根に持つ、気づかい、きまり悪さ、敗北、意気消沈、絶望、自暴自棄、幻滅、危惧、孤独、切望、みじめ、ネグレクト、無力感、反感、屈服、自己憐憫、懐疑、あやふや、気がかり

引き起こされるネガティブな状況
- 掃除や庭仕事などの家事を途中で投げ出す
- 来客の対応など社交ができない
- 職場や学校で自分の持てる力を出しきれない
- 問題が起きても、それについて考え抜く力がなくなる

- 母乳を与えることができない
- 囚われの身から逃れられない、または忍耐力を試されるが力が出ない
- 人が周りにいると着替えられない
- (自ら食事を拒んでいる場合)体の異変に気づけば介入してくるから、愛する人の近くにはいられない
- 栄養不良の原因を隠しきれない
- 体重を増やせない、または健全な体重を維持できない
- 自分の外見に満足できない
- 自分と一緒に困窮している愛する人に十分な栄養を与えてやれない

対立・葛藤や緊張を高めるシナリオ
- 栄養不良の根本的原因になっている深刻な疾患の診断を受ける
- 専門家によるメンタルヘルス鑑定またはセラピーを受けるよう、裁判所から命令が下る
- 児童相談所などから家庭環境について訊かれる
- 栄養不良であることを許してしまうパートナーがいる
- 我が子が栄養不良に陥っている徴候を目にする
- 頼りにしていたフードバンク〔困窮者に食料援助を行うNPO団体など〕が閉鎖する
- 状況を変えることができたはずの医療を拒否される
- 事故に遭って病院に担ぎ込まれ、栄養不良であることが発覚する
- 妊娠が発覚する
- がんなど、カロリーを消費する病気の診断が下る

えいようふりょう — 栄養不良

え

> **書き手のためのヒント**
> 栄養不良とは必要な栄養素が欠乏した状態なのだが、より急を要する別問題の徴候であるのが常だ。キャラクターがなぜ栄養不良に陥っているのか、その理由を知り、その根本にある問題に向き合う旅路を考えよう。

体の健康問題
〔英 Physical Health Condition〕

【からだのけんこうもんだい】
体の健康問題や身体的ハンディキャップといっても、それがどういう傾向のもので、何によって補われるのかは多岐にわたる。場合によっては、何が制限されるのかもさまざまである。どうしてもできない動作や作業はあり、その場合は、何を期待すべきかを調整する必要があるかもしれない。一方で、身体的ハンディキャップを持った人がそれを障壁だと感じ、感情が揺さぶられるときには、そのハンディキャップが感情ブースターになる。偏見の目で見られたときや、公共の場に出入りできないとき、身体機能に制限があるせいで健常者と分けられたときなど、差別に直面した場合、あるいは、身体的ハンディキャップのせいで回避が困難または不可能な危険に直面した場合は、平静ではいられなくなるだろう。

この項目の内容は非常に一般化されているので、具体的な身体的ハンディキャップを持つキャラクターを描くときの参考に利用してもらいたい。キャラクターの体の健康問題を入念に調べ、その問題にまつわる固定的なイメージを描いてしまわないようにアイデアを調整しよう。

外的なシグナル
- 車椅子や歩行器、医療用スクーターなどの移動補助具を使用する
- ある症状を抑える薬を服用する
- 介助犬を連れている
- 活動内容によっては家族や看護師、介護士が介助する
- より快適に動きやすくするために、オーダーメイドの靴を履く、または装具や義肢などを装着する
- 特徴のある歩き方をする
- ゆっくり慎重に動く
- どの活動に余分に時間がかかるのかをわかっていて、それに応じて予定を立てる
- 決まった食事を摂る
- 決められたストレッチや運動などをこなす
- 顔をしかめる、体の動きが硬いなど、見た目にはわからない症状（痛み、皮膚の過敏症、疲労など）があることを示す表情や動きをする
- 症状を悪化させる食べ物を避ける
- 頻繁に医者に通う
- 手術や治療を受けなければならない
- （食器を洗わずに済むよう紙皿を使う、自炊せずにテイクアウトするなどして）時間や体力を節約する
- 頻繁に休憩をとる必要がある

- （歩行が困難な場合や視力に問題がある場合）打ち身や擦り傷が多い
- 発話しづらい
- 手足が震える
- 安心して話せる相手に八つ当たりする
- 症状がぶり返したために人との約束をキャンセルする
- 体に負担がかかりすぎる活動を避ける
- 人にジロジロ見られたり、注目を浴びたりするのを避ける
- 会場がバリアフリーでないため、楽しみにしていた外出を取りやめる
- 疲れたせいで、またはあまりの痛みに耐えかねて中座する
- パーティーに招待されたが口実をつけて断る
- 外出するより、楽で心地良い家にこもる
- 人に憐れまれるのが嫌で、自分を不必要に追い込んで頑張る
- 人前では楽しそうな表情をする

内的な感覚
- 体が疲れる
- 体の一部または全体が痛む
- 筋肉疲労または筋力低下を感じる
- 足元がおぼつかない
- めまいがし、頭がクラクラする
- 消化器系に不調を覚える（便秘、過敏性腸症候群、胃けいれんなど）
- 体または手足が重く、動きが鈍い
- 耳鳴りがする
- 視界がかすむ
- 感覚が過敏になる
- 肌に虫が這っているような感覚がある、または肌がピリピリする
- （手足を失った人の場合）幻肢痛がある

精神的な反応
- 公的サービスや支援がないために頻繁にフラストレーションを覚える
- 自分の状況は誰も知らないし、わかってもらえないと思い込み、誤解されていると感じる
- 症状のぶり返しや悪化、体調不良を恐れる
- 人にジロジロ見られたり無視されたりすると気まずくなる、または腹が立つ
- 公共の場で不安が募る
- 頭がぼうっとする
- 自分を他人と比べがちになる
- 世の中は不公平だと強く感じる
- 身体的ハンディキャップを抱えていない人を羨む
- 自分の人とは違う部分が人目にさらされているかのように感じる

- 自分は人とは違うと感じる
- 症状が悪化しているのではないかと心配する
- 人の荷物になっているように感じる
- 自分でもっといろいろなことができたらいいのにと思う
- 自己肯定感が低く、自分には価値がないと感じる
- 薬や介助サービスなどの代金を支払えるかどうか経済的に不安を覚える
- 文句ばかり言う人だと思われたくなくて、自分の経験を話さない
- 感情的に疲弊する
- メンタルヘルスに不調をきたし、鬱病やパニック障害を発症する
- 困難に直面すると、何とかしなければと気張る
- 暗い気分になっている自分に気づき、楽しいことをして気分転換を図ろうとする
- 趣味に勤しむ
- ささいなこと（そして体調が良い日）に感謝する
- 後先のことを心配せず、今ここにいることに感謝の気持ちを示す
- 個人的に達成できたことを寿（ことほ）ぐ
- 一日一日を大切に生きる

体の健康問題を隠す方法
- 感情を押し殺す
- 自分の気持ちを偽る
- 他のことで攻撃的になる
- 支援を拒絶する
- 愛想良くし、障害者差別だと指摘するよりも妥協する
- 引きこもる

この感情を想起させる動詞
人に食ってかかる、発散する、疑いをはさむ、口論する、妥協する、避ける、〜だったらいいのにと思う、夢想に耽る、約束する、拒絶する、許す、恨む、たどたどしく歩く、障害物を避けながら移動する、切り抜ける、様子見する、説明する、手を差し伸べる、指をさす、問題を解決する、適応する

このブースターにより生まれる感情
怒り、いらだち、不安、懸念、根に持つ、軽蔑、敗北、反抗、決意、失望、不信、落胆、嫌悪、幻滅、怯え、自信喪失、切望、ネグレクト、圧倒、パニック、無力感、屈服

引き起こされるネガティブな状況
- 片付けなど家の雑用をすることができない
- 自発的に行動できない
- ひとり暮らしができない

からだのけんこうもんだい ― 体の健康問題

- 自分の状態が配慮されている仕事なら見つかるが、そうではない仕事には手が届かない
- 人を助けて支援するにしても、部分的なことしかできない
- （コストがかかり、通学が困難だという理由から）高等教育を受けられない
- 特に遠方への旅やバリアフリーの設備が整っていない場所への旅ができない
- 経済的に自立できない
- 移動は公共交通機関に頼れない
- （注目を浴びるのが嫌な場合）人目にさらされるイベントには出られない
- （ひとりで通勤できない、日々のことに助けが要るなど）自立した生活を送れない
- 自分の主張を通せない
- デートをするのが難しい
- （発話に問題がある場合や、人に心を開けない場合）意思疎通を図るのが難しい

対立・葛藤や緊張を高めるシナリオ
- 身体的ハンディキャップに対応できていない施設があって自分だけ活動を楽しむことができない、教育を最大限に受けることができない、他の人と競争できない事態が発生する
- 障害者差別を指摘したら、逆に（言葉または暴力で）攻撃され、トラウマがひどくなる
- 自分を支えてくれている友人や家族と衝突する
- ひとりで病院に行かなければならない
- いじめやハラスメントに遭う
- 人に利用される
- 差別に遭う
- サポートが受けられない、医療器具が不具合を起こす（電動車椅子のバッテリーが切れるなど）、ひとりでは立ち向かえない脅威に直面するなど、危険を感じる
- 表面的で甘やかされていて、怠け者で、常にネガティブな家族と一緒に時間を過ごす

> **書き手のためのヒント**
> この感情ブースターに反応するキャラクターを描くときは、キャラクターの性格や、体の健康問題や身体的ハンディキャップをどのくらいの期間抱えてきたのかを考えよう。そうした境遇に陥って間もない人なら、それと共に生きてきた人と比べると、嫌なことが起きれば強く敏感に反応を示すかもしれない。同様に、楽観的な性格であれば、悲観的な人よりも、困難に直面しても感情的にならずに立ち回れる傾向が強い。

感覚過負荷
〔英 Sensory Overload〕

【かんかくかふか】
脳の処理能力を超えた情報量が入ってくると、感覚に負荷がかかりすぎる。視覚、聴覚、嗅覚だけでなく、触覚や味覚さえも酷使すると脳に過度に負荷がかかる。体質や気質のせいで感覚がもともと過敏な人もいれば、特定の環境や状況にいるときにだけ感覚が圧倒される人もいる。

外的なシグナル
- 体がこわばって動かなくなる
- 周囲をくまなく見渡そうと、目を見開いてキョロキョロする
- 他の人には気にならないことを不快に感じると口に出して言う
- （目、耳、鼻など）強い刺激を受けている部位を手で覆う
- 刺激から身を守ろうとして体を縮こめる
- 顔をしかめながら目を閉じる
- ビクッとする、または体が小刻みに震える
- 一歩後退する
- 不快感の源から離れる
- 汗をしたたらせる
- 呼吸が速く浅くなる
- 胸が激しく上下する
- 会話についていけず、話に貢献できない
- 質問されても反応しない
- 自分に話しかけている人の目を見ていない
- 自分を落ち着かせる仕草をする（静かに鼻歌を歌う、手を揉む、指の関節をポキポキ鳴らすなど）
- 両手を握りしめたり緩めたりを繰り返す
- 転びそうになりながらよろよろ歩く
- すぐに驚く
- 動揺して体の動きがぎこちない
- 頭を両手で抱え込む
- 頭がパンク状態になり、その場で行われていることに参加や協力ができなくなる
- （音楽の音量を下げる、室温を変えるなど）強すぎる刺激を調整してほしいと頼む

かんかくかふか ― 感覚過負荷

- 作業を終えてもいないのに、あてどなくウロウロする
- 刺激に過剰反応を示す
- その場を去る

内的な感覚
- 気が休まらない
- 体がこわばり、ブルブル震える
- 肌に虫が這っているような感じ、痒み、または焼けるような感じを覚える
- 耳鳴りがする
- 自分の脈拍や呼吸の音が大きく聞こえる
- 感覚が麻痺する
- 部屋がグルグルと回っている気がする
- 音が混ざり合い、何の音なのかわからなくなる
- 頭痛がする
- 喉が締めつけられる
- 息が喉を通り、肺を出たり入ったりする音が聞こえる
- 体が火照る
- 感情が爆発しそうになる
- 神経が張り詰める
- 目や耳などが痛めつけられているような気がする
- 疲れ果てる

精神的な反応
- 目や耳などに入ってくる情報を処理できない
- 考えをひとつにまとめられない
- イライラしやすくなり、人に対して忍耐がなくなる
- 精神的に疲弊する
- 逃げ出すことばかり考える
- 不安に圧倒される
- 集中できず、簡単な決断さえ下せない
- 何に注意を払い、何を無視すればよいのか判断できない
- その場に他の人がいることを忘れ、孤独を覚える
- 助けにならないネガティブな独り言を言う
- 方向感覚がなくなる
- 恐怖またはパニックに陥る
- 状況から意識が遠のき、記憶がなくなる

感覚過負荷を隠す努力
- 服を引っ張る、足をモゾモゾさせる、首を回すなどの落ち着かない仕草をする

- 人に気づかれないように深呼吸をする
- 唇を嚙みしめる
- 歯を嚙みしめる
- 感覚が強く刺激される場所を密かに避ける
- 頻繁にまたは長時間姿を消す
- (コンサート会場、遊園地、人の多いイベント会場など) 特定の場所に誘われると常に断る
- ノイズキャンセリングのイヤホンをしているが、音楽を聴いているのだと言い張る
- 必要なときに目を閉じられるよう、色の濃いサングラスをかける
- 人と距離を置けるように、風邪を引いていると言い張る
- 気が散っていることや、会話についていけていないことへの言い訳をする

この感情を想起させる動詞
質問を浴びせる、ショックを受ける、圧倒される、圧倒する、見えない、聞こえない、いらつく、くるくる回る、襲いかかる、攻撃する、睨みつける、音が鳴り響く、虫が這う、むずむずする、傷つく、大音量の音がする、爆発する、押し寄せる、飲み込まれる、怒りを浴びせる、叩きつける、麻痺する、ぎょっとする、怖がる、イライラする、怒鳴りつける、どよめく、パニックになる、憤る、逃れる

このブースターにより生まれる感情
動揺、怒り、いらだち、不安、混乱、自暴自棄、怯え、きまり悪さ、危惧、狼狽、ヒステリー、みじめ、むら気、圧倒、パニック、無力感、心配

引き起こされるネガティブな状況
- 集中力と細部への注意力を要する作業を途中で投げ出す
- 過敏症であることを隠し通せない
- 大きな音がする、光がまぶしすぎる、または人で混み合うイベントに参加できない
- 誰かとある問題に向き合うため、または、疎遠になっていた愛する人と和解するためなどの重要な話し合いができない
- 気が散りやすい会場での大会やコンテストで勝てない
- 過敏症が表面化する場所への訪問が必須の分野で働けない
- うるさくて衝動的で、感情を剥き出しにしがちな人 (幼児など) の面倒は見られない
- 礼拝に出席できない
- 子どもの社会見学で、遊園地やお祭り行事へ行く場合には付き添えない
- 感覚を刺激する布で作られた作業着を着ることができない
- (ツアーガイド、プロジェクトのリーダーとして) 人を引率または主導できない
- 重要な試験で良い点数をとれない
- 運転免許試験で不合格になる

対立・葛藤や緊張を高めるシナリオ
- 大げさだと家族に責められる
- 隣の家で建設工事が始まり、騒音が激しい
- ハグはしないでと何度も言っているのに、ハグされる
- イベント会場に到着してから、色の濃いサングラスやノイズキャンセリングの小型イヤホンなど、刺激を和らげるための物を紛失したことに気づく
- 過敏症が起きている最中にジロジロ見られる、または笑われる
- 個人的境界線やパーソナルスペースを尊重しない人が近くにいる
- 過敏症を発症して人を怒鳴りつけ、あとで謝罪するはめになる
- 刺激が多い場所で初対面の人に会わなければならない
- 過敏症になりかけて自分を落ち着かせるために数分間休んだため、仕事や面接、またはクライアントとの昼食に遅れる
- 口実をつけて友人との外出を（またもや）キャンセルしたため、友人関係がぎくしゃくする
- 自宅でソーシャルメディアの投稿を眺めていたら、みんなが外で楽しい時間を過ごしている様子を見てしまう

かんかくかふか ― 感覚過負荷

か

書き手のためのヒント
メンタルヘルスの症状を描く予定なら、入念なリサーチは必須だ。たとえば、感覚過負荷を一度だけ経験するキャラクターは、頻繁にそれを経験しているキャラクターとは異なる精神的反応を示すはずだし、身体的反応の激しさも違うはずである。どちらの場合でもできる限り下調べをし、あなたのキャラクターがどういう反応を示すはずなのかを知っておこう。

監視

〔英 Scrutiny〕

【かんし】
自分が監視または批判の目にさらされているとはっきり意識したときの心の状態を指し、不安、心もとなさ、いらだちといった感情を伴って不快にさせられる。

外的なシグナル
- 体が不自然に硬直する
- 顔が赤くなる
- うなじをさする、または肩を回す
- 肩をすくめ、頭を引っ込める
- 監視者を横目でちらりと見る
- 唾をごくりと飲み込む
- 汗をかく
- 顎を引く
- 顔を背ける
- （急に体が火照り）服を引っ張って空気を入れる
- 監視者に神経質そうに丁重な笑みを向ける
- 発言内容に気をつける
- いつもよりまばたきが激しい
- 唇を舐める
- 手で顔または喉元を触れる
- 目を合わせない（または追従の意思表示として目を合わせたままにする）
- 言葉につかえる、または早口になる
- 質問が聞こえないふりをするなど、恐怖を鎮めるための時間稼ぎをする
- 期待通りのことを言ったりしたりして疑われないようにする
- 自分の仕事や外見などを何度も確認する
- 監視者がどこにいるのか（またはその場を去ったかどうか）を確かめるため、何気なく周囲を見渡す
- 親しげに礼儀正しく接する
- 「普通」に見せようとするあまり、言葉や行動、努力などが行きすぎる

かんし — 監視

- 聞かれてもいないのに、言い訳をしたり情報を提供したりする
- 監視されていることに気がつき、動きがぎこちなくなる（歩き方が不自然になるなど）
- 聞かれないように小声でブツブツ呟く
- 他の人と同じことをして目立たないようにする
- 監視者に背を向ける
- 普段よりもビクビクする
- 慌てて作業をする
- 物を落としそうになったり、実際に落としたりする
- （無礼な言動をする、短気になるなどして）他人に八つ当たりする
- リラックスできない、またはじっとしていられない
- 額の汗を拭う
- 身なりが整っていることをさっと再確認する
- 髪を整える、または服の皺を伸ばす
- 監視者が近づくと、一呼吸して背筋を伸ばす
- 出口の方向に体または足（もしくはその両方）を傾ける
- 口実をつけて席を外す
- 監視に耐えかねて神経が参る（懇願や謝罪などをする）
- （反抗的な態度を示すのが性格的に合っている場合）顎を上げ、監視者の目を見据える
- （嫌味のある言葉、裏のある褒め言葉をかけるなどして）受動的攻撃性を見せる

内的な感覚
- 喉が渇く
- めまいがする
- 体が火照る
- （汗ばんで）肌が痒くなる
- 胸が締めつけられ、浅い呼吸しかできない
- 体が硬直する
- 何かを飲み込もうとして喉がつっかえる
- 鼓動が激しくなる
- 耳鳴りがする（血圧が上がるせいで）
- 監視者が後ろに立っているため、見えない手が肩に置かれているように感じる、またはうなじに刺すような痛みを感じるなど、圧力を知覚する
- 顔が火照る

精神的な反応
- 集中できなくなる
- 見られているという意識が高まる
- （背を向ける、髪で顔を隠すなど）詮索の目を避けたい衝動に駆られる
- 自分の行動や目につく欠点を過剰に意識する

- 理不尽な不安を抱え、気を病む
- 詮索されていることに反感を覚え、ひとりになりたいと思う
- 最悪の場合を考える
- 落ち着けと自分に言い聞かせる
- 監視者の期待に合わせて何をすべきか、何を言うべきかを前もって考えておく
- （機会が訪れた場合に備え）自分を際立たせる行動や言葉を前もって考えておく
- 監視者の期待に背いた、または失望させた場合は報復を恐れる
- 急がなければと思ってしまう
- 監視されていることを忘れようと目の前の作業に専念する

監視されている不快感を隠す努力
- ストレッチまたはあくびをするふりをする
- わざとゆっくり時間をとる
- ゆったりとした足取りで部屋を横切る
- 監視の目を気にせずに、立ち止まって誰かと冗談を言い合う
- 前かがみになって靴紐を結ぶ、間食をする、コーヒーを飲みに席を立つなど日常的なことをして、監視の目を気にかけていないふりをする
- あえて周囲を見回さない
- 微笑み、軽い口調で話す
- リラックスしているふりをする
- 無表情を保つ
- 大胆かつ挑戦的に目を合わせる
- 監視者に向かって「あら、何かご入用でした？」「どういたしましょう？」と声をかける
- 攻撃的になり、「ここにいてくれてよかったです。これで合っているでしょうか？」と嫌味に尋ねる

この感情を想起させる動詞
無視する、却下される、装う、縮み上がる、隠し事をする、汗をかく、落ち着かない、いらつく、びくつく、顔をゆがめる、ガタガタ震える、体をそらす、心配する、急かされる、分析する、監査する、指をさす、点検する、念入りに調べる、モニターする、観察する、酷評する、徹底的に調べる、疑いをはさむ、審査する、見回す、よく見る、細かく調べる、様子見する、見張る

このブースターにより生まれる感情
動揺、驚嘆、怒り、不安、懸念、裏切られる、根に持つ、反抗、決意、怯え、危惧、自信喪失、怖気づく、疑心暗鬼、無力感、反感、心配

引き起こされるネガティブな状況
- 説得力のある嘘がつけない

- （恋人、スパイなど）禁じられている人と会えない
- 危機に陥り、大丈夫なふりができなくなる
- 家族や配偶者を騙せなくなる
- 不正を働けない、またはルールを違反できない
- 拘束状態から逃げられない（または他の人たちを逃してやれない）
- 監視されることに慣れすぎて、他の人が承認しない計画は実行できない
- 密かにスキルを習得したり、作業を終わらせたりできない
- （愛情、満足、忠誠などの）感情を持っているふりをしようとしてもばれる
- 二重生活を送る

対立・葛藤や緊張を高めるシナリオ
- 監視者に命令され、スリを働かなければならない（または無実の人に証拠を植え付けなければならない）
- 本当は自分が何者であるかを隠しつづけようとする
- みんなが見ている前でこっそりとメモや鍵を渡したり、指示を伝えたりする必要がある
- 監視の目をかいくぐり、ある領域を脱出しなければならない
- 会話が盗聴されているなか、相手に指示を伝える
- 武器や証拠品を隠滅する必要がある
- 試験でカンニングする
- 監視の目にさらされながら良い成績を出さなければならない
- 他人になりすまし、その人の側近を欺く必要がある
- 警備員や門番をうまく言葉で丸め込み、門を通過する必要がある
- 警備員や警察の目を盗み、ある物を密輸しなければならない
- 警備の厳重な独房や施設からある人を脱出させる必要がある
- 人騙しの天才を騙さなければならない
- 自分が関与した犯罪について警察に尋問される

書き手のためのヒント
プレッシャーの下でも平静を保てるかどうかは、キャラクターが以前に厳しい監視の目をかいくぐった経験があるかどうか、何が危険にさらされているのか、どういう性格をしているのか、そして、感情を抑えられる能力があるかどうかによって決まる。キャラクターが何者なのかと、監視の目にさらされてきた経験とのずれがないようにして、監視をどれだけうまくすり抜けられるのか（または逆に見つかってしまうのか）を描くこと。

危険
〔英 Danger〕

【きけん】
危険が生じるのは、危害を加えられそうになるか、弱い立場に追い込まれ、リスクや損失を負わされそうになるときである。自分自身や他人の命が危ぶまれるときの危険については、「命の危険」の項目（p. 80）を参照のこと。

外的なシグナル
- 瞳孔が開き、目を見開く
- 脅威から目を離さない
- 眉間に皺を寄せる
- 頭と上体をそらす
- 顔が紅潮する
- 鼻孔が開く
- じっとして物音を立てない
- 脅威のある方向に耳を傾ける（または脅威の動きを警戒する）
- 状況を判断するため周囲をさっと見回す
- 自分の喉元を手で押さえる
- しゃがみ込む、身を低くする
- 隠れる
- 助けや逃げ道を求めて辺りを見回す
- 相手の注意を引かないように、ゆっくりと気をつけて後ずさる
- 倒れる
- 震える
- （震えているせいで）思い通りに動けない
- 両手を握りしめる
- 体に触れられるとビクッとする
- 言葉に詰まる、またはどもる
- 声がかすれて高い声になる
- ぎこちなくて、もたついた動きをする
- 時間だけが過ぎていき、ソワソワしはじめる
- 祈る

きけん — 危険

- 愛する人に向かって叫ぶ、メッセージを送る
- 「いや、これは何かの間違いだ」などと否定の言葉を呟く
- 「大丈夫さ」「何も問題はないよ」「お前ならできる」などと自分を激励する言葉を呟く
- 時間を稼ぐ
- 壁やカウンター、家具の陰に隠れる
- 泣き出す
- 過呼吸に陥る
- 助けを求めて叫ぶ
- 自分と脅威との間に遮る物をそっと置く
- 武器に手を伸ばす
- 脅威に対して攻撃に出る
- 脅威と交渉する
- 逃げる

内的な感覚
- アドレナリンが体内を駆け巡る
- 胃がひやりとする
- 汗だくになる
- 足がよろよろする
- 刺激に敏感になる
- ぞっとする
- 闘う、逃げる、または身動きがとれなくなる
- 体全体が熱くなる
- 胸に刺すような痛みを感じる
- 唇が乾く
- 目が冴える
- 鼓動が激しくなる
- 手が冷たくなる
- 体がこわばる
- 口の中や喉が渇く
- めまいがする
- 疲弊する（危険が長引く場合）

精神的な反応
- あれこれと考えが駆け巡る
- 特に音や何かの動きに敏感になる
- 頭で状況を理解しようとする
- 自分が過剰に反応しているのではないかと気になる
- 頭が働かない

- 本当にこれは脅威なのだろうかと疑う
- どういう行動をとるべきか、どのようなリスクが伴うのかを頭の中で比較する
- 自分ひとりでこの状況に対処できるだろうかと不安になる
- 思考を飛躍させ、最悪の場合を考える
- 愛する人のことを考える
- この状況に至るまでの自分の選択や行動を悔やむ
- (激怒、恐怖、憎悪、パニックなど) 強烈な感情が湧く
- パニック状態になって圧倒される
- 道徳心をかなぐり捨て、脅威に立ち向かう

危険を軽視する努力
- 威勢を張る (胸を突き出す、両手を腰に当てる、平然を装うなど)
- 一歩も引かない
- 嘲笑する、あきれて目をぐるりと回す
- 大げさにため息をつく
- 「退散しろ」の意味で、手で何かを払いのける仕草をする
- ほくそ笑む、せせら笑う
- 弱々しく笑う
- 挑発的な声で話しかける
- いつもより大声で話す
- 「あなたは危険な状況にいますよ」と言ってくる人をけなす
- 後ずさりし、防御の姿勢をとりながら強がりを言う
- 攻撃的な態度をとる

この感情を想起させる動詞
取引する、賄賂を使う、懇願する、交渉する、走る、逃げる、逃れる、疾走する、息が止まる、言葉に詰まる、どもる、ブツブツ言う、うめく、絶叫する、叫ぶ、失神する、震える、おののく、わななく、ガタガタ震える、嘆願する、身をよじる、もがく、避ける、はぐらかす、凝視する、パニックになる、祈る、守る、体をかばう

このブースターにより生まれる感情
怒り、苦悩、不安、混乱、拒絶、自暴自棄、決意、打ちのめされる、怯え、危惧、狼狽、ヒステリー、圧倒、パニック、疑心暗鬼、無力感、激怒、後悔、衝撃、恐怖、苦しみにもがく、復讐、脆弱、気がかり

引き起こされるネガティブな状況
- 脅威の力が大きすぎて、歯が立たない
- 脅威や危険な存在からこっそり逃げようとするが見つかる
- 愛する人を守らなければならない

きけん／危険

- 普通にリラックスしているふりができない
- 楽観的になれない
- 誰を信用すればいいのかわからない
- 頭が働かない
- 他のことに手がつかなくなる
- （主導者である場合）仲間が恐れをなしたのを見て統率力を失う

対立・葛藤や緊張を高めるシナリオ
- 危険に立ち向かおうとしているのは仲間の中で自分しかいない
- 過去に直面した危険を思い出し、身動きがとれなくなる
- パニック発作が起きる
- 危険があることは知っているが、それを特定する、または立ち向かうことができない
- 愛する人も脅かされている
- 怪我や体調不良など、体調が万全でないときに脅威に直面する
- 危険に立ち向かうための道具やスキルを持ち合わせていない
- 逃げ道を教えてもらったが、大きな犠牲を払わなければそこに辿り着けない
- 事態を悪化させる決断を下す
- 危険を目の前にして、自分の最大の弱点や恐怖心があらわになる
- 危険を甘く見ていたことに気づく

書き手のためのヒント

キャラクターが危険にさらされているとき読者の関心を引くのは、通常、物理的脅威ではない。むしろ、キャラクターが感情面、精神面、道徳面などで何を失うのかが読者を引きつける。怪我や病気といった身体的リスク以外に、どのようなリスクをキャラクターが負うのかを考えてみよう。キャラクターが脅威に歯が立たなかった場合、何が崩壊し、損なわれるのかはもちろんのこと、他に誰が傷つくのかを考えてみよう。

競争
〔英 Competition〕

【きょうそう】
キャラクターがライバルと戦うとき、結果がどうなるかわからないがゆえに、心理的な緊張がライバルとの間に生まれる。競争はスポーツと関連付けられることが多いが、職場や学校(昇進や賞をめぐって張り合う)、人間関係(恋敵と争って意中の人の気を引こうとする、親の承認を得ようときょうだい同士で競い合う)など、権力の座や欲望の対象を勝ち取る可能性のある場所でなら、どこでも競争が生まれるはずだ。前後関係にかかわらず、競争に対してキャラクターがどのように反応するのかは、どれだけ準備ができているのか、成功あるいは失敗を予測しているのかによって変わってくる。

外的なシグナル
- 競争相手を見定める
- 唇をギュッと結ぶ
- 競争相手から目を離さない
- 競争相手に向かって頷く
- 集中のあまり眉間に皺を寄せる
- 背筋を伸ばし、胸を張る
- うつむき、戦いに備えて心の準備をする
- 首を回す
- ソワソワした動きをする
- 両腕を軽く振り、肩の力を抜く
- その場で飛び跳ねる、歩き回る
- (たとえ見せかけにすぎなくても)自信たっぷりに振る舞う
- 周囲を見回す
- 準備や研究、自己研鑽など、首位に立つための修練に集中する
- 成功に近づくために段階的な目標を設定する
- 勝つために必要なスキルを絶え間なく磨く
- 同じミスを繰り返さないよう失敗から学ぶ
- 競争に備えて鍛錬する
- 寝る間を惜しんで準備する
- 自分をさらに限界に追い込む
- リスクをとる(そうすることで優位に立てる場合)
- 成功を予測し、成長度合いを把握し、弱点を探し出すためにデータを分析する
- 自分の弱点をあらわにする活動や仕事を避ける
- 自分を支えてくれる優秀な人材を集めてチームを結成する

きょうそう ― 競争

- チームメンバーにも自分と同じように努力することを期待する
- 支配欲の塊になる(主導権を握りたがる、細かいことに口を出すなど)
- チームメンバーの進捗状況を頻繁に確認する
- 他の趣味や習慣を犠牲にして戦いに勝つことを最優先する
- ひたすら目標に向けて時間を費やす
- さらにストレス要因が増えたり責任を負わされたりして圧倒される
- 決定権を持つ人に媚びを売る
- ミスが発生すると仲間を責める
- 挫けたり失敗したりすると、かんしゃくを起こす
- 眠気を覚まし、頭を冴えさせるために刺激物に頼る
- 自分の人生にとって大切な人を放置する
- ライバルをののしり、威嚇する
- 密かに競争相手を貶める
- ライバルを妨害する
- 思い通りにならず負けそうになると、負け惜しみを言う

内的な感覚
- アドレナリンが体内を駆け巡る
- 鼓動が激しくなる(胸がドキドキする感覚)
- 呼吸が荒くなる
- 胃が痛くなる
- 不安から胃が重たく感じる(競争相手が優位に立っているように思えるとき)
- 筋肉が張っている感じがする
- 顎が硬くなる
- 常に動いていないと気が済まず、ソワソワした気分になる

精神的な反応
- 目標に異常に固執する
- 重要な日やイベントが近づき、自分に発破をかける
- 勝利を思い浮かべる
- 目標のことばかり考えている
- ストレスを感じる
- 自分をライバルと比較する
- 競争相手を妬む
- ライバルのことが頭から離れず、相手の進捗状況を常に気にする
- ライバルのこと(相手のスキルや持っている物、能力など)を考えては自信を失い、自分の能力を疑う
- 勝てば自分の内的欲求(承認欲求を満たす、自分の成長を証明する、安定した生活を得るなど)を満たせると信じ、どうしても勝ちたいと思う

- 競争相手を侮る
- 自分の能力を過大評価する
- ライバルに対し不当な、根拠のない偏見を抱く
- 優位に立ちたくて、不正を働き、倫理をかなぐり捨てたい誘惑に駆られる
- 他人にどう思われるのかを気に病む
- 自分に厳しくなる
- 完璧主義になりすぎて苦しむ
- 失敗を恐れる
- 決定的瞬間が近づくにつれ、緊張や不安が高まる

競争心を隠す努力
- 虚勢を張る
- ライバルとは競争などしていないと言い張る
- 練習や会議など準備をさぼる
- ひとりでこっそりスキルを磨く
- 勝つことは自分にとって重要ではないというそぶりをする
- まるでライバル関係ではないかのように相手を褒める、または受け入れる
- ライバルを避ける

この感情を想起させる動詞
一生懸命努力する、貫く、押す、こつこつ努力する、切磋琢磨する、練習する、磨く、リハーサルする、運動する、訓練する、特訓する、研鑽する、犠牲にする、優先順位をつける、集中する、固執する、全力を注ぐ、執拗になる、（相手を）弱らせる、妨害する、敗北する、裏をかく、下げる、思い浮かべる、分析する、精査する

このブースターにより生まれる感情
期待、不安、懸念、自信、軽蔑、欲望、決意、疑念、怯え、きまり悪さ、興奮、危惧、希望、劣等感、自信喪失、怖気づく、嫉妬、緊張、執拗、圧倒、あやふや、脆弱、気がかり

引き起こされるネガティブな状況
- （他のことをすべて犠牲にしてまで）勝つことに固執する
- 体力の限界がわからずに無理をする
- 自分の能力を現実的に評価できない
- 大切な人のために時間をとらない
- 他の人の助けなしに、自分の力だけで勝とうとする
- ミスや失敗について妥当な見方をすることができない
- 負けると生きていけない
- カッカすると、敬意を持って人（ライバル、チームメンバー、愛する人、雇用主など）

に接することができない

対立・葛藤や緊張を高めるシナリオ
- 負傷したり体調を崩したりして、目標達成の準備が捗らなくなる
- ライバルが圧倒的優位に立っている
- 愛する人や家族の支えを失う
- 後援者や収入源を失う
- ノーマークだった人物がどこからともなく現れ、ライバルになる
- 世間に支持されなくなる
- 自信を揺るがす失敗を犯す
- 成功の基準が変更され、勝つのが難しくなる
- 必要なスキルをなかなか習得できない
- 自分は妨害されているのではないかと疑っているが証明できない
- 仲間に裏切られる

> **書き手のためのヒント**
> 競争がストレス要因となるには、キャラクターが負ければ、重大な何かが失われる設定にする必要がある。失敗の代償は大きく個人的なものでなければならないため、さまざまな可能性を検討し、キャラクターにとってそれがどんなものになるのかを頭の中に描いておこう。その上で、なぜ競争がキャラクターの最高の部分または最悪の部分を引き出してしまうのかを読者にしっかり伝えるようにしよう。

きょうそう　競争

強迫

〔英 **Compulsion**〕

【きょうはく】
強迫とは、ある行動をとらずにはいられない抑えがたい欲求を指す。しかも、その行動は不合理で、望ましくない場合すらある。強迫というと、強迫性障害や薬物乱用などの深刻な症状を思い浮かべがちだが、実は、私たちはみな日々強い強迫観念に襲われている。キャラクターとて同じで、ミスを隠したい、食事制限をごまかしたい、どうしても欲しい物を手に入れたい、あるいは、愛する人を失敗から救いたいといった衝動に直面する。この項目では、キャラクターが格闘しそうなさまざまな衝動を幅広く取り上げる。

外的なシグナル
- 首を振る（心の中で「だめだ」「そんなことをしてはだめだ」と言っているかのように）
- 顔が紅潮する
- 首の後ろをさする
- 肩の力を抜こうとして肩や首を回す
- 周囲をキョロキョロと見回す
- 手足がソワソワする
- 同じ場所を行ったり来たりする
- 瞳孔が開く
- 他の人と目を合わせない
- まばたきが激しい
- 着ている服を整える
- 髪をかき上げる
- 呼吸が荒くなる
- 頬をしばらく膨らませたあと、ぱっと息を出す
- 「私がやるべきよね」「自分がやらなければ」と小声で自分に言い聞かせる
- 棘のある笑い方をする
- 頻繁に唾を飲み込む
- 手が震える
- 手をばたつかせる
- 急に踵を返す
- 貧乏ゆすりをする
- 顎や頬に汗が伝う、額に汗が滲む
- 喉を鳴らして奇妙な音を立てる
- 赤くなるまで皮膚をむしる、さする

きょうはく｜強迫

- 衝動と闘いながら拳を握る
- スイッチや錠などを何度も確認する
- 目覚ましのアラームをひとつだけではなく、いくつも常に設定する
- 職場や家庭で物をきれいに整理整頓する
- 生活空間にごみを溜める（または逆に、隅々まで整理整頓する）
- 約束の時間に現れない
- 感情の起伏が激しい
- （ガム、爪など）何かを常に噛んでいる
- （就寝前、外出前など）決まった時間に決まったことをしないと気が済まない
- 物を異常に集める（飾りきれないほど物がある、収集に散財して借金をするなど）
- 物が捨てられない（物に愛着を持ち、手放せなくなる）
- 何度も手を洗う
- 声をひそめて数を数える、祈る、または言葉を復唱する
- 自分の髪を抜く、皮膚をむしるなど、反復行動を繰り返す
- 予定が変更され、物事が自分の思い通りにならないと過剰に反応する
- 行動を起こしたくなる引き金となるものを避ける
- 「馬鹿馬鹿しく見えると思うけど、こうすると気持ちが落ち着くんだ」などと強迫行為の言い訳をする

内的な感覚
- 鼓動が激しくなる
- 一点をじっと見つめていられない
- 食欲不振に陥る
- 歯ぎしりする
- 音が実際よりも大きく聞こえる
- 胸が締めつけられる
- 活力がみなぎる
- 体の内側がソワソワする
- 衣服が肌に触れているのを敏感に感じる
- よく眠れない、リラックスできない
- 体がカッカした感じがする
- チクチクする、またはむず痒い感覚が消えない
- 体がこわばる

精神的な反応
- 抑えがたい欲求のことが頭から離れない
- 何をすべきかを感情的に理由付けし、選択肢を天秤にかける
- 衝動に屈するのを正当化し、「みんなお金のこととなると本当のことは言わない」「大したことではない」などと考える

- 自分の行動の帰結を考えられなくなる
- よからぬ考えが浮かび、払拭できない
- 同じフレーズを頭の中で何度も繰り返す
- 考えをはっきりと言葉に表せない
- 気を紛らわせようとする
- 衝動に駆られて行動しないよう自分に言い聞かせる
- 強迫観念から解き放たれて安心したくてたまらない
- 衝動に抵抗したいが、感情的に動いてしまう
- 時が経つのを忘れる
- 強迫観念が強まるにつれ、考え方が不合理になっていく
- 行動するしかないと自分を納得させる
- 「気が狂っている」「自制できるはずじゃないか」などとネガティブな独り言を言う
- 自己嫌悪と恥に苦しむ
- 不安が押し寄せ、パニックに陥る

強迫を隠す努力
- 人に自分は大丈夫だと言って説得する
- 自分がしていることを嘘で隠す
- なぜ特定の場所に行こうとしないのか、特定の人に会わないのかをいちいち言い訳する
- 他人の後押しを求める
- 口調を抑えて話す
- (リストカットの痕、爪を噛んだ痕、肌を掻きむしった痕など)強迫の徴候を示す体の一部分を隠す
- 自分の人生から人を排除する
- 飲酒やギャンブルなどの行為は病気ではなく、世間に受け入れられて当然なのだから大丈夫だと開き直る
- 「整理整頓をするのが好きなだけ」と言ってごまかす

この感情を想起させる動詞
飛びのく、消耗する、支配される、考えるのに時間がかかる、要求する、固執する、正当化する、理屈をつける、頭がいっぱいになる、拒む、繰り返す、しつこく追い回す、監視する、格闘する、闘う、抵抗する、避ける、気が散る、追従する、行動に出る、あら探しをする、整頓する、動き回る、きれいに整理する、まごつく、ぐずぐずする、急かされる

このブースターにより生まれる感情
動揺、期待、不安、懸念、葛藤、決意、疑念、興奮、罪悪感、自信喪失、切望、執拗、自責、自己嫌悪、恥、苦しみにもがく

きょうはく｜強迫

引き起こされるネガティブな状況
- 欲求に逆らえず、人におせっかいを焼く、訂正する、嘘をつく、隠すなどの行動に出る
- 健全な選択をすることができない
- 強迫の症状が表れると、他のことに集中できなくなる
- 自信や強さ、自由を感じられなくなる
- 家族や親しい友人にすべてを正直に話せない
- 他の誰かが誘惑に負けそうになっていても助けることができない
- 自分には助けが必要だと認めない

対立・葛藤や緊張を高めるシナリオ
- 衝動に負け、釈明または謝罪するはめになる
- 衝動に従って行動し、思いもよらない結果を招く
- 何の助けにもならない無能なセラピストを雇う
- 強迫に向き合うのが怖くて、無意識に人間関係を壊す
- 自分の苦しみばかりに気を取られ、子どもの人生に起きている重要なことを見逃す
- 秘密をばらすと脅される
- 衝動に駆られて行動しているところを動画に撮られる
- 強迫の治療薬の副作用が出る

書き手のためのヒント

この感情ブースターを活かすには、キャラクターが何に誘惑され、何に弱いのかを知っておく必要がある。キャラクターを襲う強迫行為や強迫観念はどのようなもので、それを引き起こすのは何なのか。それは特定の何か（状況、人物、感情など）によって引き起こされるのか。その衝動はどれほど抗いがたいものなのか。もしキャラクターが強迫性障害などの深刻な症状に陥っているのなら、それを正確に描くための下調べをし、ステレオタイプに満ちた表現や描写を避けるようにしよう。

禁断症状
〔英 Substance Withdrawal〕

【きんだんしょうじょう】
ドラッグやアルコールなどに依存している人がその摂取をやめると、心身に表れる症状を指す。禁断症状が起きるのは、自ら薬物を断とうとしている場合もあるだろうし、強制されたり、薬物を入手できなくなったりした場合もあるだろう。関連項目の「薬物依存」(p. 264) も参照のこと。

外的なシグナル
- ずっと寝ているか、あまり寝ていない
- 気分が変わりやすい
- 手足が震える
- 瞳孔が開き、目をすばやく動かす
- 落ち着かない
- 刺激に過剰に反応する
- 自分が今どこにいるのかわかっていないように見える
- 体が思うように動かない
- 異常に汗をかく
- あくびをするなど、眠たそうに見える
- ベッドの中で長時間過ごす
- 体がピクピクする
- 頻繁に泣く
- 静かで薄暗い場所に引きこもる
- 電話やメッセージを返さず、音信不通になる
- 何かをしていても頻繁に休憩が必要になる
- 嘔吐する
- 闘争的かつ挑戦的になる
- (薬物を断とうとしている場合) 薬物のある場所を避ける
- 自宅にあるアルコールや薬物を全部捨て去る
- 人付き合いを変える
- セラピーやカウンセリングに通う
- (禁断症状を乗りきるために) 理由を明かさずに休暇をとる予定を立てる
- 依存症者の自助グループの集まりに参加し、その後援者と何度も電話で話す

- 宗教などの信仰に興味を示すようになる
- 支援者にしがみつく

内的な感覚
- 熱っぽくて寒気がする
- 疲れ果てる
- 食欲が変化する
- 体全体が痛み、苦しい
- 薬物が体から抜けるにつれ、脈拍が速くなったり遅くなったりする
- 吐き気がし、胃がけいれんする
- 頭痛がする
- 喉が異常に渇く
- 気分が優れず、弱々しく感じる
- 薬物を欲する
- 閉所が怖い
- 火照りや冷えが起きる
- こむらがえりになる
- 不整脈が起きる
- 鮮明な夢や悪夢を見る

精神的な反応
- （死ぬこと、薬物をやめられないことなどを）恐れる
- 自分は薬物に打ち勝つのだと言い聞かせる
- 依存症になったのは自分にも責任があると認める
- 自力で薬物を（きっぱり）断つことができると信じる
- 集中できない
- 頭が回らない、または一貫した考えを持てない
- 感情の起伏が激しくなる
- 禁断症状が始まって不安を強く感じ、動揺したり、パニックに陥ったりする
- 自分は死んでいくのだと思い込む
- 幻覚を見る
- 疑心暗鬼に陥る
- 薬物を断とうとしている理由に意識を集中させようとする
- 自分の正気を疑う
- 自分に薬物をやめさせようとする人たちに反感を覚える
- 薬物なしでは生きていけないと思い込む
- 仕事のあとや特別なときなど、ときどきなら薬物を摂取してもいいと理屈づける
- 薬物がないとどうしていいかわからない
- 鬱になる

- 霊的な目覚めを体験する

禁断症状を隠す努力
- 禁断症状に苦しむ姿を誰にも見られないように引きこもる
- 治療施設へ入り、不在の理由について嘘をつく
- 禁断症状がひどいのに、大したことはないふりをする
- (薬物を手に入れるために) 突然姿を消し、どこにいたのか嘘をつく
- 近所の人に見られないよう、遠くにあるメタドンクリニック〔ヘロイン中毒患者にメタドンを代用して治療を行う診療所〕を訪れる
- 禁断症状が起きて人に悪態をつくが、あれはストレスのせいだったと言ってあとで謝る
- 自分が使用している薬物に関係している人や場所を避ける
- 自宅に近い場所での遊びか、夜遅くならない遊びにだけ参加する
- 今までの薬物に取って代わり、新たな薬物に依存するようになる
- 感覚が過敏になっているので、サングラスをかけたり、小型イヤホンを着けたりする
- 風邪かインフルエンザで体調を崩したと言い張る

この感情を想起させる動詞
乱用する、避ける、引きこもる、離れる、泣く、そらす、否定する、幻覚を見る、孤立する、わななく、身悶えする、体を震わせる、後悔する、引っ込む、ガタガタ震える、もがく、苦しい思いをする、汗をかく、おののく、引きつる、使用する、隠し事をする、嘔吐する、痛む、渇望する、欲求を抑えられない、切望する、闘う、手放せなくなる、パニックになる、嘆願する

このブースターにより生まれる感情
苦悩、不安、懸念、意気消沈、欲望、絶望、決意、落胆、危惧、フラストレーション、罪悪感、希望、劣等感、切望、みじめ、むら気、圧倒、後悔、安堵、自責、反感、屈服、悲しみ、自己嫌悪、自己憐憫、恥

引き起こされるネガティブな状況
- 自分が欲しい薬物を提供する人たちに背を向けられない
- しらふでいられない
- 体を酷使する活動に従事できない
- 友人とレストランやバー、ワイナリー、ブルワリーに出かけられない
- 瞑想などの心を鎮める行為に耽ることができない
- 職場や学校、または家庭で生産的に機能できない
- 愛する人と一緒に今を大切にして過ごせない
- 問題を解決したり、批判的に考えたりできない
- 我慢と集中力が求められる活動に従事できない
- (結婚式、誕生日会、ビジネス交流会、独身お別れパーティーなど) 依存性の高い薬物

が手に入る集まりに参加できない
- 心身ともに最善の状態の自分でいられない
- 夜中に子どもにミルクを与える、子どもを学校まで車で送るといった家庭の責任を果たせない

対立・葛藤や緊張を高めるシナリオ
- しらふの状態を保てない
- 過去に心に傷を負った出来事について真実が明らかになる、または、抑えてきた記憶が蘇り、それに向き合わなければならなくなる
- 禁断症状に耐えている間に、誰かに危害を加える
- 薬物をきっぱり断てないのではと疑う否定的な人たちがいる
- 過去に薬物を断とうとして失敗したことを思い出す
- 親権が奪われそうになる
- 薬物離脱治療の妨げになる基本疾患を抱えている
- 愛する人が我慢の限界に達して去る
- 弱気になっているときに薬物をちらつかせる人がいる
- 密かに治療を受けていたことが公になる
- 禁断症状がひどくなり、命が脅かされる
- 薬物を手に入れようとして道徳の一線を越える（薬物を手に入れるために窃盗を働く、パートナーを騙す、幼な子を家に置き去りにするなど）

書き手のためのヒント
キャラクターが自らの意志で薬物離脱を試みているなら、そのモチベーションがこの先もしらふでいられるかどうかに影響するはずだ。（法的に求められている、お金がなくて薬物が買えないなどの）外的要因で離脱しようとしているなら、非常に個人的な理由がある場合と比べると、その進展は違った様子になるかもしれない。しかし、たとえ力強い理由があっても、必ず薬物を断ち切れるとは限らない。未解決のトラウマを抱えている場合は特にそうだ。キャラクターが薬物を断とうとする旅路を真実味を持って描くには、キャラクターの過去の心の傷を理解し、しらふでいつづけるのを困難にする障壁がないかを考えよう。

空腹
〔英 Hunger〕

【くうふく】
飢えとは、喉から手が出るほど食べ物が欲しいと感じることだと定義できる。空腹の深刻さはさまざまであるため、感情ブースターとしては多目的に使える。不快でイライラした雰囲気を醸し出すのに食事にありつけない状況を作りたい場合もあれば、生死がかかっている脅威として飢えを検討したい場合もある。この項目ではどちらの場合も含めて幅広く扱う。ストーリーの中で飢えが重要な役割を果たすのであれば、「栄養不良」の項目（p. 84）も参照するとよいだろう。

外的なシグナル
- （軽食が並んでいないか、ファストフードの店が近くにないかなど）食べ物がないかと周囲を見回す
- 食べ物の匂いがし、大きく息を吸い込む
- 「このケーキやお菓子、すごくおいしそう」「焼きたてのパンの匂いがする」などと言う
- 食べ物を凝視する
- 他の人が食べているところをまじまじと見つめる
- 手が震える
- （招かれた家の主人や友人に頼む、レストランで物乞いするなど）食べ物を恵んでほしいと頼む
- 鞄やポケットの中にミントキャンディやガムが残っていないか探す
- 空腹をしのぐために甘い飲み物を飲む
- （スーパーやショッピングモールなどで）無料の試食品を探す
- 食べ物を見てうめき声を出す
- 食べ物のある場所へ近寄る
- うっすらと口が開く
- 唇を舐める、または噛む
- いつも食べ物の話ばかりする
- 唾を頻繁に飲み込む
- 食べ物の方へ思わず手が動く
- 腹部や喉を触る、またはこする
- 両腕で腹部をそっと抱きしめる
- 食べ物にありつくと食べすぎる
- あっという間に食べ物を口の中いっぱいに詰め込む
- 空腹のあまり慌てて食べるのでテーブルマナーがない

- 体がフラフラする（頭がクラクラする）
- 食べ物を乞う

激しい空腹や長期にわたる飢えのサイン
- 体重が減り、やせ衰える
- 腹部がぼこっと膨らむ
- 食べ物を手に入れられるなら暴力も厭わない
- 服がだぶついている
- 肩や指、または足が骨ばる
- 目が落ちくぼむ
- 頬がこけて骸骨のようになる
- 血色が悪い
- 皮膚がたるむ
- 髪が薄くなる
- 泣く
- 歯茎が弱くなり、歯がぐらつく
- 必須栄養素の不足に起因する健康問題を抱える
- 目がギラギラする
- 寝てばかりいる
- 疲れ果てる
- 弱々しい動きをする
- 体が震える
- （脂ぎった肌、くすみ、ニキビなどのせいで）肌が不健康になっている
- 集中して物事を考えられない
- ささやき声で話す
- 食べ物が腐っていても、あるいは安全でない食べ物でも食べようとする
- 脈が乱れるか、速くなる
- 意識を失う

内的な感覚
- 胃が空っぽでキリキリと痛む
- 胃がよじれるような感覚
- 口の中が乾く
- 胃がギュルギュルと鳴る
- 吐き気がする
- 匂いに過敏になる
- 食べ物を見ただけで、または匂いを嗅いだだけですぐに唾が出る
- めまいがする
- 頭痛または片頭痛がする

- 胃が痛くなる
- みぞおちが何となく痛い

精神的な反応
- 食べ物のことが頭から離れない
- 集中力がなくなり、考えがまとまらない
- 時が経つにつれ、食べられれば何でもいいと思うようになる
- 食べ物に関して衝動的な判断をする
- 道徳に逆らってでも食べ物を手に入れたい誘惑に駆られる
- 自分の外見の変化を気にする
- 無気力になり、ちょっとしたことをするのも億劫になる
- やけになる（ほぼ何でも食べるつもりになる）

空腹を隠すための努力
- 空腹を満たすために大量の水を飲む
- 食べ物を見ないようにする
- 食べ物が保管または陳列されている場所に視線が行かないようにする
- いつもガムを噛む、たばこを吸うなど、口寂しくならないようにする
- 食べ物のことばかり考えないようにするため、忙しくする
- 自分が何も食べていないのは満腹だからと言い張る、または言い訳をする

この感情を想起させる動詞
じっと見つめる、匂いがする、よだれが出る、お腹がゴロゴロ鳴る、空腹に悩む、喉を鳴らす、不平をこぼす、唾を飲み込む、食いしばる、胃が痛む、渇望する、羨む、困窮する、頼み込む、嘆願する、懇願する、気弱になる、おののく、わななく、気絶する

このブースターにより生まれる感情
いらだち、期待、気づかい、欲望、絶望、自暴自棄、決意、失望、熱心、興奮、フラストレーション、軽率、希望、短気、嫉妬、むら気、執拗、心配、脆弱、気がかり

引き起こされるネガティブな状況
- （宗教的な理由や、検査や手術の前などで）断食や絶食をしなければならない
- 誰かにずっと注意を向けることができない
- （短気になって、または空腹だといつも文句を言っているために）他の人たちを怒らせる
- 空腹であることを隠し通せない
- 学力テストや長丁場の試験で最善を尽くせない
- スポーツの大会やレース、写真撮影、面接、コンテストなどで実力を出しきれない
- （食べ物のことばかり考えているため仕事に集中できない、または不機嫌が他の人にも伝染し、チームの生産性に悪影響が出るため）仕事で優れた成果を出せない

- 体重を増やしたり、維持したりできない
- 人の面倒を見たり、彼らを守ったりできない
- 食べ物と健全な関係を持つことができない

対立・葛藤や緊張を高めるシナリオ
- 周囲に人が大勢いる静かな部屋で胃がギュルギュルと鳴る
- 人に向かって怒鳴り、謝らなければならなくなる
- 食べ物を断つことになっているのに、食べ物に囲まれている
- 空腹をきっかけに、食事を摂らせてもらえなかった、または食べるものがなかった幼い頃のトラウマが蘇る
- 空腹で死にそうだと文句を言っていたら、相手が何日も食べていないことを知る
- 空腹のあまり体が動かなくなり、雇用者または監督者から「弱すぎる」と叱責される
- 自分より弱い存在である子どもや祖父母と共に空腹に耐える
- 他にも空腹に耐えている人を見かけるが、食料を分けてやれずに葛藤する
- 食料源を発見するが、食べても安全なのか確認できない
- 食料源が安全でないのはわかっているが、そんなことを気にしていられないほどの空腹に襲われている
- 体が弱り、怪我をする
- 空腹のあまり善悪の一線を越える
- 体調を崩す

> **書き手のためのヒント**
> 空腹がひどくなるにつれ、常識も決意も揺らぎはじめる。キャラクターは空腹を和らげるためなら、普段はしないことに手を染めるだろう。

怪我
〔英 Injury〕

【けが】
重傷、軽傷を問わず、怪我をすれば体に身体的負担がかかる。

外的なシグナル
- 切り傷、擦り傷、火傷などの傷を負う
- あざができる、または皮膚が変色する
- 腫れる
- 捻挫や骨折をする、筋違いや肉離れが起きる
- 傷口が開いていて出血し、皮下組織または骨さえも見える
- 怪我をした瞬間に息を止める
- 痛くて顔をゆがめる、または泣き出す
- 瞳孔が開く
- （体の重要器官を守ろうとして）とっさに前かがみになる
- 怪我をさせた人や怪我の原因になった物から身を引く、または後ずさりして離れる
- 骨折した手首を胸に引き寄せるなど、怪我をした部位を引っ込める
- 痛みを堪えようと深呼吸する
- 目尻から涙がこぼれる
- 口をつぐむ（または歯を食いしばりながら話す）
- 動きを制限する
- 顔が青白くなり、触ると冷たくべとべとする
- 震える
- どれくらいひどいのかを知るために怪我をした箇所をよく調べる
- 救急隊が駆けつけるまでシャツなどで怪我をした箇所を巻く
- うなり声やうめき声を出す
- 触られると身を引く
- 体を支えるため家具や壁に寄りかかる
- 鎮痛剤を服用する
- 夜中に何度も目を覚ます

- 熱が出る、または菌に感染する
- 怪我をした箇所を何度も確認して包帯を替える、または温湿布や氷を当てる
- 足を引きずって歩く
- 不眠症の徴候が表れる
- 座っていることが多くなり、活発でなくなる
- 人にきつい言葉を投げ、怒鳴る
- 医者通いをする
- 日常的な作業に助けを必要とする
- 補強具を体に巻きつける、包帯を巻く
- 車椅子や松葉杖、杖などの補助器具を使って歩行する
- これまで夢中でやっていた活動や趣味に従事できなくなり、諦める
- 傷跡が残る、または（時間と共に）筋肉がなくなる

内的な感覚
- 怪我をしたあたりが痛む
- 傷口が熱を持ち、火照っている
- 怪我をしたところが硬く感じる
- 筋肉がこわばる
- （血や損傷した組織を見て、痛みから）胃がムカムカする
- めまいがする
- 歯を食いしばっているせいで顎が痛くなる
- （怪我をかばい）怪我をしていない部位を使いすぎて筋肉痛になる
- 体力が低下する
- 不快感が常にあり、眠れない
- 手足が冷たくなる
- 視界がかすむ
- 体内に痛みを感じるが、どこが痛いのか特定できない
- 熱または感染のせいで体温が上がる

精神的な反応
- ショックや痛みのせいで混乱する
- 会話を続けられない
- 痛みばかり考えてしまう
- 傷はどれくらいひどいのか、後遺症が長期的に残るのではないかと心配する
- 短気になり、イライラしやすくなる
- 怪我のせいで日常生活に支障をきたしているのをくやしく思う
- 怪我がもっと早く回復しないだろうかと焦る
- 怪我をさせた人に腹を立てる
- 怪我につながったのではないかと思われる行動を後悔する

- 他人に頼らなければならないのが腹立たしい
- 鎮痛剤が必要だが、それに依存するのではないかと心配する
- （人にジロジロ見られる、人が助けようとするなど）怪我のせいで望んでもいないことをされたり、注目を浴びたりするのを嫌がる
- 怪我をした経緯を何度も説明するのが億劫になる

怪我を隠す努力
- 慎重に呼吸を整える
- 無理に微笑む
- くしゃみや咳をするときに身構える
- 利き手や利き足でないほうを使うようになる
- 怪我を隠す服を着る
- 人知れず鎮痛剤を服用する
- 治療を受けたほうがいいと人に勧められても却下する
- 譲歩して病院の予約をとるが、あとでキャンセルする
- 無関心な態度をとる
- どういう類の怪我なのか本当のことは明かさない
- 助けを拒み、自分は大丈夫だと言い張る
- 傷が完全に癒えていないのに体を使う活動をすぐ再開する
- 日課を変えようとしない
- 重傷であることを隠す
- 酒や違法ドラッグに走る

この感情を想起させる動詞
身構える、心を鬼にする、張り詰める、硬直する、食いしばる、泣く、すすり泣く、泣き叫ぶ、（傷を）かばう、びくつく、息が止まる、顔をしかめる、固く握る、うなる、もたつく、覆い隠す、守る、よろよろする、動けなくなる、顔を引きつらせる、火傷する、（傷口を）よく調べる

このブースターにより生まれる感情
怒り、苦悩、不安、愕然、根に持つ、決意、打ちのめされる、失望、きまり悪さ、フラストレーション、謙虚、短気、立腹、むら気、無力感、後悔、あやふや、心配、脆弱

引き起こされるネガティブな状況
- 重い物が持ち上げられない
- 犬の散歩や庭の手入れなど、日常的な作業ができない
- 職場や学校でずっと座っていられない
- 夜に安らかに熟睡できない
- 車の運転ができない（子どもの送迎、食料品の買い出し、通勤などができない）

けが｜怪我

- コンサートや遊園地に行くなど、長時間歩いたり立ったりするイベントに参加できない
- 診療所に行くまでに長い階段があり、それを上らないと治療を受けられない
- 子どもの面倒を見たり、一緒に遊んだりできない
- しらふでいられない
- 体重や健康を一定レベルに保てない
- マラソンする、山を登るなど、身体的にきつく、あらゆる動作が求められる目標を達成できない
- 寝不足で、または着替えなどの朝の準備に時間がかかり、会社や学校、または早朝の予約に遅刻する

対立・葛藤や緊張を高めるシナリオ
- 合併症になり、別の健康問題が発生する
- 集団行動中に事故が起きて怪我をし、他の人たちに責任が生じる
- 服用中の薬の副作用が起きる
- 事故の責任が自分にあり、訴えられる
- 治療代を払えない
- 回復するまでの間、有害でややこしい家族の家に引っ越さなければならない
- 体を使うイベントが予定されているが、それに参加できるかどうか不安になる
- 得意分野で活躍できなくなる、または優れたスキルが発揮できなくなる
- 怪我が治らない（または完全に元通りにはならない）
- 療養中に失職する
- 家族の面倒は自分が見ていたのに、それができなくなって葛藤する

書き手のためのヒント
回復に時間のかかる怪我をした場合は特に、キャラクターの人間としての基本的欲求がいくつか満たされなくなることが多い。どういう欲求が満たされなくなるのか、欲求同士が対立して、キャラクターがどちらかを選ばざるを得なくなる場合はないかを考えてみよう。

拘束
〔英 Confinement〕

【こうそく】
拘束とは、身動きがとれないように縛りつけられたり、狭い場所に監禁されたり、自らの意思に反して閉じ込められたりすることを指す。拘束の種類、時間、隔離レベルはみな、拘束されているキャラクターの身体的、精神的、心理的健康状態に影響を及ぼす。

外的なシグナル
- 顔が青白い
- 目の下にクマができる
- 髪の毛がぼさぼさ（伸び放題になっている可能性も）
- 体重が減り、筋肉が衰える
- 服がしわくちゃ
- 縛りつけられているせいで、手首や足首の皮膚が裂け、擦り切れ、赤くなる
- 暴行を受けたために、あざや切り傷ができている
- 物音を耳にするなど、感覚が刺激されるとびくつく
- （窓がある場合は）全力で窓に手を伸ばそうとする
- 脱出はできないかと拘束場所の窓や扉などを調べる
- 胎児のように丸くなって横たわる
- 寝ていることが多い
- 拘束者が現れると、後ずさりしたり、体を縮こめたりする
- 泣き出す
- 拘束場所の中を歩き回る
- 部屋の隅にうずくまる
- 独り言を言う
- 物に話しかける
- 食事を拒否する
- 質問されても短い返事しかしない
- 拘束者と交渉する
- 壁に拳を叩きつける
- 情報を求める
- ベッドフレームに傷をつけたり、壁に何かを書いたりして時間の経過を刻む

こうそく ― 拘束

- 助けを求めて叫ぶ
- 拘束具（縄や手錠）を引っ張る
- 物を投げたり、叩きつけたりする
- 壁の煉瓦を数えたり、小枝を編んだりと奇妙なことをして時間をやり過ごす
- 拘束されているせいで体のあちこちが痛くなり、肩を回す
- 武器や道具になりそうな物を探す
- 限られた空間でできるストレッチや運動をする
- 脱出などに使えそうな物を密かに溜め込む
- 脱出できそうな場所はないかと周囲を観察する
- 拘束者の言いなりにならないよう、わずかながらも抵抗する
- 最終手段として自傷行為に走る

内的な感覚
- 食欲不振に陥る
- （食事が十分に、またはまったく与えられていない場合）空腹に苦しむ
- 脱水症状を起こす
- 口の中が乾く
- 疲弊する
- 肩や首の緊張から頭痛が起きる
- 胃が痛くなる
- 一定の姿勢で拘束されているために体が痛くなる
- 感覚が鋭くなり、光に敏感になる
- 手足に力が入らなくなる
- 頭が重く感じられ、顔を上げられない
- 泣きすぎて目が腫れぼったく感じる
- 叫んだり怒鳴ったりして喉が痛い
- 誘拐または拘束されている間に怪我をし、痛みがある
- （汗、汚れた服、擦り傷などが原因で）痒い
- 拘束されている環境によって、寒さまたは暑さを覚える
- 動ける範囲以上に体を動かしたくて、じっとしていられない
- 警戒心が異常に強くなる
- 気が立っている

精神的な反応
- 時の流れの感覚がなくなる
- 監視されていると感じる
- 自分はどこか別の場所にいるのだと思うようにする
- 脱出計画を頭の中で繰り返す
- 拘束者に向かって辛辣な言葉を吐く

- 安全な環境で自分の親しい人たちと一緒にいたいとホームシックになる
- 閉所恐怖症を発症する
- 愛する人がどんな気持ちでいるのかと思い、心配と恐怖に悩まされる
- 抑えることのできない思いが頭の中を駆け巡る
- 希望と絶望の間で揺れ動く
- 拘束者の機嫌をとらなければならないが、あとで自己嫌悪に陥る
- 気持ちが沈み込まないように楽しい思い出を振り返る
- 救出されることを祈る
- リラックスしようと瞑想する
- ささいなことにも感謝を示して前向きでいようとし、解放されたときのことを心に描く
- (歌詞を暗誦する、頭の中で数式を解くなど)頭が鈍らないように頭の体操をする
- ネガティブな思考から抜け出せなくなる
- (たとえ理不尽であっても)自分を責め、この状況を招いた数々の判断を悔やむ
- 時が経つにつれ、拘束者の要求に応じるようになる
- 自分の正気を疑う

この感情を想起させる動詞
襲いかかる、様子をうかがう、応じる、降参する、絶望する、そぶりをする、屈辱を味わう、侮辱される、操作する、パニックになる、抵抗する、抑える、細かく探る、分析する、生き残る、いらつく、気が散る、準備する、びくつく、同じ場所を行きつ戻りつする、従う、反抗する、後悔する、〜だったらいいのにと思う、嘆願する

このブースターにより生まれる感情
受容、動揺、怒り、不安、懸念、根に持つ、敗北、反抗、決意、熱心、危惧、フラストレーション、憎しみ、希望、屈辱、短気、怖気づく、切望、ネグレクト、無力感、激怒、屈服、自己憐憫、恥、恐怖、苦しみにもがく、復讐、脆弱

引き起こされるネガティブな状況
- 治療が必要なのに受けられない
- 栄養を十分に摂取できない
- 健康を保てなくなる
- 他者とのコミュニケーションが断たれる
- 喜びや、この先生きていく理由を見出せない
- シャワーやトイレを利用するとき、または着替えるときにプライバシーがない
- 予定を立てたり、日課をこなしたりできない
- 自由に行動できない
- 建設的または生産的になれない
- 目標を立てられない
- (暖かい服を持っていない、拘束場所が湿気ているなどの理由で)不快に過ごす

こうそく｜拘束

- 思考が鈍くなってくる
- 見通しは暗いと思いがちになる
- （拘束前に誰かの面倒を見ていた場合）人を守ることができない

対立・葛藤や緊張を高めるシナリオ
- 一緒に拘束されている人と諍いになる
- 新たに別の場所に移動させられる
- 期待していた交渉が決裂する
- 拘束者に余計なことを話してしまう
- 嘘がばれ、罰を受けることになる
- 愛する人が脅かされる
- 自分の居住空間が狭められる
- 一緒に拘束されている人に裏切られる
- 脱走のチャンスが到来するが、恐れが先立ち機会を逃す
- 脱走を試みたが捕まる
- 隠していた物（武器、日記、信仰の証になる物など）を拘束者に発見される
- 危険や脅威が自分の身に差し迫る
- 体調や怪我が悪化する
- 食料や水がなくなる
- 悪天候になる
- 怪我をする
- 拘束者に対し共感やつながりを感じるようになる（ストックホルム症候群）

書き手のためのヒント
いかなるキャラクターであっても主体性の維持は重要だが、自由を失ったとなるとその維持は難しい。拘束中もキャラクターが主導権を握ることができ、自らの道を切り開く機会を提供してくれそうな他者や要素はないか考えてみよう。

拷問
〔英 Torture〕

【ごうもん】
故意に、誰かに激しい肉体的、精神的苦痛を与える行為。拷問の強さ、時間、つらさは、拷問者の手法や目的によって異なる。

外的なシグナル
- うなだれ、顔にはあざができ、出血している
- 唇が切れ、歯に血がつく
- 切り傷、打撲傷、火傷などの傷跡がある
- 目の周りが黒くあざになり腫れている
- 髪がよれよれでつやがなく、黒ずんでいる
- 縛られていた部分の皮膚が擦り切れ、鬱血している
- 両手を上げ、自分をかばおうとする
- 頭や首を両手で覆う
- 複数の傷口から出血している
- 関節が外れる
- 胴体にあざや切り傷がある
- 骨が折れている
- したたるほど汗をかく
- 首を左右に振る
- 拷問器具や拷問者に視線を向ける
- 額やこめかみをさする
- 反抗して悪態をつく
- 唇が震える
- 呼吸が浅く、速くなる
- (動ける場合) 拷問者から後ずさる
- 打たれても踏ん張る
- 尋問に曖昧でどっちつかずの答えを返す
- 力のない、緊張した声で話す
- ゆっくり途切れ途切れに話す

- （可能な場合）体を丸める
- 打たれる前に体をこわばらせる
- 手足を縛られ、もがく（またはしなだれる）
- 拷問者が望むことを何でも言う
- 体が震える
- 泣く
- 交渉する
- 体に触れられるとびくつく
- 突然何かが動いたり物音がしたりするとぎょっとする
- うなり声、うめき声、めそめそした声を出す
- ゼーゼーと息をしはじめ、咳き込む
- 助けてほしい、楽にしてほしいと哀願する
- 叫ぶ
- （ひとり残されたとき）出口や武器はないかと探す
- 休憩が許されたときに浅く眠る
- 悪夢に悩まされる
- 痛みのあまり気絶する

内的な感覚
- 心臓がバクバクする
- 体が火照り、アドレナリンが出る
- 視覚または聴覚に問題が起きる
- 体の一部がしつこく痛む
- 体がこわばる
- 唾液が大量に出て、飲み込むと血の味がする
- 咳き込むと、鋭い痛みが走る
- 呼吸すると、肺にゴロゴロとした違和感を覚える
- 皮膚が焼けるように痛い、またはヒリヒリする
- 疲れ果て、筋肉もこわばっている
- （叫びつづけたせいで、または荒い呼吸や脱水症状から）喉が痛む
- 次第に体全体が痛み出し、どこからどこまでが痛いのかがわからなくなる
- （熱や炎症、悪寒、皮膚が熱を帯びて触ると熱いなど）病気の症状が出る

精神的な反応
- 極限の恐怖を味わう
- 特に物音や動きに対して敏感になる
- 言葉を慎重に選ぶうちに、頭の中を思考が駆け巡る
- 痛みに耐えるため怒りに意識を向ける
- 何がリスクなのかだけを考える

- 拷問者の弱みを探そうとする
- 拷問者に憎しみを持つ
- 復讐を企む
- 見捨てられ、まったくの孤独を覚える
- 意識が朦朧とする
- 意識を解離させ、精神的にどこか別のところにいる
- 自分が拷問に耐えられるか疑わしい
- 何が真実で正しいことなのかわからなくなる
- 信用していた人に言われたことを疑問に思う
- 決意が揺らいでいくのを感じる
- どれくらい時間が経ったのかわからなくなる
- 降参して拷問者が望むものを渡してしまいたい誘惑に駆られる
- 自分が何者なのかがわからなくなる
- この苦しみを終わらせるためなら何でもする気でいる
- (諦めて) 死を受け入れる

拷問に屈しそうになっているのを隠す努力
- 拷問者が何を考えているのかを知り、共通項を探るために質問をする
- どうでもよいことを途切れないように話しかけつづける
- 大した痛みではないかのように振る舞う
- 冗談を言う
- 叫ぶ代わりに笑い声を上げる
- 侮辱の言葉を吐いたり、嫌味を言ったりする

この感情を想起させる動詞
苦悶する、口論する、耐える、弁解する、うめく、うなる、めそめそ泣く、懇願する、嘆願する、取引する、説得する、守る、体をかばう、降参する、苦しい思いをする、傷つく、おののく、痛む、すりむく、身を切る、びくつく、持ちこたえる、わめく、絶叫する、叫ぶ、血を流す、失神する、ぐったりする

このブースターにより生まれる感情
苦悩、不安、混乱、敗北、意気消沈、決意、落胆、怯え、弱体化、危惧、憎しみ、戦慄、屈辱、ヒステリー、怖気づく、孤独、パニック、疑心暗鬼、無力感、後悔、反感、恥、衝撃、恐怖、苦しみにもがく、脆弱

引き起こされるネガティブな状況
- 薬を投与され、意識が朦朧となる
- 拷問者に屈する
- 休息が与えられず、傷を癒せない

- （拷問が定期的に行われ、守らなければならない家族がいる場合）家族を思いやる余裕がない
- 拷問者が知りたい出来事の詳細を正確に思い出せない
- 時間の感覚がなくなる
- 体が衰弱し、精神的にも希望を持てなくなる
- 脱出できない
- 自分の信仰心を捨てる
- 現実と空想の区別がつかなくなる
- （命が運命に委ねられている場合）ある人を裏切る、または大義を捨てる
- 生きる意欲を失う

対立・葛藤や緊張を高めるシナリオ
- 拷問者の言うことを聞くよう、愛する人が連行されてくる
- 反撃に失敗する
- 妊娠している
- 誰にも共有できない機密情報を持っている
- 拷問者に愛着や共感を持つようになる
- 一生治らない傷を負う
- 病に倒れ、手当が必要になる
- 脱出を企むが、心身ともに脱出しきる強さがない
- 道理に外れた行為に無理矢理手を染めさせられる
- 脱出するが、生存者の罪悪感に苦しむ

書き手のためのヒント
キャラクターが拷問される場合、どの視点で描くのか、どこまで読者を引き込みたいのかを考えることが重要だ。視点があまりにも拷問に近すぎると、特にそれが長時間にわたり続く場合は、読者を遠ざけてしまいかねない。拷問の場面ではもっと離れた視点でストーリーを語るほうがよいかもしれない。

心の健康問題

〔英 Mental Health Condition〕

【こころのけんこうもんだい】

心の健康問題は、症状だけでなく行動や傾向も含んだ、幅の広い、一般的な問題である。心の健康問題を抱えていても幸せな生活を全うできるが、困難な場合もある。たとえば、感情を抑えるのが難しい人や、抽象的に物事を結びつけて考えることができない人、あるいは、どう行動すればよいのか決められない人であれば、うまく立ち回れない状況があるだろう。その場合、こうした人たちの抱える心の健康問題は感情ブースターになり得る。

キャラクターのメンタルヘルスを描くときは、必ず下調べをすること。どの症状にも心身に表れる徴候があるが、それは症状の種類と個人によって変わるからである。この項目では、どういった徴候が表れるのか、どういった書き方ができるのかを幅広く紹介する。

外的なシグナル

- 自分と同じように心の健康問題を抱えている人に共感を示す
- 芸術的または創造的な活動に従事する
- 社会的敗者や社会の周縁に追いやられている人を擁護する
- 従来とは異なる方法や道で成功を見出す
- 既成概念にとらわれない物の考え方に優れている
- 新鮮な物の見方を提示する
- 自分自身を擁護する(または擁護できない)
- 人気があるからではなく、快適だから、または自分のスタイルに合っているからという理由で服を選んで着る
- 支援グループに参加する
- 他の人に励ましの言葉をかける
- 他の人のボディランゲージを読み取れない
- 衝動的に行動する
- 整理整頓ができない
- 忘れっぽい
- 人が話しているのに遮る
- 会話に入らない
- 多動で落ち着きがないため、飛んだり跳ねたり、イライラしたりなどの徴候を見せる
- よく眠る(または睡眠不足に陥る)
- 薬を服用している
- 人と交流するときに不安そうにする、またはぎこちなく見える

- 会話の途中で意味をなさない発言をしたり、面白くもないのに笑ったりするなど、人とは違う反応を示す
- (激しくまばたきする、首を何度も振る、反復的に手を動かすなど) チックの症状がある
- 人に対してあからさまに攻撃的になる
- 感情の起伏が激しい
- 手触り、物音、食べ物、光などに対し五感が敏感になる
- 自分をなだめるために反復行動に走る (円を描くように歩き回る、体を前後に揺らす、体を左右に揺らすなど)
- 思ったことをそのまま言う
- 職場や生活空間に物が散乱している
- 物事を自分の思い通りにしたい
- 頻繁に泣く
- (大きな物音、予定変更、トリガーなどに対して) 強い感情的反応を示す
- 自分の時間を管理できない
- 友人が少ない
- 対面よりもネット上で人とやりとりする
- 引きこもる
- 強迫性の行動に走る

内的な感覚
- 疲弊する
- ソワソワして落ち着かない
- 神経が過敏になっている
- 無気力になる
- 元気が出ない
- 胃が痛くなる
- 不眠症に陥る

精神的な反応
- 小さなことに感謝する
- ささやかな成功に感謝する
- 毎日必ず守るようにしている習慣や日課を続けられると、自分のことをちゃんとできていると思えて安心する
- 自分を落ち着かせ、前向きな考え方を維持し、何が真実なのかを再確認するために独り言を言う
- 感情が浮き沈みする
- 悲しみ、不安、混乱などの感情に頻繁に襲われる
- 人に誤解されている気がして、自らの体験をどう人に話せばよいのかわからない
- すぐに気持ちが圧倒される

- 思考が次から次へと駆け巡り、またはあちこちに飛んで、分析やコントロールするのが難しい
- 自分の認識や自分自身を疑う
- 自分は人に決めつけられていると感じる
- 変わりたいが、どうしたらいいのかわからない
- 自分の思考パターンにイライラする
- 自分が心の健康問題を抱えていることを恥じ、気後れする
- 余計なことまで考える
- 他人の動機を疑う
- 妄想する、または幻覚を見る
- さまざまな方法で逃避しようとする

心の健康問題を隠す努力
- 自分のメンタルヘルスに懸念を示す人を避ける
- 薬を服用し、治療を受けていること(セラピーに通っていることなど)を隠し通す
- 自分の行動を他人や状況のせいにする
- 仕事や学校に行くふりをする
- 医者を避ける
- 自宅には人を招き入れない
- 自分の認識や考えは自分の心の中にとどめる
- 薬物やアルコールの摂取量が増える

この感情を想起させる動詞
固執する、執拗になる、パニックになる、落ち込む一方になる、もがく、孤立する、過剰に反応する、圧倒される、心配する、自分を落ち着かせる、薬を服用する、割り込む、口を滑らせる、同じ場所を行きつ戻りつする、揺さぶられる

このブースターにより生まれる感情
動揺、怒り、苦悩、不安、懸念、気づかい、混乱、つながり、拒絶、絶望、決意、不信、疑念、怯え、危惧、フラストレーション、自信喪失、孤独、緊張、圧倒、疑心暗鬼、無力感、激怒、自己嫌悪、同情

引き起こされるネガティブな状況
- 予定通りに行動できない
- 現実的な目標を選べない
- 会社や学校に遅刻する、または約束の時間に遅れる
- 共同作業ができない
- 社交イベントに参加できない
- ストレス度の高い状況にいると落ち着きを失う

- 体を動かすのが億劫になり、日々のことができない
- 時間内に作業を終わらせることができない
- 空気を読めない
- 自らの感情について話したり、分析したりできない
- セルフケアができない
- 自分の感情を抑えられない
- 人に自分をさらけ出せない

対立・葛藤や緊張を高めるシナリオ
- 入院するなどして、自立した生活ができなくなる
- 服用していた薬が底をつく
- 他の人たちが自分を蔑んで陰口を叩いているのを耳にする
- 妊娠する
- 公の場で我を失う
- さらに別の症状が出る
- 間違った診断が下される
- 人に利用される
- トラウマが蘇りやすい状況に追い詰められる
- 不実など個人的な裏切りを経験する
- ギャンブルや溜め込み、自傷行為などに走る

> **書き手のためのヒント**
> 書き手は常に新鮮なキャラクターを作り出そうとし、キャラクターの行動や反応を既成概念にとらわれずに考えようとする。しかし、キャラクターがメンタルヘルスと向き合う旅路を描くとなると話は別で、特に実際にある症状を描くときは、何よりもまず責任と敬意を持って執筆にとりかからねばならない。まずは、キャラクターにはどういう診断が下されているのかをよく調べよう。同じメンタルヘルスの問題を抱えている人から直接話を聞き、その症状はどのように表面化するのか、それと共に生きるとはどういうことなのかを知ろう。そうすれば、その心の健康問題の描き方がわかるはずだ。

こころのけんこうもんだい ― 心の健康問題

こ

孤立
〔英 Isolation〕

【こりつ】
孤立とは、不本意ながら他の人たちから隔てられることを指す。(職場など)特定の場所や、(家族との断絶など)集団内で孤立する場合もあれば、心身の健康を崩したり、抑圧されたりして孤立する場合もある。ひとりになり心身の支えがなくなると、孤独を覚え、自己肯定感が低くなり、欲求が満たされなくなる可能性がある。

外的なシグナル
- 目を合わせるのを避け、うつむく
- 顎を引く
- 締まりのない表情（またはややしかめっ面）をする
- 目の下にクマまたはくすみがある
- 両腕がだらりとしている
- 手をポケットに突っ込む
- 元気のない歩き方をする
- 猫背
- 腕を組み、手のひらで肘を包み込む（抱きしめられているかのように）
- 自分をなだめるかのように、うつろに手で腕をさする
- 唾を頻繁に飲み込む
- ネット上で長時間過ごす
- なるべく外出しない
- 自分を孤立させた人（虐待をする配偶者など）を避ける
- 質問されても短く答える
- 元気がなく無感情な声で話す
- 人と接する機会が少ないため、やりとりがぎこちない
- ネットで買い物をするか、客足の少ない時間帯に店で買い物をする
- 人が笑わないようなタイミングで笑う、思わぬときに泣き出すなど、人と接しているときに不適切な反応を示す
- 話す前に咳払いをする
- 暗い、抑えた色の服を着る
- 外見にあまり気を遣わない
- 自宅のカーテンやブラインドを閉める

こりつ／孤立

- 人に話しかける前や質問に答える前にためらう
- 独り言を言う
- 姿勢が悪い
- 不健康な食生活を送る（ファストフード、加工食品などを食べる）
- 強迫観念に取り憑かれる、または悪い癖を身につける
- 頭や手足を神経質に動かす
- 頷く、頭を左右に振る、肩をひそめるなどのジェスチャーや、手の仕草で意思疎通を図る
- テレビを見ている時間が異常に長い
- 微笑むが、目は笑っていない
- 現実逃避のため読書やゲームに没入する
- （毎日運動する、ボランティア活動をするなど）心の健康を保つための日課を守る
- 他の人が見過ごす物事に注意を払う
- 人が毎日を過ごすを見守るなど、距離を置きながら「人間関係」を築く
- （近寄ってきた犬の頭をなでる、ベビーカーに乗った子どもが手を振ってくれたなど）偶然の出来事に喜びを感じる
- 感覚が刺激されると過敏に反応する、またはまったく反応しない
- 目に見えて体重が増減する
- 以前は楽しんでいた活動から遠のく
- 広場恐怖症になる、または人や公の場、人との関わりを恐れ、不安に感じるようになる

内的な感覚
- 喉が締めつけられ、首がこわばる
- 空腹にならない
- 無気力になる
- 他の人とやりとりをすると汗をかく
- 泣くことができない
- 泣いてばかりで視界がかすむ
- 胸に穴が空いたような感じがする
- 体のあちこちが痛む

精神的な反応
- 孤立の原因を執拗に考える
- 心の中でもうひとりの自分と対話する
- （孤立する以前の）思い出に浸る
- 頭の中で実際とは異なる「現実」を作り上げて空想する
- モチベーションを維持しながら目の前の作業に集中することができない
- 愛する人や古い友人は今何をしているのだろうかと考える
- 自分にないもののことばかり考える
- 他の人たちが何を考え感じているのだろうかと思う

- 人に決めつけられ、憐れまれるのではないかと心配する
- 孤独感または絶望感を覚える
- 陰謀論を信じる
- 精力的に行動するのが怖くなる
- 自分に厳しい（衝動的に自傷行為に走る可能性も）
- 自分は正気なのだろうかと疑う
- 自分は何者なのかがわからなくなる
- 鬱になる

孤立を隠す努力
- 電話を折り返しかけない、またはイベントに参加しない言い訳をする
- 社交イベントを避けているのは忙しいからだと言い張る
- 愛する人が心配しないよう、人付き合いをしているかのような作り話をする
- 週末や祝日に予定があると嘘をつく
- 人付き合いをしない言い訳として無意識に仕事をさらに引き受ける
- 自分を孤立させている人々を満足させないために、内向的なふりをする
- ネグレクトや薬物乱用、または自傷行為の形跡を隠す

この感情を想起させる動詞
監視する、〜だったらいいのにと思う、切望する、切り離す、ふさぎ込む、避ける、うまくそらす、弁解する、逃げる、隠し事をする、遮断する、ほったらかす、徹底して調べる、引っ込む、後戻りする、引きこもる、もがく

このブースターにより生まれる感情
動揺、不安、懸念、裏切られる、意気消沈、絶望、落胆、怯え、ホームシック、嫉妬、孤独、切望、ネグレクト、懐古、圧倒、無力感、後悔、悲しみ、評価されない、価値がない

引き起こされるネガティブな状況
- 社交できず、直接会って話せるような友人関係を築くことができない
- （ネットの世界なら共有できるのだが）現実世界で共通の関心を共有できない
- デートして親密な関係を築くことができない
- 家族や仲間と過ごすホリデーシーズンを心の底からは楽しめない
- 医者、警察、セラピストなどの専門家から助けを得られない（予約や連絡をとれない状況にあったりするため）
- 友人や家族と音信不通になる
- スポーツイベントやコンサート、美術館など混雑する場所に行けない
- ペットを散歩させることができない
- 公の場でボランティア活動ができない

- 教会や寺院などコミュニティの結束が固い場所に行くことができない
- 相談する相手がいない
- 我が子に社交の機会を十分に与えてやれない

対立・葛藤や緊張を高めるシナリオ
- 緊急事態が発生し、医療措置が必要になる
- 警察に通報しなければならない不穏な出来事を目撃する
- 自分を車で送迎してくれていた人がいなくなる
- 失職し、新しい仕事を見つけなければならない
- 親に死期が迫るなど、疎遠な関係を何とかしなければならない急場が訪れる
- 何の助けもなくひとりで困難や危機を乗り越えなければならない
- 有害な人間関係の中にいることに気づき、そこから逃げる必要がある
- 福祉局の人が安否確認のために訪ねてくる
- 薬物に依存するようになる
- 陪審員として召喚される

書き手のためのヒント
自ら選んだ孤独は強制された孤立とは異なるが、キャラクターが恐怖心から自らを隔離している場合も、この項目は参考になるだろう。長い間人と距離を置いていると代償も伴うはずで、人とのつながりがないために、自らの目標を達成できずにいることに気づく。そうすると、キャラクターは選択を迫られる。このまま目標を諦めるのか、それとも、人に助けを求める妨げになっている恐怖と向き合うのか、どちらかを選ばなくてはならない。

催眠状態
〔英 **Hypnotized**〕

【さいみんじょうたい】
非常に暗示にかかりやすい意識の状態を指す。この項目では、催眠状態になった人はどのように見えるのか、どういう行動をとるのかをさまざまなシナリオの中で考える（セラピーを受けて催眠状態になる、舞台で何かが憑依したようなパフォーマンスをするなど）。催眠状態を利用するにしてもフィクションなら自由度が高いが、やりすぎないように、何が使えて何が使えないのかは調べておこう。

外的なシグナル
- 眉をひそめる
- 締まりのない顔をする
- トランス状態になり無表情になる
- まばたきの回数が減る
- まぶたを閉じて目を動かす
- 唾を飲み込む回数が減る
- 体全体を動かさなくなる
- 肌が青白くなる、または紅潮する（血流に変化が起きるため）
- 肩の力が抜ける
- 体の力が抜け、ぐったりとする
- 椅子の肘掛けにもたれかかる
- 両腕がだらりと下がる
- 頭が横または前に傾く
- 大きな物音に反応しない
- 頻繁に起きていたチックやけいれんが止む
- 目を開いていてもぼんやりしていて、外部に無関心な目つきをする（指示を待っている）
- 目が充血している
- 催眠術師の言葉に少し間を置いてから反応する
- 機械的に質問に答える
- 指示またはあらかじめ決められた合図（音や単語、フレーズ、動きなど）に基づいて行動を変える
- 催眠術師に感覚を刺激され、たとえば「悲しみ」を感じると、現実には何も起きていないのに泣き出す
- 無意識に質問に対する答えを紙に書く

- 感情のない声を出す
- 催眠術師の言いなりになる
- 目に見えているものを描写してくださいと言われ、その通りにする
- 暗示の通りに顔の表情を変える（幸福を感じれば微笑むなど）
- 強いネガティブな感情が湧き上がると震える
- 催眠術師の指示や安心させるような声を聞くと、すぐに落ち着く

内的な感覚
- 深いくつろぎを覚える
- 脈がゆっくりになる
- 筋肉が緩む
- 体の一部がピリピリする
- 唾液の量が増える
- 痛みが軽減される
- 物の形や大きさ、色が違って見える
- 筋肉が少しけいれんする
- 呼吸がゆっくりになる
- 体温が上がり、体が温かく感じる
- 手足が重く感じる
- 視界がかすむ、または狭まる
- 体全体に重いものがのしかかっているような感覚
- （怖がると呼吸が速まる、ウキウキすると胸が広がるような感じがするなど）経験と結びついている感情が湧くと、本能的に体が反応する

精神的な反応
- 考えるのをやめ、催眠術師の言葉や手法に集中しようとしてもできない
- 催眠に抵抗する（怖がっている場合）
- 催眠に対する不安や恐怖を一時的に忘れようとする
- 催眠が効くのかを怪しむ
- どこかへ流されていくような気持ちになる
- 不安やストレスが軽減される
- 夢見心地になる
- （一定レベルの意識やコントロールは維持しつつ）暗示を受け入れるつもりがある
- 強い集中力を発揮する
- 失われたと思っていた記憶が蘇る
- 暗示によって経験していることが、実際に、今この瞬間に起きているかのように感じる
- 時間の経過がわからなくなる
- 催眠術師の暗示に紐づけられた感情を覚える
- 指示通りに感情を消したり変えたりできる（催眠術師が「安心して」と繰り返すのを聞き、

怖がっていたのに落ち着くなど）
- 心の距離を保ちながら、過去の出来事を再び経験する
- 創造性や想像力が高まる
- 痛みや苦しみが和らぐ
- （催眠術師の指示通りに）幸福感に包まれて目覚める
- （催眠術師の指示通りに）より良い将来を可視化または想像する
- （良心的な催眠術師の指示に従い）ネガティブな感情から解放された状態で過去の経験を振り返る、または（良心的でない催眠術師に）過去を忘れるよう指示される

催眠に抵抗する努力
- リラックスしなさいと言われても無視する、催眠術師の声に耳を傾けないなど、指示に従わない
- 催眠に引き込まれないよう別のことに意識を集中させる
- じっとしていないで動いたり、何かを手でいじったりする
- 目をつむるように指示されても従わない
- 体をこわばらせたままにする
- 椅子に座ってから何度も体勢を変える
- 自分をつねる、頬の内側を噛むなどして眠気に抵抗する
- 話しつづけて催眠の邪魔をする
- 催眠は自分には効かないと言い張る

この感情を想起させる動詞
落ち着く、和らげる、楽にする、緩める、まばたきする、リラックスする、思い浮かべる、集中する、成り行きに任せる、沈み込む、がくりとなる、呼吸する、息を吸い込む、息を吐き出す、応じる、従う、同意する、服従する、ぐったりする、大人しくする、崩れ落ちる、前かがみになる、だらりと寄りかかる、感じる、話す、数を数える、質問に答える

このブースターにより生まれる感情
動揺、いらだち、期待、懸念、決意、疑念、怯え、熱心、危惧、フラストレーション、罪悪感、苦痛、緊張、無力感、不本意、悲しみ、懐疑

引き起こされるネガティブな状況
- つらい記憶を抑えつけることができない
- 催眠術師の暗示に抵抗できない
- 催眠術師の言いなりになる
- 秘密をばらす
- 催眠術師によって植え付けられたことしか言えず、自分なりの思考や感情が出せなくなる
- 暗示がかかっているときに催眠術師に言われた内容と相反することを愛する人が望んでも、それに従えない

- （疑心暗鬼の場合は）催眠術を受け入れることができない

対立・葛藤や緊張を高めるシナリオ
- 重要な記憶を忘れるように指示される
- 催眠がかからない
- 思い出したくない記憶を蘇らせるはめになる
- 体を動かすことができない
- 催眠療法士に信用できないところがあるのを見てしまう
- ネガティブな考えを植え付けられる
- 催眠をかけられている間に機密情報を漏らす
- 催眠をかけられたあとに、ある物事に対して混乱した反応を示すようになる
- 自分自身または他人を傷つけるよう指示される
- 麻酔の代わりに催眠が用いられる治療を受けるが、治療が終わる前に目を覚ます
- 催眠療法を受けている間に、自分は催眠にかけられていると気づく
- 催眠が（記憶を消す、強迫や依存症を和らげるなどの）効果を発揮しない
- 催眠にかかっているときに法的拘束力のある書類にサインする
- 催眠状態から覚醒できない
- 催眠療法中にしか話していない極秘情報の録音が公に出回る

書き手のためのヒント
キャラクターが催眠状態のときに秘密が明かされるのであれば、その秘密が何なのかを前もって読者にわかるようにし、明かされるときの驚きを読者が共有できるようにしよう。

寒さ
〔英 Cold〕

【さむさ】
突然または継続的に、ひどい低温にさらされると寒さを覚える。悪天候に見舞われる、極寒の海で船が座礁する、悪意のある何者かによって冷凍庫に閉じ込められるなど、寒さと戦わなければならなくなる環境要因はいろいろと考えられる。

外的なシグナル
- 体が震える
- 唇が青ざめる
- 唇が乾燥してひび割れる
- 唇が震える
- 瞳孔が開く
- 歯がガチガチと鳴る
- どもる
- ろれつが回らない、不明瞭な話し方をする
- 小声になる
- 肌に手を触れると明らかに冷たい
- 体が自由に動かない
- 呼吸がゆっくりとして浅い
- 息が震える
- 手がかじかむ
- 凍えないように両腕で自分の体を抱きしめる
- 血流を良くしようと、飛び跳ねる、歩き回る、または体のあちこちを動かす
- 両手を叩く、強く足踏みする
- ポケットに深々と手を突っ込む
- 肌がまだらに赤く腫れる（凍傷）
- 両腕をギュッと胸に押し当てる
- 両手をさする
- 両手を脇の下に挟む
- 襟を立てる、スカーフで顔を覆う
- 上着をしっかり羽織って背を丸める

さむさ｜寒さ

- 肩をすくめ、顎を胸につける
- 顔をゆがめて目をギュッと閉じる
- 体の向きを変え、寒さに背を向ける
- 袖を引っ張り、手を覆う
- 足のつま先を曲げ伸ばしする
- 体を温めようと足や腕をさする
- 頬をひっぱたいて温める
- 血流を良くするために腕や足を振る
- 手の指を曲げ伸ばしする
- 足がこわばり、歩行がゆっくりになる
- 体温を逃さないように体を丸めて小さくなる
- 他の人と体を寄せ合う
- 手のひらを合わせ、息を吹き込んで手を温める
- あくびをする
- 目に涙が滲む
- 眠気を追い払うために深呼吸する
- 次第に体の動きが鈍くなる
- なるべくエネルギーを温存しようとして体を動かさない
- つまずく、転ぶ
- 凍傷になっていないか確認する
- （極寒の中にいる場合）髪の毛やまつ毛、眉毛などに霜がつく
- 意識を失う

内的な感覚
- 疲労または眠気を覚える
- 体の内側まで寒さを覚える
- 手足がかじかむ
- 手足がヒリヒリする
- 肌が焼けるような感覚がする
- 長期間体を硬くしているため、筋肉がこわばり痛くなる
- 顎が硬くなり、発話しにくくなる
- 震えが止まらない
- 手足が重く感じて、動かしにくくなる
- 脈が弱々しくなる
- 食欲がなくなる
- 息を吸い込むと肺が焼けるような感じがする
- 痛みや寒さをやがて感じなくなる
- 脈が乱れる

精神的な反応
- 炎や日光など、熱の源を夢想する
- (ビーチにいたときや、コンロで料理をしていたときなど) 暖かかったときのことを思い出す
- (他の人と一緒にいる場合) 暖かそうな服を着ている人を羨む
- 暖かい場所へ移動できなかったら、自分はどうなるのだろうかと心配する
- 思考が鈍り、混乱する
- 判断力が低下する
- 眠くなる
- 動きたくない
- 無気力になる

寒がっていることを隠す努力
- 何枚も服を着込む
- いつもとは違う服装をしていることの言い訳をする
- 自分の体が寒さで硬くならないように、体を動かす活動を提案する
- 震える手を隠す
- 唇の震えを隠すために嚙む
- 絶対に必要なときしか口を開いて話さない
- 自分の肌の冷たさや体の震えに気づかれないよう、他人との接触を避ける
- 体の震えを隠すため、自分の体をギュッと抱きしめる
- 寝たふりをする

この感情を想起させる動詞
ガタガタ震える、おののく、震える、歯がガチガチと鳴る、さする、かじかむ、無感覚になる、湿る、しもやけになる、鼻をすする、くしゃみをする、揺り動かされる、しのぐ、つれる、解ける、白くなる、(寒さが) 身に沁みる、咳をする、すくむ、立ちすくむ、すり寄る、凍る、触れ合う、うち震える、体が思うように動かない、ふらつく、硬直する、倒れそうになる、どもる

このブースターにより生まれる感情
動揺、苦悩、不安、懸念、根に持つ、気づかい、混乱、敗北、拒絶、絶望、自暴自棄、決意、疑念、危惧、フラストレーション、劣等感、孤独、切望、みじめ、圧倒、パニック、無力感、後悔、屈服、心配、脆弱、気がかり

引き起こされるネガティブな状況
- 傷口を縫い合わせる、靴紐を解くなどの細かな作業ができない
- 狩猟採集ができない
- 焚き火用に薪を割ったり、運んだりできない

- 前向きな態度を維持できなくなる
- 自分と共に足止めを食っている人々を励ましてやれない
- 怪我をした仲間に治療を施してやれない
- 重要な決定を下せない
- 脱出方法が思い浮かばない
- 他の人と明確に意思疎通が図れない
- 自分と同じ状況に陥っている愛する人の面倒を見てやれない
- 眠気に襲われる
- ペンを握れず、メモや伝言を書くことができない
- 活動的な状態を保てない
- 車を運転できない

対立・葛藤や緊張を高めるシナリオ
- 食料が底を尽きそうになる
- 倒れて怪我をする
- 仲間のひとりが寒さに屈してしまう
- 凍傷にかかる
- （足音、車のエンジン音など）人が近くにいる音が聞こえるが、気づいてもらえない
- 野生動物が大胆にも近づいてくる
- 雨に濡れる、または川に落ちる
- 現在いる場所が危なくなり、移動を強いられる
- リーダー役を任され、他の人を全員安全な場所へ避難させなければならない

さむさ｜寒さ

書き手のためのヒント
寒さに立ち向かうときには、態度が物を言う。ネガティブなことばかり考え、心配のあまり精神が不安定になっている人に比べると、鋭敏さや集中力を保てる人ははるかにうまく寒さに耐えることができる。

思春期
〔英 Puberty〕

【ししゅんき】
体が生殖可能になっていく自然な成熟過程。多くの身体的および化学的変化を伴い、人間の成長における重要な通過儀礼でもある。

外的なシグナル
- 声変わりする
- ニキビが増える
- 肌が脂っぽくなる
- 身長が急に伸びる
- これまで毛がなかったところに体毛が生える
- 気分の浮き沈みが激しい
- 涙もろくなる
- (顔、足、脇などの) 毛を剃るようになる
- 多汗になる
- 体臭がきつくなる
- 体重が増えたり減ったりする
- 男女間で異なる体の変化が起きる (おしりの幅が広くなる、胸が膨らむ、筋肉量が増える、声が低くなる、頻繁に勃起する、性器の変化など)
- (猫背になる、うつむく、ぶかぶかした服を着る、フードや帽子を被って顔を隠すなど) 体の変化に不快感があるサインが見られる
- 新しく生えてきた髭の手入れを怠るなど、経験がないために大人の身づくろいができない
- 外見にうるさくなる
- (デオドラント、ボディスプレー、ヘアケア用品、メイクなど) これまで使ったことのなかったパーソナルケア製品を試す
- よく寝る
- ぎこちない、または不恰好な動きをする
- 身長や体毛などの変化をしきりと (だがこっそりと) 確認する
- 月経が始まる
- 夢精する

- いろいろな自慰方法を試す
- 親と一緒に時間を過ごさなくなる
- 権威者に対し反抗的または闘争的になる
- 人と目を合わせなくなる
- 非常に大げさになる、または感情的になりやすい
- 仲間意識を持つようになる
- 自分らしさを表現するために外見をあれこれ変えてみる
- ひとりになれる場所に引きこもる
- 服やファッションに関心を持つ
- 夢中になること、関心、趣味が変わる
- 誰かに恋心を寄せる
- 仲間とたわむれる
- 独立心が芽生え、プライバシーを要求する
- 薬物やアルコールなど「大人な」物や活動を試す
- ソーシャルメディアに深入りする
- より攻撃的または独断的になる

内的な感覚
- 疲労や倦怠感を覚える
- 吐き気がする
- 子宮がけいれんする
- 体がむくんだ感じがする
- 成長痛で腕や足が痛い
- 筋力が増す
- 活力が湧かない
- 自分の体にぎこちなさを覚える
- （食欲増加、または意図的な食事制限が理由で）頻繁に空腹に苦しむ
- 頭痛または片頭痛がする
- 性的衝動に駆られる

精神的な反応
- 急に気分が変わる
- 以前より危ないことをしようとする
- 社交不安が高まる
- 自意識過剰に圧倒されて苦しむ
- 自分を人と比べる
- 自分が経験している体の変化が気にかかる
- 非常に感情的になる
- 人が自分のことをどう思うのかが気になる

- 好きな人のこと、運転ができるようになること、将来の夢などについて空想に耽る
- 衝動的になる
- じっくり物事を考えられない
- 今の行動が将来にどう影響するのかを顧みず、今だけを考える
- 自分は適切な速度で成長しているのだろうかと気になる
- 自分の外見や行動に問題があると思い込んで、そのことが頭から離れない
- 自分は誤解されていると感じる
- いくつもの疑問を抱えているが、それを人と話し合うのは気が引ける
- すべてを大げさに考える
- 嫉妬から、自分も誰かのようになれたらいいのにと思う
- 自分の人生を自分で決められないと感じる
- 権威者に反感を覚える
- 幼い頃を懐かしむ
- 自分の性的アイデンティティまたはジェンダーアイデンティティを疑う

思春期であることを隠す努力
- 自分が体験している変化を否定して生きる
- ぶかぶかした服を着る
- 髪の毛で顔を隠す
- 体調が優れず学校に行けないと言う
- 勃起を隠す
- 体の変化を無視し、何も変わっていないかのように振る舞う
- 体液で汚れた下着を隠す
- 幼い頃からの愛用品にしがみつく
- 自信があるふりをする
- 親との「話し合い」を避ける

この感情を想起させる動詞
欲情する、引きつける、隠す、隠し事をする、念入りに調べる、はぐらかす、何でもないかのように振る舞う、羨む、大げさに考える、真似をする、ぶち切れる、緊張する、からかう、触れる、つまずく、まごつく、引きこもる、孤立する、拒絶する、反抗する、押し返す、焦がれる、疑いをはさむ、疑う、過剰に反応する、爆発する、デレデレになる

このブースターにより生まれる感情
受容、期待、不安、愕然、懸念、自信、混乱、好奇心、拒絶、落胆、疑念、怯え、熱心、高揚感、きまり悪さ、興奮、自信喪失、嫉妬、むら気、圧倒、不本意、屈服、恥、心配

引き起こされるネガティブな状況
- 自分はもう子どもではないから独立した生活をしたいのに、させてもらえない

- 学業などに専念できない
- 早起きできない
- 自分の感情を理解できない、または言葉で言い表せない
- 同調圧力に屈する
- 友人や好きな人に好印象を与えられない
- 健全な自己肯定感を維持できない
- 自分の思い通りにならないと、すぐにイライラする
- 自分の体を不快に感じ、自分の外見にも不満を覚える
- 親に対して素直になれない
- 家族と一緒に時間を過ごしたくない
- 自分が何者なのかがわからない

対立・葛藤や緊張を高めるシナリオ
- 友人たちよりもかなり早くまたは遅れて思春期に入る
- 性的嫌がらせや虐待を受ける
- 思春期に家庭が荒れている
- 友人と同じ人を好きになる
- 自分にとって良くない人を好きになる
- （実際の年齢より上に見えるため）大人のように振る舞うことが期待されている
- 人前で服を脱がなければならない
- 報われない片思いをする
- いじめに遭う、または人をいじめる
- ホルモンバランスが乱れ、思春期の影響がよりひどくなる
- 身体醜形障害や摂食障害など、メンタルヘルスに不調をきたす
- 友人に誘われて（ドラッグやギャンブルなどの）危険行為に走る

> **書き手のためのヒント**
> 思春期は初めての経験に満ちた時期で、キャラクターへどのような影響が出るのかは、何歳で思春期に達したか、思春期に入る心構えができていたかどうか、周囲からどの程度の支えが得られたのかなど、さまざまな要因に左右される。ティーンエイジャー、あるいは9歳から12歳までのキャラクターにとって重要な思春期を描くときは、以上の点を考慮に入れること。

ししゅんき ― 思春期

睡眠不足
〔英 Sleep Deprivation〕

【すいみんぶそく】
長期にわたり安眠できずにいる場合、睡眠不足だと言える。（光や音などで）睡眠が邪魔されるとき、痛みが続いて眠れないときに睡眠不足は起きる。他にも、薬物使用やメンタルヘルス、拷問、生活リズムの乱れ、睡眠障害、ストレスや不安が原因で眠れなくなる場合がある。関連項目の「疲弊」（p. 220）も参照のこと。

外的なシグナル
- 締まりのない表情をする
- 充血した目が半開きになっている
- 目の下にクマができる
- 不健康で蠟がかったような質感の肌
- 年齢よりも老けて見える
- 何度もあくびをする
- 目や顔をこする
- 目を覚まそうと体をブルッと震わせる
- 身だしなみにほとんど、あるいはまったく気を遣わない（だらしなく見える）
- 頻繁に目に涙が滲む
- 会話の途中であくびをする
- 一部の言葉をうまく発音できずにどもる
- 自分が何を言っていたのか途中でわからなくなる
- 体の向きを変えるのが遅い
- ミスを犯す
- （手に力が入らない、いつもより少ない荷物しか運べないなど）体に力が入らない
- 反応が遅い
- 手足の動きが緩慢
- 忍耐力と体力が低下する
- いつもコーヒーカップを片手に持っている
- エナジードリンクやサプリメントを購入する
- 体が弛緩している（背筋が伸びない、両腕がだらりとしているなど）
- 頭が重すぎて上げられない、というようにうなだれる
- 足を引きずるように歩く

すいみんぶそく — 睡眠不足

- バランスがうまくとれず、フラフラと歩くなど、体が不安定
- 頻繁にうとうとする（が、安眠にはならない）
- （バスに揺られて、会議の最中、食後などに）居眠りする
- 寝つきそうになったときに体がビクッとして目が覚める
- 睡眠のためなら何でも試す
- 睡眠導入剤など、睡眠を促す薬を探す
- 疲れすぎて運動ができない
- 物を置き忘れたり、紛失したりする
- 取るに足りないことで人に怒鳴る（イライラしている）
- 不眠症に陥る
- （神、監禁者などに）眠らせてほしいと頼み込む
- 泣き止むことができない
- 倒れて気絶する
- （エネルギー増強のために糖分を摂取したり、ホルモン機能不全によって食欲増進が引き起こされたりして）体重が増える
- 頻繁に体調を崩す
- 妄想や幻覚に苦しむ
- 深刻な健康問題が起きる

内的な感覚
- 血圧が高い
- 頭痛がする
- 目が乾く、または目がしみる
- 常に涙目で、涙がこぼれる
- ぼうっとして、現実から切り離されているように感じる
- 骨の芯まで疲れ果て、動くのがつらい
- 治っていた痛みが再発する
- 胸が重苦しい、または痛い
- 脈が速くなる
- （カフェイン摂取とひどい食事のせいで）消化不良で胸焼けがする
- 頭や体がピクピクする
- 頭内爆発音症候群が起きる（目覚めのときや寝入りばなに、頭の中で爆発音のような大きな音が鳴る）

精神的な反応
- 注意力が低下する
- 記憶力が低下する
- 考えを整理整頓できない
- いつも意識が朦朧として、頭の回転が遅い

- 集中力が続かない
- いくつもの手順を踏む作業を効率よくこなせない
- 感情が移ろいやすく、起伏も激しい
- 不機嫌で不安になることが多い
- 下手な判断をする（結果、よりリスクをとることになる）
- （愛する人であっても）問題なく安眠できる人に反感を覚える
- 眠れないことにストレスと不安を覚える
- セックスへの関心を失う
- （ドアの鍵を閉める、オーブンを消す、犬に餌をやるなど）日課を忘れる
- 予約を忘れる
- 適切なタイミングで危険に気づいたり、脅威を見極めたりできない
- どんどんと鬱になり、考えが血迷う
- （有意義な目標を達成する、仕事や学校で優秀な成績を残すなどの）モチベーションが湧かない
- 疑心暗鬼になり、メンタルヘルスに問題が起きる

睡眠不足を隠す努力
- コーヒーなどの刺激物に頼るが、神経過敏になる
- 薬物や睡眠薬に頼る
- 仕事を人に任せる（疲れ果てて最後までやり遂げられない、または、自分の仕事ぶりが劣っているところを人に見られたくないという理由から）
- 病欠をとって体を休める
- 睡眠不足の影響が明らかにならないよう、好機が訪れても辞退する
- 疲れきった顔を隠すためメイクをする
- 車の運転など、居眠りしそうな行動を避ける
- スポーツ競技や頭を酷使するコンテストなど、疲労によるミスが目立つような活動を避ける
- 他人に主導権を譲る

この感情を想起させる動詞
気が遠くなる、うたた寝する、疲れ果てる、あくびをする、よろめく、引きずる、よろよろ歩く、蛇行する、揺さぶられる、ぐったりする、寝る、言葉に詰まる、どもる、繰り返す、忘れる、嘆願する、うなだれる、前かがみになる、もたれかかる、懇願する、泣く、ガタガタ震える、おののく、ブルブル震える、崩れ落ちる、もたつく、痛む、気が散る、心配する、居眠りする、口ごもる、失う、衰える、失神する

このブースターにより生まれる感情
動揺、苦悩、不安、根に持つ、敗北、意気消沈、絶望、自暴自棄、怯え、羨望、狼狽、フラストレーション、短気、切望、むら気、圧倒、パニック、疑心暗鬼、無力感、反感、

すいみんぶそく｜睡眠不足

自己憐憫、苦しみにもがく、気がかり

引き起こされるネガティブな状況
- イベントを組織したり、手順よく作業を進めたりできない
- 人の管理ができない
- （睡眠不足が原因で不妊症になり）妊娠できない
- 新しい情報を覚えられない
- 安全に注意深く運転できない
- （介護者または親としてなど）愛する人に責任を持てない
- 家族や友人が自分を最も必要としているときにそばにいてやれない
- のんびりと人生を楽しめない
- 活発かつ健康でいられない

対立・葛藤や緊張を高めるシナリオ
- 神経が衰弱し、入院が必要になる
- 睡眠薬を長期連用し、薬がないと眠れなくなる
- 眠らせてもらえることの交換条件として他人の睡眠の剥奪を命令される
- 睡眠剥奪の拷問を受け、居眠りをすれば、愛する人も拷問すると脅される
- 居眠り運転で事故を起こす
- 安全管理を怠り、人に怪我をさせる
- 睡眠剥奪の拷問に耐えかねて、秘密を吐く

> **書き手のためのヒント**
> 誰でも一度や二度は眠れない経験をするが、いずれはぐっすり眠ることができ、体力は回復する。睡眠はとれるものだという思い込みを逆手にとり、睡眠不足に陥ったり、睡眠を奪われたりしたときの恐ろしい状況を言葉で見せてみよう。睡眠は一般に思われているほど必ず保証されているものではないのだ。

ストレス
〔英 Stress〕

【すとれす】
ストレスはさまざまな形で人に影響を及ぼす。長期化したストレスは特に有害で、認知的にも身体的にも深刻な問題を引き起こしかねない。

外的なシグナル
- 体がこわばる
- 歯を噛みしめる
- 腱が浮き出る
- 視線が定まらず、目がキョロキョロと動く
- 口角が下がる
- 普段よりも老けて、やつれて見える
- ストレスによる重圧を払いのけるかのように肩を回す
- 首をさする、または左右に曲げてポキッと音を鳴らす
- 髪をかき上げる
- 両手や両腕を振ってストレスを発散させる
- 前かがみの姿勢を続けているせいで首が凝る
- 同じ場所を行ったり来たりする
- 早足であちこちを駆け回る
- 手短に早口で話す
- 人に怒鳴り散らして命令する
- 大声で、力強く話す
- お願いではなく、要求をする
- ビジネスライクな強い握手をする
- 他の人と比べて整理整頓や準備ができていない
- 常に動いている
- 日常的な作業を機械的に効率よくこなす
- 事あるごとに文句を言う
- ガムをクチャクチャ噛んだり、指をポキポキ鳴らしたりしながら、ストレスを発散させる
- 食事を抜く

- 他人や人の仕事をすぐに批判する
- （ジム通い、ボランティア活動、友人との夜の外出など）不要不急の用事を省く
- ルールを無視して無謀な運転をする
- 怒鳴り散らす
- 短気になる
- 大音量で激しい音楽を聴く
- より攻撃的になる
- 体重が減る、または増える
- 食事に手をつけるが食べない
- 急ぎでない用事やストレスの溜まることは後回しにする
- 責任を回避する
- 挑発されなくても泣く
- 寝ている間に歯ぎしりをする
- 眠りが浅い（目覚めると体が痛い）
- 頻繁に体調を崩す
- アルコールや薬に頼らないと眠れない

内的な感覚
- 神経過敏で、落ち着かない
- 首や背中が痛む
- 肉離れを起こす、または筋肉がけいれんする
- 噛みしめ、または歯ぎしりのせいで顎が痛くなる
- 頻繁に頭痛がする
- 食欲がなくなる
- 胃が締めつけられ、けいれんする
- 胃腸が弱る
- 脈拍が速い（高血圧）
- 胸焼けがする
- 眠りから目覚めても疲れがとれない
- 元気も性欲もない
- 疲弊する
- 潰瘍になる
- 胸が痛む

精神的な反応
- 気短になる
- 頭を休めることができない（特に夜眠れなくなる）
- 集中できない
- むきになる

- 論争的になる
- 創造力が枯渇する
- どんなささいなことも大問題に見える
- いつもイライラして、収まることがない
- 態度がだんだんとネガティブになる
- 小さなことに価値や喜びを見出せない
- 圧倒され、不安になる
- 自分はへまをしてばかりで、物事をうまく処理できないと思い込む
- 何の決断も迫られたくない
- 愛する人のために元気が湧かないことに罪悪感を覚える
- 他の人は何も困っていないのに、自分だけがストレスを感じていることに恥を覚える
- パラノイアに近い症状が出ているのではないかと心配する

ストレスを隠す努力
- 「ああ、私は大丈夫だから。本当に」と人には言う
- （断ったほうがいいのに）請け合う
- リラックスするために目を閉じて深呼吸をする
- 人が近くにいないのを見計らって、リラックス方法を実践する
- ヨガをしたり、エクササイズを強化したりして、ストレスを発散しようとする
- やらなければならないことにお金とエネルギーを使おうと決め、自由な時間や趣味、個人的な活動を諦める
- 人前では有能に振る舞うが、ひとりのときに落ち込む
- 家族が寝ている間に仕事に戻る
- ストレスで疲れ果てているせいで人に怒鳴りつけ、そうした行動の言い訳をする
- 仕事量が多すぎるのに何も変えず、そのまま働きつづける
- 声を荒らげたりしたことを謝る

この感情を想起させる動詞
緊張する、圧力をかけられる、駆り立てる、胃が痛む、押す、すり減る、精根が尽きる、嫌がらせを受ける、ゆがめる、心配する、要求する、強いられる、一生懸命努力する、犠牲にする、フラストレーションを溜め込む、バランスをとる、両立させる、伸びをする、除外する、こじらせる、ふさぎ込む、かんしゃくを起こす、絞りとられる、胸を激しく上下させる、整理する、選択する、避ける、解離する、イライラする

このブースターにより生まれる感情
動揺、怒り、不安、敗北、防衛、意気消沈、落胆、疑念、怯え、狼狽、フラストレーション、短気、劣等感、むら気、圧倒、激怒、反感、評価されない、気がかり

引き起こされるネガティブな状況

- 冷静でいられない
- どうしてもやらなければならないことに集中できない
- 熟睡や安眠ができない
- 仕事をしても必ずミスを犯す
- 敬意を持って明確に意思疎通できない
- よく考えてから決断を下すことができない
- ゆったりくつろげない（セルフケアができない）
- 結婚生活や家族問題を修復できない

対立・葛藤や緊張を高めるシナリオ

- 自分を大切にしてくれているのに、愛する人に八つ当たりする
- 時間や資源を節約しようとして手を抜き、叱られる
- 疲れ果て、家族が楽しみにしていた遠出をキャンセルする
- 飼い犬が行方不明になる、車が故障するなど、新たな問題が発生する
- イライラして批判的な言葉を吐いたことや、短気に振る舞ったことを詫びなければならない
- 重大な過ちを犯す
- 既にストレスが溜まっていたところへ、時間との勝負になり、状況が悪化する
- 気力も体力も既に限界に達しているのに、愛する人に要求を突きつけられる
- 交通違反で警察に車を止められ、カッとなる
- 気性が激しい人または精神が不安定な人に過剰に反応して失礼な態度をとる
- 優位性を失い、さらなる困難にぶち当たる
- 時間がないのに体調を崩し、仕事から外される
- 重要な約束を破る

> **書き手のためのヒント**
>
> キャラクターの体がこわばっているのなら（ストレスを感じているときによくある症状）、必ずその根本的原因を示し、キャラクターの感情や判断がどのように変わっていくのかも見せるようにしよう。そうすれば、キャラクターが何を経験しているのか、そして、キャラクターの身体的サインがストレスという感情ブースターにどのように関連づけられているのかについて、読者はより全体的なイメージを掴みやすくなるはずだ。

すとれす｜ストレス

精神症
〔英 Psychosis〕

【せいしんしょう】
現実との接点を失った状態を指し、幻覚や幻想を伴うことが多い。精神症が他のメンタルヘルスの問題と絡んでいる場合は、この症状が頻繁に、または長期にわたり表面化するかもしれない。薬物使用や体調不良が原因の場合は、散発的に発症する可能性もある。

外的なシグナル
- 目を見開いてキョロキョロする
- 物音にびくつく
- 背後が気になって何度も振り向く
- 他の人には見えない物を凝視する
- 呼吸が荒い
- 震える
- 体全体がこわばって動けなくなる
- 性格が豹変し、思わぬ行動をとる
- わけのわからないことを言う
- 小声でブツブツ呟く
- 何かを描写するのに間違った言葉を使う
- 早口でとめどなく話す
- 考えがまとまらない
- 他の人が誰も感じない刺激に反応する
- 不適切な社会的行動をとる（急に叫ぶ、人のパーソナルスペースに侵入するなど）
- 会話の中で、ある話題に固執する
- （ぼさぼさの髪、何日も同じ服を着るなど）身なりに構わない
- 体臭や口臭がきつくなる
- 夜中に活発になる
- 予約や待ち合わせの時間に現れない
- 無感情に見える
- 自分の体に異常があると思い込む
- 自分のパーソナルスペースを守り、人に触られると飛びのく
- 陰謀論を信じる

せいしんしょう ― 精神症

- 自分の信念が疑われると、むきになったり動揺したりする
- 自分の信じていることは現実なのだと人に納得させようとする
- 気分の浮き沈みが激しい
- 学校や職場などで決められたスケジュールや監視の目を嫌い、馴染めない
- ささいなことを大げさに騒ぐ
- 自分の時間のほとんどをひとりで過ごす
- 薬物やアルコールを乱用する
- 自分には特殊な力があるのだと言い張る
- 自分の異常行動をエイリアンや政府など外的な力のせいにする
- 自分はイエス・キリストだ、アメリカ大統領だ、など自分以外の何者かであると主張する
- 突然暴力的になる

内的な感覚
- 現実ではない物が感じられたり、聞こえたり、見えたりする
- 眠れない、眠ってもすぐに目を覚ます
- 活力が湧かない
- 手足が震える
- アドレナリンがどっとあふれる
- 食事に無関心
- 筋肉がこわばり、硬くなる
- 言葉が出なくなる
- 鼓動が激しくなる
- 頭の中で何かが切れる感覚がある
- 鳥肌が立つ

精神的な反応
- 混乱する、疑心暗鬼に陥る
- 過度に刺激されて気が散る
- 衝動を抑えきれなくなる
- 人と距離があると感じる
- 自分が目や耳にする物、味わう物などを誤解する
- 人の意図を疑う
- 掲げていた目標を達成しようという気が失せる
- 誰のことも信用できない
- 人に批判され、決めつけられていると感じる
- 自分を安心させられる、または（悪と戦う、真実を世に知らせる、世界を救うなどの）使命を果たさなければならないという理由から、自分の行動は正当化されると信じ込む
- なぜ人は自分を信じないのかが理解できない
- 動揺する、怒りを覚える、または激怒する

- 何者かに、または何かに追われていると思い込む
- 何者かが、または何かが自分を支配していると思い込む
- 何が現実で、何が現実でないのかがわからず、恐れ苦悩する
- 常に危険を感じる

精神症を隠す努力
- 他人を不快にさせるとわかっている思考や行動をメモし、人前では出さずに自分の中にとどめておく
- 自分のパーソナルスペースに他人を入れない
- 自分ではなく他の人に注目がいくように、会話の中で話題を変える
- みんなに合わせて行動するようにする
- ひとりでいるときに妄想に耽り、精神症を表面化させる
- 友人や家族を避け、口実をつけては姿を現さない
- (他人が問題視することを言わないようにするため) 会話に加わらない
- 他の人たちの感情に合わせる
- 幻覚らしきものを見ているが、それを無視しようとする
- 無理矢理明るい調子で話す
- 人に何かが変だと言われても、そんなことはないと一蹴する

この感情を想起させる動詞
支配される、脅かす、否定する、動じる、笑う、甲高い声を出す、ごっちゃにする、幻覚を見る、捉える、勘づく、疑いをはさむ、怪しむ、疑う、危惧、念入りに調べる、非難する、引きこもる、孤立する、守る、距離を置く、納得させる、説得する、懇願する、叫ぶ、避ける、びくつく

このブースターにより生まれる感情
動揺、驚嘆、怒り、裏切られる、混乱、軽蔑、防衛、決意、疑念、危惧、狼狽、フラストレーション、立腹、孤独、執拗、パニック、疑心暗鬼、反感、懐疑、疑惑、評価されない、あやふや、復讐

引き起こされるネガティブな状況
- 人前で節度と自制を保てない
- 新生児の世話や、子どもの年齢に関係なく子育てができない
- (自分は監視されていると思い込んでいる場合) プライバシーを保てない
- 人の言うことを額面通りに受け取れない、または信用できない
- 会話に加わると、必ずイライラして疑心暗鬼になる
- 公共の場を楽しめない
- 日課通りに生活しようとしても、脇道にそれる
- 夢を叶えることができない

せいしんしょう――精神症

- 自分についての悪評がすぐに立つ
- 友人関係や恋愛関係を築けない
- 真剣にとってもらえない
- 危険があると思っているのに、人をその脅威から守れない
- 入院を避けられない
- 真実と妄想を区別できない

対立・葛藤や緊張を高めるシナリオ
- （経済的事情や、セラピストが無能である、自分の精神症を家族が軽視するなどの理由から）助けを求めるが、治療を受けられない
- 思わず人を傷つける
- 警察または精神医療機関に通報される
- 脆弱な状態のときに人に利用される
- 友人や家族が治療を受けさせようと無理強いをする
- 密かに薬の服用をやめる
- 道徳の一線を越えるが、我に返ったときに自分のしたことにショックを受ける
- 児童相談所の人が自宅に現れる
- 精神症の症状が出ているところを動画に撮られ、ソーシャルメディアで広められる
- どうしたら助けられるのか、どうすればよいのかがわからず、愛する人が離れていく
- 過激派グループに入る
- 何が現実なのかわからなくなる新たな局面に差し掛かる

書き手のためのヒント
精神症は、キャラクター自身に自己認識がない場合が多いため描くのが難しい。他の人にとって現実世界が本物であるのと同じように、キャラクターが経験している妄想も幻覚も本物なのだ。よって、一貫性と信憑性のあるストーリーを書くには、視点を慎重に決め、キャラクターを隅々まで理解することがこれまで以上に重要になる。

性的興奮
〔英 Arousal〕

【せいてきこうふん】
心をそそられる人が新たに現れると、感情が高ぶり、(しばしば)性的にもスイッチが入る。性的興奮の様相には一部男女の違いがあるため、この項目では、概ね男女に共通する普遍的側面に焦点を当てる。さらにアイデアを得たい場合は、「魅了」の項目(p. 248)も参照のこと。

外的なシグナル
- 顔を上げ、相手の目を見つめる
- 目を細めて状況を読み取ろうとする
- 気になる相手をじっと見つめ、視線をそらさない
- 我を忘れる(性的に惹かれた相手に釘付けになる)
- 相手もまんざらでもない様子を見て、背筋を伸ばす
- 性的に興奮しているのがわかる目をしている
- セクシーな視線を送る
- 自分の顔や首に触れる(顎に沿って指を滑らせる、眉をこする、唇を指で軽く叩くなど)
- 作業の手を止める、会話を中断する
- 相手の方へ身を乗り出す
- 唇がうっすらと開いている
- 頬が赤らむ
- シャツの襟元を引っ張り、露出させた肌に触れる
- 顔を上げ、首を見せる
- 自分の反応が人に気づかれていないか、周りをちらっと見る(特に、不適切な場所で性的興奮を覚えた場合や、危険がある場合)
- 相手を舐めるように見つめる
- 体が火照ってきて、自分の服を剝ぎ取らんばかりに引っ張る
- 他の人に反応しなくなる(人に質問されているのに答えない、他の人たちから一歩離れるなど)
- 身につけているジュエリーをもてあそぶ(指輪を回す、ペンダントネックレスをいじるなど)
- 相手の気を引くことができない場合、(自分の腕をなでる、髪をいじるなど)自分を落ち着かせる仕草をする

- 相手に接近する
- (他人が周囲にいる、そのとき他にやらなければならないことがあるなどの理由で) 自分の感情に従って行動できず、ソワソワする
- やらなければならないことがあるのに無視する、または人を無視する
- 相手のパーソナルスペースに入り込む (またはその逆)
- 親しくじゃれあっているうちに、(腕をとるなど) 相手の体に触れる、または (相手が適切と判断して歓迎した場合は) より親密な関係になる
- 自分の体を相手に寄せて、距離を縮める
- 声が穏やかになる、またはかすれる
- 思わせぶりな、媚びた話し方をする
- 相手と2人きりになる機会を狙う

内的な感覚
- 体が火照る
- 鼓動が激しくなる (心臓がドキドキしはじめる)
- 身体が敏感になる
- 胸や手、性感帯がうずうずする
- 性的興奮を覚え、体の一部 (唇や股間など) が膨らむ
- 胸や胃のあたりがソワソワして落ち着かない
- 緊張が解け、気持ちが緩む
- 唾液の量が増え、何度も反射的に唾を飲み込む
- 顔がカッと熱くなる
- 呼吸が速まる

精神的な反応
- 相手にその気があるかどうかを知りたくて、声や体の動きなどに細心の注意を払う
- 相手のことで心がいっぱいになる
- 相手の魅力に心が躍り、惹きつけられる
- 性的なことを想像する
- 自分の体の反応を意識する
- 今までは気づかなかった相手の細かな点に気づく
- 他のことに集中できなくなる
- 良い意味でうろたえる
- 他の考え事や心配事が消え、今この瞬間を生きている気持ちになる
- 時間を忘れる
- 早く行動に移さなければと切迫感を覚える
- 感情を抑えきれないが、それが嬉しくてたまらない
- 感情が活性化する
- 相手や、その人との成り行きについてあれこれ想像する

- 理屈や熟慮よりも直感に頼る
- 相手のことをひいき目で見る
- 簡単には相手になびかないふりをする（無関心を装う）
- 心の中で自分に感情を抑えるよう言い聞かせる（タイミングや場所が適切でない場合）
- 誘惑に負けてもいいと無意識に正当化する

性的興奮を隠す努力
- 相手に少し背を向け、横目で観察できるようにする
- （体が反応している場合）股間の膨らみを隠すために姿勢を変えたり、体を覆ったりする
- 遠くに目をやり、意識的に相手と目を合わせないようにする
- 言葉を慎重に選びながら、ゆっくりと話す
- 気持ちを落ち着かせようと呼吸を整える
- （性的な想像を振り払うかのように）体をブルッと震わせる
- 平然を装うよう自分に言い聞かせる
- 性的に興奮していることを相手に悟られないよう、いろいろ質問する
- 感情を抑えるため話題を変える、または（心を落ち着かせるために、立ち上がってゲストに飲み物を注ぐなど）何かをする
- （誘惑の危険から逃れようと）席を外す
- 性的興奮を覚えた相手を避ける
- 性的に興奮しても許される他の人（デートの相手や自分のパートナーなど）に興奮したふりをする

この感情を想起させる動詞
欲情する、興奮する、関心を示す、かき乱される、ムラムラする、突進する、引き寄せる、引っ張る、挑発する、盛る、増進する、誘い込む、火がつく、駆り立てられる、スイッチが入る、誘発する、呼び起こす、盛り上がる、高める、真っ赤になる、刺激を与える、せき立てる、駆り立てる、火に油を注ぐ、落ち着かせる、吹き込む、目覚める、蘇らせる、再燃する、妨げられる、覚醒する、だんだんとその気になる、身構える、火花が散る、引きつける、覚める、奮い起こす、好意を持つ、発情する、欲求を感じる、からかう、情欲をそそられる

このブースターにより生まれる感情
いらだち、期待、自信、欲望、決意、失望、不満、熱心、高揚感、弱体化、きまり悪さ、興奮、フラストレーション、短気、切望、情欲、緊張、執拗、自己嫌悪、あやふや

引き起こされるネガティブな状況
- 相手が近くにいる間は仕事や作業に完全集中できない
- 配偶者やパートナーの愛を裏切る
- （一線を越えてはならない相手なのに）性的興奮を隠しておけない

- 性的に興奮している間は、会議への参加や隣人とのおしゃべりなど、日々のことに集中できない
- 自分が本当にしたいことと相反する約束を守れない
- 仕事などで相手から遠ざからなければならない
- 相手が近くにいると、他の人と一緒にいてもうわの空になる
- 自分をよく知る人の前では、(取り乱す、えこひいきをする、身体的徴候など)自分の興奮ぶりを隠せない
- 理屈よりも感情が先立つ
- 自分が感じていることを確信を持って否定できない
- (性的興奮を隠し通さなければならない場合)自分の気持ちに嘘をつかなければならない

対立・葛藤や緊張を高めるシナリオ
- 用事ができて、気になる相手に接近できなくなる
- ライバルが他にもいて、競争が起きる
- 何らかの形で人目にさらされているときに性的興奮を覚える
- 相手にぞっこんで、明らかな危険や脅威のサインがあったのに見逃す
- 自分に気のあるそぶりをする同僚と密接に仕事をしている
- 血迷った結果、相手に利用される
- 自分のタイプではない人に惹かれて動揺し、その理由を理解しようと内省する
- 相手にその気はなく、一方通行だった
- 別れたパートナーとイベント(子どもの結婚式など)に出席し、かつての愛情が戻ってくる

書き手のためのヒント

性的興奮を感情ブースターとして用いる場合、キャラクターは相手にのぼせて、その人のことばかり考えてしまうことを忘れずに。意中の人を中心にキャラクターは考えて行動し、反応するはずだから、その様子を描写すること。

せいてきこうふん ― 性的興奮

せ

洗脳
〔英 Brainwashing〕

【せんのう】

洗脳とは、キャラクターが圧力をかけられる、教義などを吹き込まれる、あるいは、自分の考えや信念を変えるようにさりげなく強制される過程を指す。洗脳は、個人（虐待者など）あるいは集団（カルトなど）によって行われ、被害者は自分が新たな考えを持ち、態度を変えて行動するようになったのは、操られた結果だという事実に気づいていない場合が多い。

外的なシグナル
- 新しい習慣や行動を取り入れて、服装や食事を変え、祈りの時間を設けるなどする
- 今までの日常生活とは異なる（より規律の厳しい）生活を送る
- 定期的に会議や集会、修養会に参加する
- ルールを守り、要求に応じる
- 謎めいた、広く周知されていない言葉やフレーズを使いはじめる
- 趣味など、余暇に楽しんでやっていたことを諦める
- 愛する人と過ごす時間が少なくなる
- 昔からの友人との間に距離を置く
- 仕事や学校を休みがちになる
- 突然連絡がとれなくなる
- 家族と暮らした家を出ていく
- 職場で孤立する
- 洗脳を行っている人物や集団のことばかり話す
- 友人をしつこく集団に勧誘し、その集団の考えを受け入れさせようとする
- かつて自分が受け入れていた考えや信念を疑問視または批判する
- 頻繁にメッセージや電話があり、いつも慌てて返事をする
- 集団または集団のリーダーの教義を盲信する
- 共依存的な行動をする
- 現金や所有物など、集団または個人から要求されれば何でも手渡す
- 洗脳者から渡された薬物を摂取する
- （目の下のクマ、ぼんやりとどこかを見つめる、肌の調子が悪い、昼間の居眠りなど）疲弊の徴候が見られる
- 以前持っていた信念とは矛盾する意見を述べるようになる
- 対立する考え（または自分に歯向かう人）を避ける、無視する、拒絶する

せんのう｜洗脳

- 良いようにあしらわれている
- 無口になる（ある話題をためらうようになる）
- 前かがみ気味になる
- いつもうつむいている
- 体を縮こめている
- 下唇を噛む
- ジュエリーや手近にある物を指でもてあそぶ
- （監視カメラを探して）周りをキョロキョロする
- 他の人が不服従な態度を示さないか監視する
- 何度も唾を飲み込む
- ちょっとしたことで驚き、ビクビクする

内的な感覚
- 影響力のあるリーダーや人がいる前では、息もつけなくなる
- 胸が膨らむように感じる（調子の良いとき）
- アドレナリンが体内を駆け巡る
- やる気が湧く
- 胃にぽっかり穴が空いたような感じになる
- 愛する人に詰め寄られ、鼓動が激しくなる
- 体がこわばる（喜ばせようとしているのに洗脳者が動揺しているとき）
- 上に立つ人が機嫌を損ねると、胸が痛む
- (何かが「おかしい」とき) 心の中でチクチクとした不快感を覚える

精神的な反応
- 自分の家族の忠実さや誠意、無条件の愛情を疑う
- 洗脳者や集団から離れていると脆弱な気持ちになる
- どうすればよいのか導きが受けられない状況に直面すると不安を覚える
- 自分が信じているものを信じない人に対し優越感を覚える
- ある人の前では慎重に言葉を選び、言うべきことと言うべきでないことを分ける
- （メディアやインターネットなど）外部からの情報を信じない
- 現実から目を背けて生きる
- 反対の意見や主張にすぐに惑わされる
- 自分が新たに信じるようになった教義を疑問視する「危険」な考えを一蹴する
- 自分で物事を考えて判断できなくなる
- 自分が罰を受けたのは当然だと自分を責める
- 自分が何者なのかがわからなくなる
- 思い出せない、または間違って記憶している
- 時間を気にしない
- 自分の信念や「自分を守ってくれる人」が疑われると、攻撃されたと感じる

- 見張られているような気がする

外部の介入を避けるための努力
- 自分の信じていることについて訊かれても、曖昧な答え方をする
- 集団の一員であることを示す物を隠す
- 隠れてお祈りをする
- 相手が聞きたいことだけを言う
- 会議や集会にこっそりと出席する
- その集団または個人がどういう性質の存在なのかをごまかして伝える
- 我々がひどい罰を受けるのも当然で、それは教祖の愛の証なのだと教えられたことを信じて疑わず、他人に向かって、我々の「間違い」を正してくれる存在として教祖を褒めたたえる
- 世間の人には理解されない罰を受けた印（あざや切り傷、焼きごての痕など）を隠す
- 洗脳者の仕事に対する姿勢やスキルなど、ポジティブな側面ばかりを話題にする

この感情を想起させる動詞
信じる、検閲する、警戒する、騙す、偽る、隠し事をする、嘘をつく、装う、隠す、顧みない、受容する、かき乱される、覆す、疑う、疑いをはさむ、整理し直す、秩序を立て直す、避ける、人との交際を絶つ、社会から引きこもる、孤立する、約束する、態度を改める

このブースターにより生まれる感情
崇拝、畏敬、裏切られる、葛藤、混乱、つながり、防衛、決意、狼狽、フラストレーション、感謝、自信喪失、怖気づく、緊張、執拗、疑心暗鬼、不本意、自責、屈服、あやふや、心配、脆弱、気がかり

引き起こされるネガティブな状況
- 集団外の人々と接すると気詰まりになる
- 他人と偽りのない付き合いができない
- 愛する人や友人と音信不通になる
- 他の人に入団を断られ、集団の考え方に染まらせることができない
- 選挙に出馬するなど、世間に詮索されやすい夢を追えなくなる
- 自分のルーツや文化、伝統に忠実でいられなくなる
- 自分で判断できなくなる
- 洗脳者が認めないキャリアの追求や仕事の継続が不可能になる
- 何が真実なのかわからなくなる
- 人を信用できなくなる
- 洗脳者や集団が禁じる情報にアクセスできない
- （囚われている場合や身の危険を恐れている場合）助けを求めることができない
- 組織を脱退したいが、トップの力が強すぎて逆らえない

- 虐待から子どもを守れない
- 虐待者または集団から離れられない

対立・葛藤や緊張を高めるシナリオ
- 犯罪行為に手を染めて逮捕される
- 心配する友人や家族に詰め寄られる
- 集団の外で人生の答えを見つけようとしていたことがばれる
- 急に勢いを失った集団を去ろうとする
- 洗脳された自分を取り返そうとして、愛する人が脅される
- 結婚生活が破綻する
- したくもないことを強要される
- 議論をふっかけられ、反論しようともがく
- (インターネットや、他の人が享受している自由など)禁じられているものに触れる
- 教えられてきたことを疑う
- 新しい教えの中に根本的な偽りがあることに気づく
- 自分に影響を与えてきた人の元を去る機会が与えられる
- 刑事告発されて集団が崩壊するなどして、そこから去らなくてはならない
- 何か不適切な目的で子どもが手なずけられていることに気づく

書き手のためのヒント

洗脳は、キャラクターが洗脳されていると気づかないうちに進行する。ゆっくり時間をかけて情報が制限され、感情が操作され、自分が持っていた大切な信念を崩されて孤立し、脅されて恐怖を植え付けられていく。服従すれば報酬と条件付きの愛を与えられ、自分には価値がある、自分は守られ、理解されていると感じるようになる。

キャラクターを洗脳から救いたい場合、真実をわからせるには複数の人や介入が必要になる。キャラクターを愛するがゆえの介入がどのタイミングで起きるのかを考え、複数のアプローチを用いて洗脳を断ち切らせよう。

喪失感
〔英 Bereavement〕

【そうしつかん】
大切なものや人を失ったときの感情を指す。大切な人が肉体的な死を迎えたあとに覚えることが多いが、自分自身が離婚や解雇を経験したときや、夢を諦めざるを得なかったときなど、人生に大きな空白を生む、つらい出来事を経験したあとに感じる場合もある。

外的なシグナル
- 締まりのない顔をする
- 目が充血する、腫れる
- よく眠れない
- 身の回りのことを構わなくなる
- 故人の服を着る、捨てられずにとっておく
- あてもなくさまよい歩く
- 落ち着きがなく、忙しくする（やたらと掃除をする、放置されていた計画に取り組むなど）
- 家の中にいても、生々しい記憶を呼び覚ます部屋や場所を避ける
- 外出を拒む（または、家にひとりでいるのがつらい）
- 一心不乱に祈る
- 故人に声を出して話しかける
- より足繁く礼拝に通う（または礼拝を避ける）
- 機会を逃したことや、もっとしてやればよかったと思うことについて後悔を口にする
- 様子をうかがいに来ようとする人を拒絶する
- 遺品を処分する（または捨てられない）
- 同じように喪失を経験し、つらい思いをしている人と一緒にいたい
- 喪失を思い出させる人や場所を避ける（または、そういう人や場所を訪ねる）
- 飲酒量が増える
- 自分らしくない行動や無謀な行動をとる
- （大切な人を失った場合）故人の遺品整理や遺産相続などを先延ばしにする
- かつては自分に喜びをもたらした活動への関心を失う
- 安全や健康にこだわるようになる
- メンタルヘルスのサポートを受けようとする
- 疎遠になっていた人に連絡をとる（人生は短いと気づいたため）

そうしつかん — 喪失感

内的な感覚
- 体全体が重く感じる
- 同じものばかり食べる、あるいは食欲がないなど、食欲に変化がある
- 息苦しい
- 疲労困憊し、ただ眠りたい
- 胸が痛む
- 口の中が乾く
- 喉が締めつけられる
- 頭痛が頻繁に起きる
- 光や音に敏感になる
- 不眠症になる
- 胃の調子が悪い
- 心が空虚で麻痺したような感覚を覚え、泣き出したくなる

精神的な反応
- 幸せな思い出の中に逃避する(特に夜)
- 自分も死ぬ運命にあるのだと愕然とする
- 自分の信仰心を疑う
- 決断しようとしても、先が見えないため悩む
- 混乱する
- 喪失を理屈で考え、理解しようとする
- 「あの人は私を押しとどめていただけだ」「助成金を手に入れるのはいつも戦いだったから、もうあの職場で働かずに済んでせいせいした」など、喪失感を最小限に抑えようと、視点を変えて過去を見つめ直す
- 喪失の瞬間に至るまでの出来事を心の中で再生する
- 誰かを責めたい
- 過去を掘り起こして、何もかも自分のせいだと不当に自分を責める
- 自分と同じように喪失に悲しむ人に声をかけてやれず、罪悪感を覚える
- 悲しみの中で孤独を覚える
- 無気力になり、今は人生を違った目で見ている
- 過去の選択を後悔する
- 前進しろと誰かに言われているような気がする
- 自分は前には進めないのではないかと思う
- 不信に陥る
- 日々の責任に圧倒される
- さっさと前進していった人や、同じ苦しみを味わっていない人に反感を覚える
- 変化に抗い、過去を手放せない

喪失の影響を隠す努力
- 常に「元気」でいる、無理して幸せそうにするなど、有害なポジティブさを保つ
- 仕事などに没頭する
- 周囲に自分は大丈夫だと言って安心させる
- 喪失に絡んだ場所や人を避ける
- 引越しや、ふらりと旅に出るなど、変化を求めて思いきったことをする
- 喪失を人に論理的に説明する
- 喪失について人が話そうとすると動揺する、イライラする
- 新しい恋人関係や仕事などにすぐに飛び込む
- 外見を変える
- (新しく始めたダイエットのせいで体重が減る、風邪を引いて髪がぼさぼさになるなどの変化を) 人に心配されても、何でもないと説明して片付ける
- 悲しみを想起しそうなイベントを「忙しい」と口実をつけて避ける
- 引きこもりがちになっているのに、「何ともない」と主張する
- 詮索や憐れみの目で見られたくない、求めてもいない助言を聞きたくないがために、友人や家族を避ける

この感情を想起させる動詞
涙を流す、喪に服す、悲しげな声を出す、失神する、孤立する、執拗になる、人に食ってかかる、わめく、責める、疑いをはさむ、パニックになる、避ける、退く、疑う、関わりを持たなくなる、後悔する、後戻りする、気弱になる、焦がれる、思いめぐらす、思い起こす、〜だったらいいのにと思う、心が痛む

このブースターにより生まれる感情
受容、怒り、苦悩、不安、懸念、根に持つ、混乱、つながり、拒絶、意気消沈、絶望、打ちのめされる、共感、危惧、罪悪感、苦痛、嫉妬、孤独、切望、懐古、圧倒、パニック、無力感、後悔、屈服、悲しみ、脆弱、気がかり

引き起こされるネガティブな状況
- 子どもやペットの面倒を見なければならない（毎日犬を散歩させる、子どもの前では明るく振る舞うなど）
- 単位を取得できる、または奨学金を維持できるレベルで学業を続けなければならない
- 趣味や遊びの外出などを楽しめなくなる
- 祈ったり、教会に通ったりするのがつらくなる
- （人生のパートナーや配偶者を失った場合）誰かとデートしたり性交渉をしたりするのが嫌になる
- 葬儀の準備をしなければならない
- 故人の遺言を執行しなくてはならない
- 遺品や故人が残した財産を整理しなくてはならない

- 自分または人のために食事の用意をするのが億劫になる
- 喪失について考えたくもないときに、愛する人がそれについて話したがり、話をきいてやらなければならない
- 起きたことを他の人に説明しなくてはならない
- 自分に託された子どもや従業員などに関して新たに問題が発生し、それに対処しなければならない(そうした問題をいつも対処していたのが故人であった場合は特に大きな問題になる)
- 新しい職に就く、遠く離れた町へ引っ越すなど、大きな決断を下さねばならない
- 喪失を味わったあとも以前と同じレベルで仕事をこなさねばならない
- 新たな目標や夢に向かおうとするが、うまくいかない
- (不正が喪失を招いた場合)人を信用できなくなる

対立・葛藤や緊張を高めるシナリオ
- 知りたくもなかった故人の秘密が発覚する
- 不正行為が関与していた事実を知る
- 喪失をきっかけに経済的負担が降りかかる
- 喪失に苦しんでいる別の人が手のつけられない危険行為に及んでいるのを見て、どうしたら助けられるのかがわからない
- 喪失の責任を問われ、責められる
- 強い鬱状態に陥る
- 喪失の記憶から恐怖症を発症する
- 解雇後、虐待を働く親元に引っ越すことになり、遠のいていた有害人物と距離を置けなくなる
- 故人の遺言をめぐり争う
- 自分を支えてはくれない、日和見的な人たちに囲まれている

書き手のためのヒント
人の悲しみ方は、その人の核となる信念、性格、失われたものや人との関係によって違う。キャラクターの性格や、身の回りにいて支えてくれる人々、過去のトラウマなど、深い喪失に対するキャラクターの反応に影響を与える可能性のある要因を探り、キャラクターが次にどのような行動に出るのかを丁寧に書けるようにしておこう。

退屈
〔英 Boredom〕

【たいくつ】
緩慢で刺激がないために飽き飽きした状態を指し、心身共に落ち着かない気持ちになる。

外的なシグナル
- 手の上に顎を乗せる
- 机やテーブルの上に突っ伏す
- ぼんやり宙を見つめる
- 半目になっている
- 居眠りする、うとうとする
- うつむく
- 足を引きずるようにして歩く
- 物憂げな動作
- 椅子にだらしなく座り、両手はだらりと下がっている
- (首をグルグル回す、貧乏ゆすりをするなど) 落ち着きのない動きをする
- 大きなため息をつく、うめき声を出す
- 近くにいる人と世間話をする
- 人が一日を過ごすのを眺める
- 空腹や喉の渇きを満たすためではなく、退屈のあまり飲食をする
- 動画やSNSを見ながらネットを徘徊する
- 何度も外に出たり、トイレに行ったりする
- テレビのチャンネルを漫然と変えつづける
- あてもなくさまよう、同じ場所を行ったり来たりする
- 携帯電話からメッセージを送る、古い写真をスクロールして眺める
- (浜辺で石を拾うなど) 行き当たりばったりに不要な物を拾い集める
- (地面に落ちているたばこの吸い殻や、店を出ていく人などの) 数を数える
- 興味を引く物の写真を携帯電話で撮る
- 簡単に面白がる
- 文句を言う、泣き言を言う

たいくつ｜退屈

- あくびをする
- ひとつのことになかなか集中できない
- 何かをせずにいられなくなり、平凡な活動にも参加する
- 機会があると、すぐに飛びつく
- 一覧表を作る
- 爪をいじる、指に髪を巻きつけるなどの癖が出る
- （紙をシュレッダーにかける、クリップを曲げるなど）静かな破壊行為をする
- 小声でブツブツ言う
- 面白がってわざと人をいらつかせることをする
- 人をからかう
- トラブルに巻き込まれる
- おしゃべりをするためだけに人に電話をかけまくる
- 普段なら付き合わないような人とでさえも、親しくなろうとする
- 新たな趣味や計画に没頭する
- （運動や読書、睡眠など）いつもやっているのと同じことをさらにやる
- 満足できる何かを探そうと、あれこれと新しいことに手をつけてはやめる
- 同じ場所に長く座りつづける、いつづける
- 他の人に未熟あるいはおめでたい人だと思われる

内的な感覚
- 倦怠感
- 体が重く感じる
- ゆっくりとした鼓動
- コーヒーを飲んだあとの酸味、頭皮の痒み、手足がうずうずする感覚など、普段なら気づかないことに気づく
- 落ち着かず、動いていないと気が済まない
- 心が空っぽになったような感覚
- ふらつく感じ、ぼんやりした感じがまといつく
- 精神的圧迫感が限界点に達しつつある

精神的な反応
- 何をすべきかと選択肢を頭の中で繰り返して考える
- 空想に耽る
- 「あのボタンを押すとどうなるのだろう」などと、何かの仕組みをとりとめもなく考える
- 小さなことに気づきやすい
- 退屈の原因（仕事や研究など）に絡んだことに集中できない
- ネガティブな考えばかりが浮かぶ
- 退屈していることをひどく気にする
- 時間がゆっくり、のろのろと流れているような気持ちになる

- イライラする
- 落ち着かなくなる
- 楽しみにしていることや、今経験していることよりも、これから起きるはずのましなことを考える
- 退屈しすぎて、何にも心を動かされなくなる
- 自分を憐れに感じる
- 何か目的を持ちたい

退屈を隠す努力
- 人からの誘いに淡々と応じ、予定ができたことを喜んでいるようには見せない
- 退屈そうに見えないようにするため、ほぼ何でも引き受ける
- 絶えず動き回っている
- 楽しく時間を過ごそうと決意している
- 手伝ってほしいと言われてもいないのに、作業を手伝おうかと声をかける
- 忙しく見せるためにノートに何かを書く
- 本や持ち帰り用のメニュー、シリアルの箱など手近にある物を読んでいるふりをする
- 何かを聴いているように見せるため、ヘッドフォンを着けたままにする
- 忙しく見えるように手の込んだ手順に従いながら作業する

この感情を想起させる動詞
ぽかんと口を開ける、あくびをする、伸びをする、寝返る、前かがみになる、引きずる、ため息をつく、疲れる、徘徊する、うたた寝する、成り行きに任せる、うなだれる、ぽけっとする、（あくびを）かみ殺す、保養する、寝る、じっと見つめる、夢想に耽る、文句を言う、泣き言を言う、口ごもる、ブツブツ言う、落書きする、邪魔をする、イライラする、いらだつ

このブースターにより生まれる感情
いらだち、好奇心、自暴自棄、決意、不満、怯え、熱心、きまり悪さ、フラストレーション、短気、無関心、立腹、孤独、反感、屈服、悲しみ、切なさ

引き起こされるネガティブな状況
- 学業や仕事に全力投球できない
- 重要な指導を受けていても注意力に欠ける
- 重要な会議に出ても、きちんとメモがとれない
- 重要な目的を掲げた活動に身が入らない
- 充足感が得られない
- しっかり目を覚ましていないといけないのに眠くなる
- 他の人とうまくやれない
- 誰かが遅刻するとイライラし、理解を示すことができない

- 責任ある大人だと思われない
- 熱中できることがなかなか見つからない
- 周囲の重要なものを見過ごしがちになる
- 家族で集まっても社交的に振る舞えない
- 話が長いと詳細を覚えられない
- 長距離運転ができない
- 商品購入を検討している顧客の前で商品の使い方を実演するが、うまくいかない

対立・葛藤や緊張を高めるシナリオ
- キャリア形成には重要だが、退屈で仕方のないイベントに出席する
- 楽しくもない場所での家族の休暇に耐えなければならない
- グループの中で自分だけが退屈している
- 退屈しのぎに何かをしたせいで、大変なことになる
- デートの相手に「退屈しているのは自分に興味がないからだ」と思い込まれる
- 退屈な行事への参加を拒んだため、人間関係に摩擦が起きる
- 人をイライラさせて怒らせ、喧嘩に発展する
- （航空機のエンジンを修理している、化学薬品を使った作業をしている、患者に手術を施しているなど）集中力が欠かせない状況にいるのに退屈する
- 退屈のあまり油断し、人に騙される
- うっかりして、または居眠りして、見逃してはならない脅威や危険を見過ごす
- 人目があるので、退屈していることを隠さなければならない

たいくつ──退屈

た

書き手のためのヒント
退屈なキャラクターは読者を退屈させかねず、この感情ブースターを用いる際には注意が必要だ。対立・葛藤を生み出す、障壁を設ける、あるいはまさかの出来事が起きてキャラクターが奔走するように仕向けるなど、書き手は目的を持って簡潔に「キャラクターが退屈している」状況を利用し、最終目標に向かわせるようにしよう。退屈はポジティブな結果をもたらす可能性もあることを忘れずに。退屈をきっかけに、キャラクターは真実を暴き、新たに打ち込める何かを発見し、社会の欠陥や、自分の人生のだめな部分を修復するかもしれない。

体調不良
〔英 Illness〕

【たいちょうふりょう】
体調が悪く、体が弱る状態を指す。心の調子が悪くなる場合もあるが、この項目では身体的疾患に限定している。

外的なシグナル
- 熱っぽく目が潤んでいる
- 目の下がくすんでいる（目が落ちくぼんで小さく見える）
- 苦しそうな表情（眉間に皺を寄せている）
- 気分が優れないと訴える
- 顔が青白い、または土気色をしている
- 足を引きずって歩く
- 大儀そうに動く
- 片手で頭を支えながら座る、テーブルに突っ伏して座る
- 肩を落としてうなだれる
- 額や唇の上に汗を光らせている、または肌が全体的に脂ぎって見える
- くしゃみをする
- 咳をして痰を吐く
- 鼻水が出る
- 歯がガチガチと震える
- 悪寒がして体が震える
- 服に汗の染みがつく（首回りや脇の下）
- 苦しそうに息をする
- 体力がなくなる
- 横になりたがる
- 肌が乾燥して紙のように白い、火照って顔が紅潮する、肌が冷たく湿っぽい
- しゃがれ声、または鼻声になる
- 言葉少なに話す、一言で返事する
- 長時間寝る
- 何度も寝返りを打ち、眠れない

たいちょうふりょう ― 体調不良

- 医者の助言を求める
- 薬を服用する
- 全体的に弱々しい振る舞いをする
- 体重が減る
- 食欲がなさそうに食べ物をつつく
- 病気の臭いがする
- 身ぎれいにしなくなる
- 食べなくなる
- 嘔吐する、または下痢をする
- 気絶する
- 病状を和らげようと、安全が証明されていない危険な治療を試す

内的な感覚
- 皮膚が敏感になる
- 熱っぽい
- 頭、胃、耳、喉などが痛くなる
- 体全体が痛い
- 吐き気がする
- 急に立ち上がると立ちくらみがする
- 筋力が弱る
- 寒気を感じる、または熱く感じる
- 味覚がなくなる
- 食欲がなくなる
- 口の中が乾く
- 鼻が詰まる
- 疲れて無気力になる
- 喉が渇く
- 体のあちこちがピリピリと痺れる
- 血圧が上がり脈が速くなる（またはその逆）
- 体全体が虚弱に感じる

精神的な反応
- 集中できない
- 頭がぼんやりし、忘れっぽくなる
- 気短になる
- 体を休めたいが、職場や学校などに行かなければならない圧力を感じる
- 時間がどれくらい経ったのかわからなくなる
- ただの風邪が重症化するのではないかと恐れる
- 不快な気分を紛らわせようとする

- やり終えていないことがいろいろあるが、それを考えないようにする
- 他の人たちも体調を崩すのではないかと心配する
- 不快感が収まってほしいと願う
- 体調不良が長引き、イライラが募る
- 会話を続けられない
- 病気を克服しようと決心する
- 安堵を願い、治癒を祈る

体調不良を隠す努力
- 体調が怪しいことを否定する
- 病気の徴候が表れているにもかかわらず、仕事を続ける
- 徴候を隠し、気分を良くするために薬や睡眠導入剤に頼る
- 「箱をあちこちへ運んでいたから、汗をかいているんだよ」などと言い訳をする
- 人を避ける
- 出かける予定をキャンセルする
- 横になりながら仕事をするなど、体力を温存しつつ責任を果たす
- 在宅で働く
- 病欠にせずに休暇を取得する
- 外出に備え、ほぼ一日中横になって体力を温存する
- 体になるべく負担をかけない、ゆったりとした服を着る

この感情を想起させる動詞
ガタガタ震える、嘔吐する、吐き気を催す、咳をする、おののく、噴き出す、汗をかく、気弱になる、ぐったりする、失神する、しゃがれ声になる、身震いする、引きつる、けいれんする、ブルブル震える、声が震える、ささやく、うなる、寝る、もたつく、ぐらつく、保養する、ゼーゼー息をする、くしゃみをする、鼻をかむ

このブースターにより生まれる感情
動揺、苦悩、いらだち、気づかい、決意、フラストレーション、罪悪感、短気、無関心、孤独、みじめ、むら気、無力感、安堵、反感、自己憐憫、切なさ、気がかり

引き起こされるネガティブな状況
- 仕事や学校へ行けなくなる
- 健康体を維持できない
- 最善の状態の自分を見せられない
- 掃除や料理、洗濯など家事ができない
- 免疫系疾患を持つ高齢の親戚の面倒を見られない
- 子どもやペットの面倒を見たり、遊んでやったりできない
- 運動ができない

- 締め切りに間に合わない
- 優勝争いの試合やトライアスロンなどを目指して、身体に負担がかかるトレーニングができない

対立・葛藤や緊張を高めるシナリオ
- 体調が良くないと出られない重要なイベント（息子の卒業式、金婚式など）が近づいている
- 登山やハイキングなどの途中で体調を崩し、足手まといになる
- 飛行機やバスの旅の最中など、閉所や慣れない場所で体調を崩す
- 人事評価が予定されているなどの理由から病欠できない
- 病状が悪化するが、介護してくれる人が誰もいない
- 子どもなど扶養家族が体調を崩す
- 楽しみにしていた旅行やイベントに行けなくなる
- 体調不良が慢性的になる
- 病状がぶり返す
- 薬を過剰摂取し、または複数を混ぜて服用し、ひどい副作用が起きる
- 体調不良の徴候が少しでも見られると、周囲への感染を恐れて放り出される環境にいる
- 遺伝性疾患の症状と合致する徴候が現れる
- 何の病気なのか医者が診断を下せない（または心因性ではないかと示唆する）
- 治療を受けたのに、病状が良くなるどころか悪化する

> **書き手のためのヒント**
>
> キャラクターを大まかに設計するときには、キャラクターの健康状態全般や身体的限界を必ず決めておこう。キャラクターは頑強なのか、それとも病弱なのか。どういう種類の病気にかかりやすく、何をきっかけに症状が出るのか。こうした問いへの答えを持っておけば、「まさかこんなときに体調不良が悪化するなんて」という危機的展開への布石を打つことができる。

脱水症状
〔英 Dehydration〕

【だっすいしょうじょう】
体内に取り込まれる水分よりも、失われる水分のほうが多いために起こる生理現象。体調不良、一部の薬、肉体作業や運動、長時間にわたる嘔吐や下痢、熱中症など、脱水症状を引き起こす可能性のある要因は数多い。

外的なシグナル
- 皮膚が乾燥する
- 唇がひび割れる
- 目がくぼむ
- 皮膚の下の青白く「筋張った」静脈が見えにくい
- つまずくなど、ぎこちない動きをする
- 物憂げな様子
- よろよろと歩く
- 泣いても涙が出ない
- いつもより頻繁にまばたきをする、乾いた目をこする
- 息切れする
- 筋肉が引きつる
- 体が滑らかに動かない
- 手足が震える
- 生産性が低下する
- 仕事のペースが落ちる
- 頻繁に休憩をとる
- 前かがみの姿勢
- 急に引きつる筋肉を揉みほぐす
- （頭痛を和らげようとして）額やこめかみをさする
- 脇腹が痛み、拳を肋骨に押し当てる
- 尿の色が濃くなる
- 短い歩幅で歩く
- 両腕が体の横にだらりと下がっている
- 毛髪が細り、すぐに切れ毛になる

- （忘れっぽくなり）同じ質問を何度もする、またはリマインドが必要になる
- 声が弱々しくなり、ささやくような小声しか出せない
- 汗がほとんど出ない
- 肌がシワシワで張りがない
- 水があると、ゴクゴクと飲む
- 水源を探す
- 不合理な行動をとる
- 気絶する

内的な感覚
- 喉が渇く
- 口の中が乾き、ネバネバする
- 以前ほど頻繁に用を足す必要がない
- 便秘のような感覚がある
- 疲労感を覚える
- 座るか横になりたい
- 吐き気がする
- めまいがする
- 頭がクラクラする
- 頭痛がする
- 視界がかすむ
- 目が疲れる
- 筋肉が引きつる
- 喉がイガイガする
- 筋肉が弱る
- 姿勢のバランスが保てず、フラフラした感じがする
- 鼓動が聞こえるほど激しくなる
- 心臓がドキドキ、またはバクバクする
- 脈が激しくなり、呼吸が荒くなる
- 熱っぽい
- いつもより睡眠が必要だと感じる
- 体を動かしているとすぐに疲れる
- 目覚めても気分がすっきりしない
- 性欲がなくなる
- 腎臓結石になり、激しい痛みを覚える

精神的な反応
- 怒りっぽくなる
- 喉を潤してくれる物のことが頭から離れない

- 水などの飲み物がある場所を想像する
- （飲めるなら何でも飲む気になっているため）選り好みしなくなる
- 精神が錯乱する
- 作業に集中できない
- 物覚えが悪くなる
- 明敏さがなくなる
- 不機嫌になりやすい
- うわごとを言い出す

脱水症状を隠す努力
- 何度も唇を舐める
- 唾液を増やすため、ガムを噛むか、何かを吸う
- 飲み物を出されても断る
- 脱水症状になっているのではないかと指摘されるとむきになり、動揺する
- 言い訳をして体を動かさない
- 頭痛や筋肉痛などを和らげるためアスピリンを飲む
- 自分の物覚えの悪さや忘れっぽさをあえて問題にせず、人には自分はそういう人間なのだと思わせる
- 脱水症状だと気づかれないようにするため、（競走で足首を捻挫したなど）他の問題を抱えていると主張する
- 他のことで疲れているのだと言い張る
- ぎこちない足取りに気づかれないように注意深く移動する

この感情を想起させる動詞
喉が渇く、舐める、湿らせる、声がかすれる、ぐらつく、ふらつく、よろめく、蛇行する、もがく、汗をかく、欲する、必要とする、気絶する、執拗になる、渇望する、渇きを癒す、喉が渇ききる、重い足取りで歩く、おののく、わななく、疲れる、固執する

このブースターにより生まれる感情
動揺、怒り、気づかい、防衛、欲望、決意、狼狽、立腹、切望、むら気、緊張、執拗、後悔、苦しみにもがく、心配

引き起こされるネガティブな状況
- 生きていくのに不可欠な道具類を運べない
- ライバルや敵の前で心身を強く見せることができない
- 体を激しく動かす活動に従事できない
- スポーツに秀でることができない
- マラソンやトライアスロンなどの極限を試すスポーツに参加しても完走できない
- 試験で良い結果を出せない

- 頭がぼうっとして重要な判断を下せない
- 健康診断で不合格になる
- 仕事で良い成績を収められない
- 体力や集中力、器用さが求められる活動に従事できない
- 難問や難題の解決策を見つけることができない
- 体調を崩すとなかなか回復しない
- 危険な環境にいるのにすぐに油断する
- 他の人たちを安全な場所に導くことができない
- エネルギーをさらに消耗するミスを犯し、挽回できない

対立・葛藤や緊張を高めるシナリオ
- 討論などに参加し、集中力と明晰さを発揮する必要がある
- 厳しい尋問や拷問に耐えようとしている
- 探しても水が見つからない
- (スポーツをプレイしている、生き残りをかけて移動しているなどの理由から)水分補給よりも前進だと思い込む
- 水分をたっぷり補給している相手に立ち向かわなければならない
- 精神状態の悪化や摂食障害が原因で、水を飲まなくなる
- あまりの喉の渇きから、汚染されているかもしれない水を飲む
- 水源を発見するが、そこを占領するには自分の心を鬼にしなくてはならない

> **書き手のためのヒント**
> 年齢や体の大きさによっては、脱水症状は一刻を争う深刻な問題になる。この点を念頭に置き、真実味を失わないよう、脱水症状が身体に及ぼす影響を必ず調べること。

だっすいしょうじょう ― 脱水症状

多動
〔英 Hyperactivity〕

【たどう】
過度に活発な状態を指す。多動を引き起こす何らかの障害を持っている、または落ち着きのない性格の場合は、じっとしているのが難しい。状況のせいで多動になることもある。たとえば、薬の服用や薬物使用、食品添加物、糖分の過剰摂取などが多動を引き起こすし、退屈や不安を覚えて、落ち着きがなくなる場合もある。

外的なシグナル
- 早口でまくしたてる、またはとりとめなく話す
- 何もしないでいると居ても立ってもいられなくなり、モゾモゾと体を動かす
- 同じ場所を行ったり来たりする
- じっと座っていられず、常に動いている
- 筋肉がピクピク引きつる
- 勝手に動き回る
- 有り余るエネルギー発散のため体を動かす
- まばたきが激しい
- 矢継ぎ早に多くの質問をする
- 次から次へと考えていることを口に出す
- 人が話しているのに遮る
- (大きなため息をつく、しつこく文句を言って相手を嫌がらせる、同じ話題に何度も触れるなど) 気短な行動をとる
- 足をブラブラさせる、指で机の上をコツコツと叩く
- 周囲を一度に見回そうとして目を大きく開く
- 興奮して話す
- 会話を独占する
- 息切れする
- 軽率な行動をとる
- 着ている服をグイッと引っ張る
- 足をもじもじと動かしたり、サイドステップを踏むように左右に動かしたり、ブラブラさせたりする
- (鍵をもてあそぶ、腕時計や結婚指輪をくるくると回すなど) 手で物をいじる
- 腰のあたりで腕を組んだり、両手をこすり合わせたり、腕を振ったりする

- 舌や唇、または頬を噛む
- 周りにある物をやたらと触る
- 音楽のリズムに身を任せているかのように揺れ動いたり、上下に体を動かしたりする
- しきりと髪をかき上げる、またはうなじを何度もさする
- 爪を噛むなど、強迫性の落ち着きない癖がある
- よく考えないで衝動的に行動する
- あれやこれやと手をつけるが、どれも中途半端にする
- 掃除や片付けを忘れる（または慌てるので、きれいにできない）
- 学校の宿題でレポートを書く、ビジネス報告書に目を通すなど、じっと座ってする仕事ができない
- 攻撃的になる
- 気分に浮き沈みがある
- 整理整頓ができない
- いつも遅刻する

内的な感覚
- 活力がみなぎっている感じがする
- 体の中がぞくぞくし、ジージーと音が聞こえる気がする
- 急に駆け出す、飛び跳ねる、歩き回るなどの行動に走りたくなる
- 神経が過敏になったような感覚を覚える
- 鼓動が激しくなる
- アドレナリンが体内を駆け巡る
- 手足が落ち着かない
- 光や物音、手触り、匂いに過敏になる
- 体がこわばる
- 感覚が研ぎ澄まされる

精神的な反応
- 刺激を欲して探し求める
- 集中できる時間が短い
- ひとつのことに集中できない
- 常に退屈を覚える
- 次から次へといろんなことを考える
- リラックスできない
- よく眠れない
- 観察力が鋭く、周囲で起きていることにすべて気づく
- 他の人たちと同じように物事をこなせず、罪悪感や恥を覚える
- 自己批判的になる
- 人とは違うため、他の人とつながりを感じられない

- 激しい感情を覚える
- 先を考えず、この瞬間のことだけを考える
- 他人に自分がどう思われるかを気にする
- ある状況で期待される行動が何なのかにすぐには気づけない

多動を隠す努力
- （指や足を組むなどして）体を固定させる姿勢をとる
- ペンをカチカチと鳴らす、ドラムを叩くみたいに指で机の上を叩く、貧乏ゆすりといった行為をひたすら続ける
- 他の人と会話をしていても自分からは話さない
- 微笑んで頷いてばかりいる
- 何度も唾を飲む
- 関心を持っているふりをする（しかし、やりすぎの印象を与える）
- （学校などで）決められた時間内はじっとしているが、そのあと大騒ぎをする
- チックを起こして、エネルギーを発散する
- じっと立っていても、エネルギーが有り余ってきて体が震えているように見える
- 何でも興奮し、しきりと何かをしたがる

この感情を想起させる動詞
引きつる、急に動く、動き回る、押し寄せる、くだらないことをしゃべる、気合いが入る、気がはやる、責め口調になる、大騒ぎする、食いしばる、突進する、ぺちゃくちゃとしゃべる、叱られる、同じ場所を行きつ戻りつする、駆け抜ける、疾走する、急に走り出す、突然叫ぶ、割り込む、落ち着かない、身をよじる、興奮する、押す、動き出す、取り憑かれたように動く、触る、ぶつかる、掴む

このブースターにより生まれる感情
動揺、不安、好奇心、反抗、熱心、高揚感、きまり悪さ、興奮、罪悪感、短気、自信喪失、むら気、緊張、安堵、反感、満足、自己嫌悪、あやふや、心配、気がかり

引き起こされるネガティブな状況
- 会議の間じっと座っていられない
- じっとしていられないので宗教儀式に参列できない
- 学校の講義を静かに聴くことができない
- デスクワークができない
- 結婚式や葬儀などに参列しても最後まで座っていられない
- 人の話に長い間じっくり耳を傾けられない
- 読書など「退屈」な作業は途中で脱落する
- 仕事場や住まいを整理整頓してきれいに保つことができない
- 予約や待ち合わせの時間に遅れる

- プロジェクトの時間管理ができない
- ビーチでのんびりするなど、パートナーと物静かに時間を過ごすことができない
- 外出するより座って話をするほうを好む親戚を訪れる

対立・葛藤や緊張を高めるシナリオ
- 人が自分のことを悪く言っているのを小耳に挟む(「じっと座っていられないのよ」「物事を軽く考えている」「子どもっぽいよね」など)
- 足を骨折するなど、動きが制限される怪我を負う
- 忘れていた、または時間管理ができなかったために、重要な会議を欠席する
- いつも遅刻するので叱られる
- 行き先も告げずに勝手に出かけたところ、緊急事態に見舞われる
- 興奮しすぎて危険な状況に首を突っ込む
- 宿題をいつまでも後回しにして間に合わなくなる
- 自分を理解していない友人や家族との間に摩擦が起きる
- 貴重な物をうっかり壊す
- 衝動的に行動した結果、(自分または他の人にとって)不幸が起きる

書き手のためのヒント
多動の傾向のあるキャラクターはさまざまな問題にぶち当たり、嫌な思いをし、不幸な結果を味わうことになる。しかし、キャラクターを多動に向かわせる理由がないと、このブースターはうまく機能しない。これまでにも多動のせいで問題を起こした過去があることや、信憑性のある理由があっていつも衝動的に行動してしまうことを読者に伝え、真実味たっぷりにキャラクターを描くようにしよう。

注意力散漫
〔英 Distraction〕

【ちゅういりょくさんまん】
注意力散漫になるのは、個人的なストレスがある場合がほとんどだが、退屈のあまり気が散る場合もある。理由が何であれ、気が散っていると集中力が低下し、心ここにあらずの状態になりやすい。

外的なシグナル
- どこを見つめるともなく、ぼんやり遠くを見る
- 顔や体に締まりがない
- 何もしないでずっと座っている
- 無意識のうちに会話から離れる
- 返答を求められているのに、何も答えない
- 気乗りのしない感じで仕事をする
- 遅刻する
- 話している相手や会話、作業に半分しか注意を向けていない
- 締まりのない表情で、口が半開きになっている
- すっかり失念し、ぎりぎりになって物事に対処する
- ぐずぐずした人や怠け者だと見られる
- 約束や会議をすっぽかす
- 一般に整理整頓ができない
- 仕事や学校での成績が芳しくない
- 家事を完了できない（夕飯を焦がす、片付けをしているときに何かを割るなど）
- 雑用に時間がかかる
- 待ち合わせ場所などにだらしない格好で姿を現す
- ボタンを掛け違えて服を着る
- 上下の服が合っていない
- 同じ服を何日間も続けて着る
- 身づくろいするのを忘れる
- 目的地に到着したものの、忘れ物をしたことに気づく
- 人や物にぶつかる
- 話していても話題からそれる

- 注意を払う努力をして、大真面目に集中しているような表情をする
- 趣味や余暇の活動への関心を失う
- 本の同じページを何回も読み直さなければならない
- 長時間集中しなければならない活動に参加できない
- 睡眠過多に陥る
- 不注意な運転をする（一時停止の標識を無視する、確認もせずに隣の車線に入るなど）
- 社交の場を避ける
- イベントに出席するが、人の輪には入らない（壁際に立っている、軽食が置かれたテーブルのそばでウロウロするなど）
- 仲間に入れないため、気取った人やツンとした人だと思われる
- 基本的なことを忘れる（ドアに鍵をかけずに出かける、犬に餌をやるのを忘れるなど）
- 寝つきが悪い
- 同じことを聞き直す
- 別の作業に取りかかっても、また気がそがれる
- 自分の不注意を詫びる、または言い訳をする
- しっかり監視できないため、子どもや従業員が好き勝手にする
- 物を紛失する
- 友人と親密でなくなる
- 「注意力が散漫すぎる」と愛する人から心配される
- 学校や職場での成績が悪く、注意を受ける
- 簡単な仕事なのに何度もやり直しをするはめになる
- 不注意が原因で事故を起こす（料理中に指を切る、道で人と衝突するなど）

内的な感覚
- 食欲不振からくる空腹により、胃がキリキリと痛む
- 喉が渇く
- 体を動かしたりストレッチしたりしないせいで、筋肉が引きつる
- 仕事に集中できず、立ち上がってウロウロしたくなる
- 落ち着かない気持ちになる

精神的な反応
- あれやこれやと考えが頭に浮かぶものの、まとまらない
- 問題解決や決断しなければならないことがあるのに、頭の中でつらつら考えてばかりいる
- 何かを忘れているのではと不安がつきまとう
- 注意力散漫をなくしたい
- 気が散る原因に固執する
- 目の前の作業に集中できない
- 集中力が求められる状況を避ける
- 重要なことを失念し、罪悪感を覚える

- 考え事をして、または白日夢に耽り、時が経つのを忘れる
- 作業に集中していない自分を叱りつける
- 自分は無能で無責任な人間だと感じる
- なぜ自分はひとつのことに集中できないのか、なぜ他の人のように注意を払えないのかと不思議に思う

注意力散漫を隠す努力
- 自分が注意を払う必要のある物事や人に一生懸命に集中する
- 目を細める
- 唇を固く結ぶ
- 前のめりの姿勢になる
- 「もっと聞かせて」「会えて本当によかった」などとおざなりなことを言う
- 目のあたりで顔を両手で包み込み、気が散らないようにする
- 気が散る原因に背を向ける
- (タイマーを設定する、手の甲に注意書きをするなど)集中力を高めるために視覚補助を用いる
- 頭を動かさず、目は話をしている相手に向けたままにする
- 目が泳ぐたびに、自分が集中しようとしているものに視線を戻す

この感情を想起させる動詞
横道へそれる、混同する、忘れる、うろたえる、まごつく、よろめく、邪魔をする、何度も注意される、いらだつ、かき乱される、落とす、置き忘れる、顧みない、混乱する、しくじる、まごつく、成り行きに任せる、ぼけっとする、すっ飛ばす、やり直す、へまをやる、台無しにする、だめにする、緊張する、凝視する、ぼんやり見つめる、夢想に耽る、気を入れ直す

このブースターにより生まれる感情
動揺、不安、気づかい、混乱、防衛、落胆、疑念、きまり悪さ、狼狽、フラストレーション、罪悪感、劣等感、自信喪失、立腹、圧倒、自責、屈服、自己嫌悪、恥、驚き、気がかり

引き起こされるネガティブな状況
- 真剣に受け止めてもらえない
- 学業成績が芳しくない
- チームのキャプテンや地方委員会の委員長に任命されるなど、競争をして順番に地位を勝ち取っていくことができない
- 家族に自分たちは感謝されていない、価値を置いてもらっていないと誤解される
- 責任を持って運転することができない
- チャンスを最大限に活かせない

- （重機の操作、航空管制官として働くなど）集中力が最重要視される仕事に就けない
- 選挙への出馬や昇進といった目標に集中できない
- 赤ん坊や幼い子どもの面倒を見ることができない
- 恋愛関係や夫婦関係でしくじっても、気づかったり、そばにいてやったりすることがうまくできないため、関係を修復できない
- 学校へ子どもを迎えにいくのを忘れたり、約束した時間に現れなかったりする
- 追加で頼まれたことを処理できない

対立・葛藤や緊張を高めるシナリオ
- 試験勉強、あるいは会議や仕事の準備をしなければならないのに気が散る
- 仕事で何かをし忘れているのはわかっているが、それが何なのかを思い出せない
- ADHD（注意欠陥多動性障害）などの疾患があるので自制心だけではどうにもならないが、集中しようと努力する
- 恋人や配偶者に注意を払わないため、関係がギスギスする
- 自分の不注意のせいで誰かを怒らせたことを知る
- 注意力散漫のせいで人に迷惑をかけ、その人が思ったような成績を残せなくなる
- 自分の人生を左右するような重要な締め切りが目前に迫っている
- 取り戻すことのできない重要な何かを紛失する
- 成績が悪いため、昇進や仕事のチャンスが巡ってきても肩透かしを食らう
- 不注意な運転をして交通事故を引き起こす
- 寝坊して、面接や仕事関係のイベントに遅刻する
- 準備ができていないのに、人前でスピーチやプレゼンテーションをしなければならない
- 尊大な態度の人や何かと注意が必要な人とパートナーを組む

> **書き手のためのヒント**
> 注意力散漫は心身が疲れているときに起きやすいが、それよりも、未解決の感情問題に意識を集中させていた結果、起きることのほうが多い。キャラクターの気が散っている原因や、その根本で働いている感情を必ず読者にわかるようにしよう。

ちゅういりょくさんまん ― 注意力散漫

トラウマ
〔英 **Trauma**〕

【とらうま】
長期にわたり身体的および心理的ダメージを引き起こす深刻な出来事を指す。キャラクターがストーリーの中でトラウマを経験するのか、それとも、何かをきっかけに過去のトラウマを再び味わうのかに関係なく、トラウマに対する身体的および精神的反応は似ている。

外的なシグナル
- その場に凍りついたように身動きできなくなる
- 震えが止まらない
- 白目が剝き出しになるほど目を見開く
- 腕や手、または首の静脈が浮き出る
- 喉で変な音を鳴らす
- しくしく泣く
- 訳のわからないことを口走る
- トラウマの源から目を背けることができない
- 体の両脇に下ろした腕がこわばる
- 両手を握りしめたり緩めたりを繰り返す
- 刺激や質問に反応しない
- トラウマの源を見て尻込みする、後ずさる、または背を向ける
- 目の前で起きていることを否定するかのように、頭をゆっくりと振る
- 顔面が紅潮する、または蒼白になる
- 声が震える
- 声がうわずり、金切り声になる
- 膝がガクガク震える
- 脅威が接近し、怖くて動けない
- ある点をじっと見つめ、そこから目を離さない
- 歯をぐっと食いしばる
- 肩で息をし、胸が上下する
- 目が涙でいっぱいになり、目尻から涙が流れ落ちる
- 汗がしたたる
- フラフラしながら立っている

- 人に体を触られるとびくつく
- 安心したくて、または守ってもらいたくて誰かにしがみつく
- （形見のロケット、友情のしるしのブレスレット、前ポケットに忍ばせた折りたたみのナイフなど）安心できる物に手を伸ばす
- 体が自然に縮こまる
- 逃げ出す
- 抑えきれずに泣く
- 助けを求めて叫ぶ
- 哀願する
- （身構える、足の親指の付け根に体重をかけるなど）すぐに動ける姿勢をとる
- 闘争的になって反撃する
- 加害者を怒鳴りつける
- ヒステリックになる
- 失禁する
- 過呼吸になる
- 気絶する

内的な感覚
- うなじや腕の毛が逆立つ
- 寒気がして、鳥肌が立つ
- 肌がヒリヒリする
- 体がこわばる
- 心臓がドキドキする
- アドレナリンが出て、心の中が混乱状態になる
- めまいがする
- 目が焼けるように痛く、涙で目がかすむ
- 視界が狭まる
- 唾液が過剰に出る
- （ショックのあまり）普段のように苦しさや怪我の痛みを感じない
- 倒れるかと思うほど足がふらつく
- 膀胱が圧迫され、急におしっこがしたくなる
- 吐き気がする

精神的な反応
- ビクビクして警戒する
- こんなことが自分の身に起きるなんて信じられない、という気持ちになる
- 頭が混乱して回らなくなる
- どうしたらいいのかわからない
- 極度の不安や恐怖、無力感に襲われる

- 落ち着けと自分に言い聞かせる
- 叫び声を上げたいが、声が出ない
- 自分の人生が走馬灯のように脳裏に浮かぶ
- 生き残ることに意識を集中させる（状況に応じて、逃げ口、人、武器などを探す）
- 闘争か逃走かの選択肢を天秤にかける
- 自分は生き残れるのだろうかと思う
- 動くか行動しなければならないのはわかっているが、怖くてできない
- 他のことを考えて気を紛らわそうとする
- 現実から解離して、何も感じなくなる
- もっと違った行動をとればよかったと後悔をする
- 「あのときもしもこうしていたら、トラウマとなる出来事は起きなかったはずだ」と過去を振り返る

自分の気持ちがいかに脆弱になっているのかを隠す努力
- 加害者の指示に従う
- 無言になる
- 目を合わせない
- 呼吸を整える
- かすれ声や震え声にならないように咳払いをする
- 目に涙を溜めるが、流さない
- （お腹のあたりで腕を組む、両手で左右の肘を掴む、背中を丸めるなど）自分を守る仕草をする
- 手の震えを隠すために、手を握りしめる、または両手をお尻の下に敷いて座る
- その場で同じ出来事を経験している人たちを助けることだけを考える
- 逃げる、起きていることを阻止する、助けを求めるなどの機会を虎視眈々とうかがう
- （トラウマが誰かによって引き起こされている場合）反撃に出る
- （過去のトラウマの記憶が蘇りはじめた場合）ひとりになれる場所や安全な場所を探す
- （トラウマを再び経験している場合）何で苦しんでいるのかを誰にも言わない

この感情を想起させる動詞
立ちすくむ、じっと見つめる、ぽかんと口を開ける、びくつく、壊す、走る、後ろに下がる、よろめく、否定する、背ける、ぎょっとする、おののく、パニックになる、避ける、引っ込む、逃れる、息が止まる、大きく呼吸する、張り詰める、しがみつく、手を差し伸べる、うめく、めそめそ泣く、わめく、絶叫する、泣く、懇願する、ガタガタ震える、はぐらかす、擁護する、ふさぎ込む、孤立する、何も感じなくなる、守る、加減する、落ち着く、攻撃する、闘う、助ける、救い出す

このブースターにより生まれる感情
怒り、苦悩、不安、敗北、反抗、拒絶、決意、疑念、怯え、危惧、悲嘆、罪悪感、戦慄、

ヒステリー、怖気づく、孤独、圧倒、パニック、無力感、激怒、自己憐憫、恥、恐怖、苦しみにもがく、復讐、脆弱、気がかり

引き起こされるネガティブな状況
- 同じ状況に巻き込まれた他の人たちを守ってやれない
- 冷静でいられない
- 頭が回らず、慎重に考えられない
- じっとしていられず、体に受けた傷口が広がる
- 自分の感情を抑えられない
- 将来のこと（または今より先のこと）を考えられない
- 慌てて衝動的に行動する
- （トラウマの記憶が蘇るときに周囲に人がいる場合）取り乱す
- 自分の人生を思う通りに生きられず、未来の自分を描けない

対立・葛藤や緊張を高めるシナリオ
- 時間が押し迫るなか、すばやく何かをしなければならない
- 逃げる機会が訪れるが、大きなリスクを伴う
- 長らく使ったことのない、または故意に捨てたスキルに頼らなくてはならない
- 生き残るためには自分の道徳基準を犠牲にしなければならない
- 生き残るためには誰かを犠牲にしなければならない
- 加害者にトラウマは自分のせいなのだと思い込まされる
- 怪我をして逃げ出せなくなり、闘うしか道がない
- 面接中や演奏中など、取り込み中にトラウマが蘇る

> **書き手のためのヒント**
> トラウマは感情を増幅させる劇薬で、あまり頻繁に用いることはできない。キャラクターに過去のトラウマを思い出させるだけで十分な場合もある。トラウマが蘇ると、キャラクターはフラッシュバックを経験したり、逃げ出そうとしたり、回避行動をとろうとしたりと平静を失って感情的になりかねない。

妊娠
〔英 Pregnancy〕

【にんしん】
女性が体内に子どもを宿すことを指し、それにどう反応するのかは、年齢や心身の健康状態、遺伝、そして妊娠が歓迎されているかどうかなど、さまざまな要因によって決まる。生理的側面が重要なブースターなので、「ホルモンバランスの乱れ」の項目（p. 240）も役に立つはずだ。

外的なシグナル
- 腹部が膨らみ出す
- 体重が増える
- 毛が濃くなる
- 足首や顔、手の指がむくむ
- 頻尿になる
- 顔にシミができる
- 胸が膨らむ
- ニキビが増える
- 変わった食べ合わせをする、または以前は嫌いだった物を食べる
- 妊婦用ビタミン剤をとる
- 定期検診以外にも頻繁に医者通いするようになる
- 妊娠や子育てに関する本を読む
- 食べるべき物と食べてはいけない物を調べる
- たばこや酒をやめる
- 赤ちゃん用品を買う
- 赤ちゃん部屋を用意する、赤ちゃんを家に迎え入れる準備をする
- よく寝る
- 嘔吐する（特に最初の3ヶ月間）
- 鼻詰まりがひどくなる
- 足にクモの巣状の静脈が現れる
- いつもより涙もろくなる
- よく眠れない
- マタニティー服を着る
- ヒールのない靴を履く

- 大股で歩く
- 腹部中央から恥骨に伸びる黒線が現れる
- 腹部や太腿、胸に妊娠線が現れる
- 腹部をやさしく触る、なでる
- 椅子にどっかりと座る
- 立ったり座ったりするときに助けが要る
- 体を動かすと息切れする
- 体が柔軟に動かなくなる

内的な感覚
- 特定の食べ物が欲しくなる
- 好きだった食べ物を拒絶する
- 臭いに敏感になる
- いつも息切れしている感じがする
- 腹部の収縮やけいれんが起きる
- 頭痛がする
- 吐き気がする
- 便秘になる
- 体のあちこちが痛む
- 足の裏や手のひら、腹部が痒く、チクチクした感じがする
- 腎臓や膀胱の感染症にかかる
- 疲れ果てる
- 胸焼けがする
- 体が膨張したような感じがする
- 痔になる
- 乳房が腫れて痛む
- 足がむずむずする
- 子宮の中で赤ん坊が動くのを感じる
- 体が重たく、動きがぎこちなくて鈍く感じる

精神的な反応
- (思いがけず妊娠した場合) 妊娠していることが信じられない
- (子どもを欲しいと思ってもいなかった場合) 妊娠したものの、どうしたらいいのか決められず不安に悩まされる
- 妊娠の知らせに他の人がどう反応するのだろうと気に病む
- (流産した過去があり) 喜びたいが心配でもある
- 赤ちゃんができて嬉しいが、自由気ままな生活を手放すのは悲しい
- 喜びや幸せでいっぱいになる、または多幸感に包まれる
- 妊娠してからの体の変化をしきりと気にする

- 親になった自分を夢想する
- 妊娠したことを人に言いたくてたまらない
- 妊娠について複雑な気持ちでいる
- 仕事と家庭のバランスをどうとればよいのか不安になる
- 出産に対して不安を感じる
- 親の責任を果たせるのだろうかと圧倒される
- 赤ちゃんの健康と発育ばかりが気になる
- （赤ちゃんを見たくて、つわりなどを止めたくて）焦る
- 自分に赤ちゃんの世話ができるだろうかと不安になる
- 気分の浮き沈みが激しい
- 何か悪いことが起きるのではないかと心配になる

妊娠を隠す努力
- 体の変化に気づいて妊娠を怪しみそうな人たちを避ける
- 産婦人科に行かない
- 今までと変わりなく激しい運動を続ける
- ゆったりとした服を着る
- 体重が増えた言い訳をする
- いつもより元気がないのは寝不足のせいだと言い訳する
- つわりを隠す
- 人にハグをしない
- 赤ん坊が産まれる準備をしようとしない（赤ちゃん用品を買わない、出産計画を立てないなど）
- 恋愛を避ける
- ロッカー室で着替えない、ビーチへ行かないなど、腹部を露出する状況を避ける

この感情を想起させる動詞
慎む、むさぼる、膨らむ、大きくなる、増える、上下する、泣く、心配する、恐れる、ぐずぐずと先延ばしにする、準備する、身ごもる、計画する、胎児が動く、くよくよする、よたよた歩く、嘔吐する、痛む、移り変わる、伸びをする、さする、歌う、夢想に耽る、くつろぐ、楽しむ、運動する

このブースターにより生まれる感情
驚嘆、期待、不安、懸念、葛藤、つながり、拒絶、絶望、自暴自棄、怯え、熱心、高揚感、興奮、危惧、幸福、嫉妬、愛情、むら気、圧倒、パニック、後悔、反感、屈服、啞然、あやふや、気がかり

引き起こされるネガティブな状況
- （望まぬ妊娠の場合）妊娠の知らせを誰とも共有できない

にんしん ― 妊娠

- 十分な休息がとれず、リフレッシュできない
- いつもの体重を維持できない
- 与えられた仕事をこなせない
- （自分の希望がパートナーや他の家族の希望と一致しない場合）赤ちゃんをどうすべきかを決められない
- 赤ちゃんが産まれるので、学業を修了できない
- 家庭作り以外の夢を追えなくなる
- 経済的自由がなくなり、お金の心配をしなくてはならない

対立・葛藤や緊張を高めるシナリオ
- ある病気だと診断され、赤ん坊に悪影響が出かねない薬を服用しなければならない
- 超音波検査をしたら、赤ん坊がひとりだけではなかった
- 絶対安静にしなくてはならない
- 赤ん坊をどうするかの決断を先延ばしにする
- 家族の家に引っ越さなければならない
- 妊娠中に浮気される
- 妊娠中に出血する
- 妊娠についてある決断をするよう圧力をかけられる
- 赤ん坊に何か問題があるのではと疑う
- 先天的欠損症のある赤ん坊が産まれるかもしれない遺伝性疾患を持っている
- 以前妊娠したときに流産した時期に差し掛かる
- 家族の支えがない
- 愛する人から余計なアドバイスをされる
- 出産や子育てを控え、子どものいない友人たちと疎遠になる

書き手のためのヒント
妊娠は身体的にも感情的にもきついが、妊婦は妊娠を機に、人生のさまざまな領域で難題に直面することになる。妊娠を告げられたあとに、キャラクターのキャリアやライフスタイル、信仰、年齢、恋愛関係にどのような影響が出るのかを考えよう。

認知の衰え
〔英 Cognitive Decline〕

【にんちのおとろえ】
認知力が衰えると、記憶力、認識力、理解や判断のすばやさが低下する。衰えの度合いは、日常生活に大きな支障をきたす重篤な場合もあれば、軽症の場合もある。一般には、加齢やパーキンソン病、認知症、アルツハイマー病など精神状態の変化に伴って起きることが多いが、鬱病や体調不良、睡眠不足、薬の副作用、栄養不足、外傷性脳損傷、食事や健康の管理不足など、他の要因が引き金となることもある。

外的なシグナル
- 眉をひそめる
- 頬の内側を噛む
- ソワソワとした動きをする
- 混乱して周囲をキョロキョロ見る
- 言いたい言葉がなかなか出てこない
- すぐにおろおろする
- 話しているときに間違った言葉を使う
- 数人で話していると、会話についていけない
- 意思疎通がうまくとれないと、いらだちをあらわにする
- 直近や最近のこと、または昔のことを思い出せない
- 家計簿付けなど、慣れているはずの作業なのに間違いを犯す
- 鍵や財布、携帯電話などを紛失する
- 普段使っている物をいつもとは違う場所に仕舞う
- 予約を入れていたことを忘れる
- 以前なら比較的簡単にこなせていた複雑な作業ができなくなる
- よく知っている場所で迷子になる
- 何十回と行ったことのある場所に辿り着けない
- 人を怒鳴りつける
- ささいなことなのに不便に感じてイライラする
- 同じ話や質問を何度も繰り返す
- いつもよりも頻繁に説明を必要とする
- 友人や家族を認識できない
- 薬を服用し忘れる
- やりかけたことを未完成のまま放置する

にんちのおとろえ ― 認知の衰え

- 休暇旅行や家族の集まりを計画できなくなる
- 慎重すぎて、または注意力散漫で不安な運転をする
- 出来事を間違って記憶する
- イベントに遅れて来る
- 食料品の買い出しや冷蔵庫の掃除など、日常的な作業ができなくなる
- 見慣れた思い出の品を見ても認識できなくなる
- 新しい知識やスキルを習得できなくなる
- 入浴し忘れる、汚れた服を着るなど、身なりに構わなくなる
- 性格や行動が変わる
- 筋力の衰えから手足が思うように動かせず、ぎこちない動きをする
- 食事し忘れる
- 衝動的になる
- 時間の感覚がない
- 家から出たがらない
- 社交イベントに誘われても断る
- 野球チームのスコアやテレビドラマのあらすじを追えなくなるなど、余暇に楽しんでいたことができなくなる
- 寝てばかりいる

内的な感覚
- 疲労を覚える
- 何をするにも速度が遅くなっている気がする
- めまいがする
- 活力が湧いてこない
- 自分がどこにいるのかがわからなくなる、フラストレーションが高まるなどして、脈が速くなる

精神的な反応
- 思考が鈍る
- 心がさまよう
- 刺激や情報を処理するのが遅くなる
- 決断を下せない
- 問題を解決できない
- 一日の終わりが近づくと、または作業が続くと、頭がぐったりする
- 今まで熱中していたことや趣味への関心が薄れる
- すぐに気がそがれる、または混乱する
- 値段を見ずに、または買えるお金があるかどうかを考えずに高額な買い物をするなど、判断力が鈍る
- 場所が明るすぎる、または騒音が激しいと、感覚が強く刺激されて圧倒される

- 愛する人を疑うようになる
- 他人とのつながりを感じられなくなる
- 何かが絶対におかしいと感じるが、それが何なのかわからない
- 極度に恐れるようになる
- 自分が安心できる場所から離れると動揺して不安になる
- 不安症になる
- 鬱になる

認知の衰えを隠す努力
- 身内の心配を一蹴する
- 物忘れしないように、（リストを作成する、日記をつけるなど）記憶を補助する道具に頼りきりになる
- 今後の予定ややらなければならないことを忘れないよう、カレンダーツールでリマインダーを設定する
- 詳細を正しく記憶したかどうかを2度3度確認する
- （同じ話を繰り返すのを避けようとして）無口になる
- 会話についていけなくても、微笑んだり頷いたりする
- 自分の混乱または物忘れを難聴などのせいにする
- 医者の診察または検査を拒絶する
- （チェスの試合や、好きな詩の朗読など）認知の衰えを際立たせる活動に参加しなくなる
- ひとりで時間を過ごすことが多くなる
- 家にこもる
- 車を運転せずに歩く

この感情を想起させる動詞
忘れる、もがく、力む、把握できない、まごつく、よろめく、四苦八苦する、何とか頑張ろうとする、手探りする、ほったらかす、徘徊する、引きこもる、孤立する、隠し事をする、そらす、ごまかす

このブースターにより生まれる感情
動揺、怒り、不安、根に持つ、混乱、つながり、反抗、拒絶、意気消沈、落胆、きまり悪さ、危惧、狼狽、フラストレーション、短気、劣等感、切望、むら気、圧倒、無力感、反感、屈服、悲しみ、自己憐憫

引き起こされるネガティブな状況
- 意義や目的を与えてくれる活動に参加できない
- 重要なことを思い出せない
- 自分には価値がないと感じる
- 有能だとは思われなくなる

- 自分に喜びをもたらす（かつては従事できていた）活動に参加できなくなる
- 仕事を維持できない
- 自分で車の運転や旅行ができなくなる
- 自立した生活ができない
- 家族の決め事に関われない
- 人付き合いができない

対立・葛藤や緊張を高めるシナリオ
- 道に迷い、誰に電話し、どう助けを求めればよいのかを思い出せない
- 車の事故を起こす
- 住み慣れた自分の家を出なければならない
- 配偶者または介護者が亡くなる
- 保険の給付金を失う
- 認知症の薬にアレルギー反応を示すようになる
- 社会不安や自然災害が起きて介護の手が届かなくなり、身の安全が危ぶまれる
- 財産を狙って家族や近隣の人が自分を利用する機会をうかがっている
- 詐欺に遭い、経済的危機に直面する

> **書き手のためのヒント**
> 認知の衰えは生きていれば自然に起きることだが、決して歓迎できるものではない。キャラクターは衰えを否定したくて、または他人の世話になりたくなくて、自分の身に起きていることを隠そうとするだろう。この場合書き手は、キャラクターの身に実際に起こっていることと、キャラクターが他人に対して演出しているイメージとの対比を念入りに読者に見せる必要がある。前者はキャラクターの思考や感情を通して、後者はキャラクターが認知の衰えがばれないようにごまかす様子を、行動や会話を通して見せることができる。

認知バイアス
〔英 Cognitive Bias〕

【にんちばいあす】
認知バイアスは、新しい情報を、客観的な視点からではなく、主観的な考えや直感、経験に照らし合わせて処理するときに起きる。バイアスは大量のデータを単純化して整理する脳の働き、つまり自然な偏りであり、不正確な解釈、偏った結論、非論理的な意思決定につながることが多い。重要なのは、バイアスは無意識に起きるため、本人がバイアスの存在や、それが自分の思考や行動へ及ぼす影響に気づいていない点である。

外的なシグナル
- 眉をひそめる
- 首をかしげる
- 冷めた目でじっと見る
- 唇を固く結ぶ、顔をしかめる
- 首を振る
- 耳たぶを引っ張る
- (指で何かをもてあそぶ、何度も姿勢を変える、同じ場所を行ったり来たりするなど) じっとしていない
- 上体を横に傾ける
- 両手を腰に当てる
- 腕を組む
- 思い込みで発言をする
- 紋切り型の発言をする
- 却下のつもりで、何かを叩き落とすような仕草をする
- 手のひらを相手に向かって開き、「ストップ」の仕草をする
- 「それは間違いだ」「ちょっと待って」などと言って割り込む
- 挑戦的になる
- 肩をいからせる、仁王立ちになる
- 反対意見を持つ人を説き伏せる
- 無意識に一歩退く (興奮している場合は一歩前に踏み出す)
- 確信を持って話す (鋭い口調、率直な話し方、語気が強いなど)
- 誰かが自分とは異なる意見を述べると、証拠の提示を要求する
- 自分の考えを支持する情報源からしか情報を集めない (確証バイアス)
- バイアスを直感と勘違いし、「あの人には嫌な予感がしたから、あの人の履歴書は捨てた」

にんちばいあす ── 認知バイアス

- などと発言する
- 自分の意見と相反する情報を隠す
- ジェンダーや人種、国籍、宗教、年齢などを基に、ある集団には特有の傾向や特徴があると決めつける
- 「値上げだって？　強欲だね！」などと言って早合点する
- 稀な事件を伝えるニュースを目にし、実際にはほとんど起こらないことなのに、頻繁に起きていると思い込む
- ある種の人の欠点が見えない（ひいきバイアス）
- ある人（またはある集団）を優遇する
- 忘れっぽい（怒ってもすぐにけろりとする）
- 自分が尊敬している人がミスや手違いを犯しても責め立てない

内的な感覚

ひいきバイアス
- 胸が広がり、熱がこもってくる
- 筋肉が弛緩し、くつろいだ気持ちになる
- 鼓動が一定している

負のバイアス
- 胸が締めつけられる
- 体が火照る
- 胃が締めつけられる
- 人が話しているのに頻繁に口を挟み、相手を説得しようとするので息が切れる
- 体がこわばる
- 鼓動が激しくなる

精神的な反応
- 既知の知識をすばやく仕分け、新情報をどこに割り込ませればよいのかを考える
- 提示された情報をどう受け止めればよいのかわからず、悶々とする
- 自分が信じたいことを強化する情報には、より重きを置く
- ある人々に対し偏見を持つ
- 自分と同じ考えを持つ人を信用する傾向がある
- 自分とは反対の意見を持つ人々を信用しない傾向がある
- （自分の意見の根拠を確認せずに）自分に同意しない人を論破したいと考える
- 敵か味方かの二項対立的な考え方をする
- 人をステレオタイプで判断し、きっとこういう行動をとるに違いないと思い込む
- 自分の信念に逆らう新情報には心を閉ざす
- 過度に楽観（または悲観）する傾向がある
- 失敗の理由は自分にあるのに、他のせいにする
- ある人々を劣等だと見なす

- 偶然の出来事に深い意味付けをする
- 事実よりも本能的感覚を基に意見を形成する
- 世間一般で広く受け入れられている意見を採用する
- 関係のない出来事同士を結びつける
- あることが過去に一度も起きていないのを理由に、今後も起きるはずがないと思い込む
- （大したことはないと考えて）リスクを甘く見る
- ある考えや決定が最善とは言えなくても、または「正しく」なくても、それを好んで支持する
- バイアスなど持っていないと否定できるよう、心の中で自分の考えを正当化する
- 思った通りの反応を相手が示し、「それ見たことか」という気持ちになる（自分のバイアスが「裏付けられる」ため）
- 人が自分に異議を唱えるといらだつ
- 自分は偏見を持たれているのではないかと感じて、不快に思う
- バイアスが働いているのではないかと感じるが、それについて深く考えたくはない
- 「君にはバイアスがかかっている」と人に言われ、むきになる
- 曖昧な態度をとり、後知恵で判断する

バイアスを隠す努力
- バイアスを持っているのは相手のほうだと非難して攻撃する
- （自分にバイアスがかかっているのではなく、自分は正しいと感じたくて）自分の考えを裏付けるデータや研究、結果を探す
- 自分に同調する人々で周囲を固める
- 自分の信念が疑われる環境を避ける
- バイアスがかかっていないことをこっそりと確かめる時間を確保するため、決定を遅らせる
- 「少し考えたい」などと言って明言を避ける
- 会話から抜ける
- 話題を変える

この感情を想起させる動詞
思い込む、決めてかかる、口論する、要求する、嘲笑する、論争する、主張する、執着する、意見を言う、受容する、すがる、見なす、フィルターにかける、責める、期待する、疑う、疑いをはさむ、弾劾する、間違いを論証する、無視する、否定する、抑制する

このブースターにより生まれる感情
動揺、怒り、確信、自信、葛藤、混乱、軽蔑、防衛、反抗、拒絶、疑念、狼狽、フラストレーション、立腹、緊張、安堵、不本意、満足、他人の不幸を喜ぶ、うぬぼれ、あやふや、心配、肯定

にんちばいあす ― 認知バイアス

引き起こされるネガティブな状況
- 固定観念や偏見を抱く
- 客観的な意見を持てない
- 賢明で理路整然とした決断を下せない
- 価値観が違うと敬意も払えず、万人を平等に見ることができない
- 個人的偏見に屈し、正しい行いができない
- 公正でいることができない
- 自分とは異なる人を歓迎し包摂する環境を作り出せない
- 将来的な出来事について正確な予測を立てられない
- 個人的に成長し、気づきを得ることができない
- データを正確に解釈できない
- 他人の選択が自分の考え方と合わないと、その人の選択を尊重できない
- 複眼的に状況を見つめ、創造力を働かせて問題を解決することができない
- 相手を疑っていると、その人の決断を支持できない

対立・葛藤や緊張を高めるシナリオ
- 重要な局面で、偏りのない決断を迫られる
- バイアスがかかっていると人に責められる（それが真実かどうかは別として）
- 自分が偏見の目で見ている人々と共に働いている、または生活している
- 客観的思考ができないと不信を買い、別の人が責任者になる
- ある種のバイアスを持つことが奨励される仕事（政治ロビイストなど）をしてきたが、ある経験をして自らのバイアスに気づく
- 人前で意見を述べたが、馬鹿にされる
- バイアスに基づいて行動したところ、自分にとって悪い結果になる
- えこひいきをしていると指摘される
- 偏見を払拭し、自分にその偏見を植え付けた人（家族や組織など）と対峙しなくてはならない

書き手のためのヒント

バイアスには幅がある。そのネガティブな影響に着目されがちだが、ポジティブに偏るときもある。祖父母がかわいい孫のすることとなると何でも好意的に見る場合などがそうだ。ただし、バイアスによってキャラクターの心の奥にあった暗い感情に火がつき、それが増幅されると、キャラクターの反応がキャラクター自身や他者に害を及ぼす可能性がある。

八方塞がり
〔英 Being Stuck〕

【はっぽうふさがり】
問題解決が不可能に思え、窮地から逃げられないと感じ、それに縛られている状態を指す。ある場所に閉じ込められて身動きがとれなくなる状況を考えている場合は、「拘束」の項目（p. 124）を参照のこと。

外的なシグナル
- 同じ場所を行ったり来たりする
- 手で髪をもみくしゃにする
- 首を横に振る
- エネルギーが押さえつけられている（拳で何かの表面をコツコツ叩く、足をブラブラさせるなど）
- （既に答えを知っているのに）同じことを訊く
- 打開策を見つけようと、スマートフォンで長い間検索をする
- 耳を傾けてくれる人になら誰にでも、自分の置かれた状況を説明する
- 助言を求める
- 自分に代わって動いてほしい、代弁者になってくれと人に頼み込む
- 人に助けを求める
- 窮地から逃れるために交渉を試みる
- 打開策がないか徹底的に議論する（次第に絶望的になる）
- 自分の有り金を叩いて軽率な決断を下す
- 聞き取れない言葉をブツブツ呟く
- うつろな目
- 額や眉間に皺を寄せる
- 他の人は前進できているのに、自分は八方塞がりであることの不公平さに固執する
- 着ている服を引っ張る
- 物を投げる、壊す
- 手を握りしめ、顎をぐっと引く
- 顔を両手でなで下ろす
- うなだれた姿勢
- 両腕をだらりとさせ、肩を落とす

- 指の爪を噛む、いじる
- 質問されても答えられない
- 仕事に手をつけるが、どれも中途半端で終わる
- (趣味、活動、社交など) 他のことへの関心を失う
- (自分が置かれた状況について新たな知らせが入ってこない限り) 働くことを拒否する
- 不眠症になる
- (笑いを抑えられない、攻撃的になる、急に泣き出すなど) 不適切な反応を示す
- 「気持ちはわかる」と月並みな言葉で慰める人にきつい言葉を返す
- 指に髪を巻きつける
- 拳を叩きつける
- 物憂げに周囲を見回す
- 自分の体を抱きしめて慰める
- 体を前後に揺すって自分を落ち着かせる

内的な感覚
- 視界がかすむ
- 筋肉がこわばる
- 頭痛がする
- 胸が痛む
- 鼓動が激しくなる
- 吐き気がする
- 緊張から首や背中、顎が痛くなる
- 神経過敏で、じっとしていられない
- 息切れがする
- めまいがする
- 食欲を失う
- 疲れる

精神的な反応
- 無力感を覚える
- 先の見えない状況を終わらせたい
- 区切りをつけたい
- どうしてこうなったのかを頭の中で何度も蒸し返し、打開策を考える
- 今の状況を導いた判断を悔やむ
- 逃げられないと絶望する
- 逃げ出したい衝動に駆られる
- 不必要なリスクをとる
- 自分よりも自由を享受している他人に反感を覚える
- (子どもなど) 周囲を落ち着かせようと、大丈夫なふりをする

はっぽうふさがり ― 八方塞がり

- 行動に出ると状況を悪化させるのではと思い込み、優柔不断になる
- イライラする
- 時間の感覚がなくなる
- 孤独を覚える
- 窮地から抜け出せるなら、悪いことでもやってやるという気になる
- 逃げ出す邪魔をする人を傷つけてやりたいと思う
- 自分を憐れむ
- 状況はそれほど悪くないのだと自分に言い聞かせる
- 「こうなったのもあいつらのせいだ」と他人を責める
- 自分を責めるが、次第に責め方が不合理になっていく
- 自分の気持ちをわかってくれる人などいないと感じる
- 神と取引する
- 次第に怯えるようになる
- ここから抜け出すには自殺しかないと考える

八方塞がりであることの影響を最小限に抑える、または隠す努力
- 自分を落ち着かせるための言葉を繰り返す
- 内心は動揺しているが、周囲には「大丈夫だ、心配するな」と言う
- じっとしていられず、絶えず動く
- 忙しくして気を紛らわせるために、関係のない何かに打ち込む
- ドラッグ、コーヒー、エナジードリンクなどの刺激物を摂取し、眠気を排除して解決策に取り組む
- 現実を忘れるために、アルコール、鎮痛剤、ドラッグなどを乱用する
- 詮索の目を避けて仕事や学校に行かなくなる、または家庭から遠ざかる
- 呼吸を整える
- 無理に睡眠をとろうとする
- キョロキョロしないで、意識を集中させようとする
- 緊張をほぐそうと肩を回す
- 気を紛らわそうとして無謀な行動に走る
- 今の苦境を人に知られたくなくて引きこもる
- 他人の前では楽観を装う

この感情を想起させる動詞
交渉する、懇願する、嘘をつく、苦悶する、嘆願する、身をかがめる、固執する、要求する、ぶち切れる、恨む、責める、後悔する、恐喝する、ゆする、却下される、孤立する、使い果たす、何も感じなくなる、気が散る、もがく、省みる、〜だったらいいのにと思う、心を痛める、引っ込む、思いめぐらす、執拗になる、人に食ってかかる

このブースターにより生まれる感情

受容、怒り、不安、気づかい、反抗、自暴自棄、決意、落胆、羨望、危惧、フラストレーション、短気、憤慨、切望、みじめ、執拗、無力感、後悔、屈服、自己憐憫、評価されない、あやふや、切なさ

引き起こされるネガティブな状況

- 仕事や学業に全力投球できなくなる
- 用足しのために外出できなくなる
- 返事ができなくなる
- 窮地から脱出するための決断が下せない
- 自分を清潔に保てなくなる
- 他の人に幸せが訪れても喜んでやれない
- (結婚から逃げ出す、治安の悪い地区から引っ越すなど) 現状から抜け出したいのに、それに専念できない
- 答えがないまま前進しなくてはならない (娘が殺された事件を警察が解決するのを待っていたが未解決のままである場合など)
- 現状改善に向けて積極的に動けない
- 「どうなっているの?」と友人や愛する人に訊かれても、正直に答えられない
- 自分と一緒に窮地に陥っている部下 (または自分に託されている人) を守ることができない
- 未来に明るい期待を持てない

対立・葛藤や緊張を高めるシナリオ

- 今の状況を口外するなと脅される
- ストレスが原因でパニック発作や脳卒中などを起こす
- 八方塞がりになった責任を問われ、法的に訴えられる
- 問題を解決するための資金がない
- 自分が起こそうとしている行動に反対の声が上がる
- 状況が公になり、個人的立場または仕事上の地位に悪影響が出る
- 問題を知った友人や家族に見捨てられる
- 信頼する相手を間違える
- 状況が隠蔽されているため、真実を明るみに出すことができない

書き手のためのヒント

キャラクターは犠牲者とは限らない。問題に加担している場合もあれば、意に染まない仕事を強要されて抵抗した結果、身動きがとれなくなる場合も考えられる。キャラクターが勇気ある行動をとり、責任を果たすために立ち上がって戦えば、ストーリーに非常に強い緊張感をもたらしてくれるはずである。

パニック発作
〔英 Panic Attack〕

【ぱにっくほっさ】
パニック発作とは、身体的症状や認知力の低下、非論理的な思考を伴う強い恐怖や不安が突如として生じる現象である。単発で起きる場合もあるが、繰り返し起きる場合はパニック障害を患っている可能性がある。

外的なシグナル
- 顔が紅潮する
- 汗だくになる
- 危険がないかと目をキョロキョロとさせる
- 目の前が見えず、遠くを見つめる
- 手足が震える
- 急にしゃがみ込む
- 会話の途中で黙り込む
- 服の襟やシャツを引っ張る
- 羽織っていた服を脱ぐ
- 胸をぐっと摑む
- 喉を手で摑む
- 目をギュッと閉じる
- 息を吸おうとしても吸えない
- ブルブルと震える
- 大きな物音に飛びのく
- 倒れないように何かの表面を摑む
- 深呼吸して息を整える
- 鼻から息を吸って、口から息を吐く
- ごくりと唾を飲む
- 手で自分を扇ぐ
- 立ちくらみで倒れそうになる
- 首や肩を回す
- 安心できる物を抱きしめる
- ペットや信用している人にしがみつく

- 窓やドアを開けたままにしておいてほしいと強く言う
- 中座し、ひとりになれる場所を探す
- 友人の集まりを避ける

内的な感覚
- 息を胸いっぱいに吸い込めない
- 手足に力が入らない
- 胸に鋭い痛みを覚える
- 両手が痺れ、ピリピリする
- 脈拍が自分の耳にドクドクと響く
- 悪寒がする
- 気が遠くなる
- チカチカした点が見える
- 口の中が乾く
- 心臓が激しく脈打つ
- 腹部にけいれんが起きる
- 喉が締めつけられ、何も喉を通らない感じがする
- アドレナリンがどっとあふれる
- 熱くてたまらない
- 体がこわばる
- 視界が狭まる
- めまいがする

精神的な反応
- 逃げ出したくなる
- 危険や悪いことが迫っていると感じる
- 思考が鈍る
- 時間と場所の感覚が完全になくなる
- 不安や恐怖に圧倒される
- 最悪の場合をすぐに考える
- 自分を抑えきれなくなるのではないかと恐れる
- （他の人の前で発作が起きた場合）きまりの悪い思いをする
- 人に自分がどう思われるのかを心配する
- 自分を落ち着かせようとする
- 呼吸またはしっかり地に足をつけることに意識を集中させる
- リラックスしようと自分に言い聞かせる
- 自分は正気を失いつつあるのではないかと思う
- 自分は良くならないのではないか、回復の見込みはないのではないかと恐れる
- 発作から解放されることを祈る

- 心臓発作などの深刻な事態が起きたと思い込む
- 現実から意識が遠のく

パニック発作を隠す努力
- 作り笑いを浮かべる
- 「新鮮な空気が吸いたいから」と言って中座する
- 急用ができたと言って、その場を去る
- 自分を抱きしめるように両腕を体に回す
- 人のいる場所から立ち去る
- 他の人が心配して声をかけるが、大丈夫だと言って突っぱねる
- （買い物、仕事、試合など）やっていたことを突然放棄する
- 不安をかき立てるような話題になると、話をそらす
- 人に気づかれないように、呼吸を緩めて落ち着こうとする
- 瞑想する、またはマインドフルネスを実践する

この感情を想起させる動詞
食いしばる、呼吸する、息を吸い込む、息を吐き出す、外に出られなくなる、気が進まない、集中する、専心する、息が止まる、大きく呼吸する、オーバーヒートする、動悸がする、どさっと倒れる、ハンマーで殴られたように痛む、動けなくなる、身震いする、おののく、引きこもる、立ち去る、逃げる

このブースターにより生まれる感情
不安、懸念、気づかい、自暴自棄、落胆、怯え、きまり悪さ、危惧、フラストレーション、劣等感、パニック、無力感、反感、自己憐憫、恥、脆弱、気がかり

引き起こされるネガティブな状況
- 自分のことを自分でしたくてもできない
- （ニュースを見たくても不安になるため）時事問題についていけない
- 強くて有能な人に見られない
- 一晩中ぐっすり眠れない
- 薬なしでは生活できない
- パニック発作の根本にある過去のトラウマにいつもぶち当たる
- 家族や友人との集まりに参加できない
- 飛行機や電車、またはバスで移動できない
- 発作を起こしたことのある場所に行けない
- 大勢の前で話すことができない
- メンタルヘルスに問題があるために、里親になる、軍隊に入るなどの夢は叶えられない
- 自発的に行動したり、新しいことに挑戦したりできない

対立・葛藤や緊張を高めるシナリオ
- 自分にストレスを与える人と一緒に仕事をする
- 車の修理代や治療代など思いがけない出費があり、経済的に苦しくなる
- 発作を抑える薬へ耐性ができ、薬が効かない
- 自分が発作を起こすのを見た友人や家族が慌てて救急車を呼ぶ
- 公の場で発作を起こしそうになるのを察知する
- 人にパニック発作のことを説明しなければならない
- 発作を起こしそうな場所に行かなければならない
- 自分を不安がらせて喜んでいる人に虐待を受けている
- 自分が面倒を見ている人の前で発作を起こし、怖がらせる
- 面接や公判、または講演が始まる前に、発作が起きそうになる
- ひとりでいるときに発作が起き、助けてくれる人がいない
- 他人に、パニック発作なんて自分で抑えられるはずだと言われる
- 発作から回復するまでひとりでいたいのに、人に囲まれている
- 緊急事態の最中に発作が起きる

ぱにっくほっさ｜パニック発作

は

書き手のためのヒント
キャラクターがパニック発作を起こす場所を注意深く選ぼう。発作は場所に関係なく恐ろしいものだが、公の場にいるときや誰かに好印象を与えたいときに起きると、より厄介になる。キャラクターは同情的で支えになってくれそうな人たちに囲まれているだろうか。それとも、目の前には不寛容で無知な人がいるのだろうか。キャラクターが発作を起こしたときに、周囲に誰がいるのかを考えておくのも役に立つ。

疲弊

[英 Exhaustion]

【ひへい】
活力が枯渇して、認知機能や身体機能が衰える状態を指す。これほど深刻な状態ではないが長期化しかねない疲労については、「無気力」の項目（p.252）を参照のこと。

外的なシグナル
- 目を半分閉じ、うつろな目をする
- 目の周りにクマができる
- 締まりのない表情
- 重そうに腕をだらりとさせ、肩を落とす
- 目がどんよりとしている
- 壁にもたれかかる、何かにつかまり体を支える
- 体がユラユラしている
- 椅子に倒れ込むように座る
- 話し声がだんだん小声になる
- 手のひらを上に向けて両腕をだらりとさせる
- あくびをする
- 涙が出る
- 顔をこする
- だらしない格好をする
- （同じことを繰り返し言う、支離滅裂なことを言う、思考が回らなくなるなど）意思疎通がうまくできない
- 整理整頓ができない
- すぐにうとうとする
- 寝てばかりいる、または睡眠が足りていない
- ささやくような低い声で話す
- 頬の髭を剃っていない
- ブツブツ独り言を言う
- うつむく、または前かがみになる
- 片肘をつき、その手で顎を支える、または机の上に突っ伏す

ひへい 疲弊

- 服がしわくちゃ
- ぎこちない動きをする
- 忘れっぽい
- 天井を見上げ、少しの間両目を閉じる
- 顔やまぶたをこする
- 反応に時間がかかる
- （電話が鳴る音、ドアがバタンと閉まる音など）突然音がしてビクッとする
- ぐったりとした姿勢
- 足を引きずって歩く
- 短気でカッとなりやすく、すぐに動揺する
- 他人に主導権を譲り、受け身になる
- （子育て、従業員の監督などをしているとき）監視の目を緩め、注意を怠る
- 複数の手順を踏まなければならない作業をなかなか終えられない
- 問題解決能力が低下する
- 学校や職場での成績が振るわない
- 手先が器用で運動神経も良かったのに、衰える
- 運転中など不適切または危険なタイミングで居眠りする
- 頻繁に体調を崩す

内的な感覚

- 目がチカチカする
- 視界がかすむ
- 手足が重く感じる
- まぶたが重く感じる
- 耳鳴りがする
- 物音が遠くに聞こえる
- 食欲不振に陥る
- 呼吸や脈拍の速度が緩やかになる
- 体の動きが緩慢になる
- 感覚が鈍くなる
- 活力がまったく湧かない
- コーヒーの飲みすぎなどで一時的に活発になるが、そのあとぐったりする
- コーヒーを飲むと酸味がきつく感じる

精神的な反応

- 頭がぼうっとして集中できなくなる
- 座りたい、横になりたいと思う
- 「これで十分だ」と思うようになる
- 作業や会話に集中できない

- 趣味や活動への関心を失う
- 感情が過敏になる
- すぐに腹を立てたり、イライラしたりする
- 判断力が鈍る
- 因果関係を考えるときの思考処理が遅い
- 忘れっぽくなる
- 時間の感覚がなくなる
- 光や音に過敏になる

疲弊を隠す努力
- （コーヒー、エナジードリンク、大音量の音楽、ドラッグなど）刺激物の摂取量を増やす
- うっかり居眠りしないよう常に動き回る
- 目薬、化粧品などを使う
- どうして疲れているのか言い訳をする
- 会話中に朦朧としないように普段よりよく話す
- 疲れた顔を隠し、まぶしさを防ぐためにサングラスをかける
- 居眠りしないように自分の頬を軽く叩く
- 早朝に予約や予定を入れないようにする

この感情を想起させる動詞
引きずる、まばたきする、うなだれる、前かがみになる、落とす、へまをやる、まごつく、失う、うたた寝する、行き詰まる、もたれかかる、緩慢になる、成り行きに任せる、失せる、へこむ、かがむ、しゃがみ込む、ぐらつく、よろめく、大失態を犯す、窮地に陥る、胃が痛む、よろよろする、つまずく、あくびをする、霧がかかったようになる、精根が尽きる、揺らぐ、もがく、寝る

このブースターにより生まれる感情
動揺、いらだち、混乱、絶望、自暴自棄、狼狽、フラストレーション、短気、切望、圧倒、反感

引き起こされるネガティブな状況
- 居眠りする
- 薬の処方や投与など、慎重さが求められる仕事でミスを犯す
- 警察などに尋問され、説得力のある嘘がつけない
- 会話をしているときに、秘密をうっかりばらす
- 試験で失敗する
- 競技大会に参加できない
- 手早く作業できない
- 他人に対して寛容に忍耐強く接することができない

- 配偶者やパートナーが寝ている間に仕事をしなければならないのに、自分も一緒に寝てしまう
- 長距離運転をしないといけないのに、できない
- 頭を強打し、眠れなくなる
- (警察官として張り込みをしているときなど)何も起きないので、うっかり眠り込む

対立・葛藤や緊張を高めるシナリオ
- 危険に巻き込まれ、用心深く内密に動かなければならない
- 他の人たちの安全を任されている(飛行機墜落事故のあと、洪水に備えているとき、戦闘で退却を主導するときなど)
- 壊れかけた吊り橋を渡る、爆弾が仕掛けられた建物から脱出するなど、危険を切り抜けなければならない
- 時間内に脱出しなければならない
- (地雷が埋められた野原を横切る、セキュリティが厳しい施設に設置されている圧力センサーを避けるなど)バランスを崩さずに正確を期して、ある領域をくぐり抜けなければならない
- グループ内のひとりが人殺しなので油断できない
- (たとえば、新兵訓練所で訓練に合格しなければならず)心身の状態が厳しく試される
- やっと眠れると思ったら、起こされる

書き手のためのヒント
ひとつの感情ブースターがさらに感情ブースターを招く状況はないだろうか。たとえば、疲労困憊しているキャラクターは怪我をしやすく体調も崩しやすいし、集中力も低下しやすい。複数のブースターが重なれば、キャラクターが越えなければならない障壁はさらに高くなる。ここだと思ったら、ブースターをどんどん投入しよう。

憑依
〔英 Possession〕

【ひょうい】
超自然的な存在が人の心身に乗り移り支配する状態を指す。フィクションの世界では、その存在は善良または中立的な場合もあるが、この項目では悪霊を扱う。

外的なシグナル
- 普段の性格からは考えられない行動をする
- 年齢よりも老けた、または若々しい行動をする
- 目や肌の色が変わる
- 危険な、または容認しがたい行動をとる
- 無謀になる
- 男女両性を備えるようになる
- 魔除けや敬虔な人、霊験あらたかな場所を避ける
- 神や宗教的主導者について冒涜的な発言をする
- 場違いな暴言を吐く
- 声の調子や高さ、声量、声音が変わる
- 悪夢にうなされていると訴える
- 人と目を合わせないようにする
- 異常な身体能力を発揮する
- 知り得ないはずの情報を知っている
- 聞いたこともない言語で話し出す
- 目が勝手にギョロギョロと動く
- 息を詰まらせる
- 服を着るのを嫌がる
- 眠らない
- 別名を名乗る
- 予言して、それが現実になる
- 身ぎれいにしなくなる
- 荒れ狂う
- 叫ぶ

ひょうい — 憑依

- 震えが抑えられない
- 引きつけを起こす
- 体がねじ曲がる
- トランス状態になる
- 冷淡に振る舞う
- 人にショックを与えるための言動をする
- 人を不安にさせるため、不気味な笑みを浮かべたり、じっと見つめたりする
- 自傷行為に走っていることを示す傷跡がある
- 暴力行為に手を染める

内的な感覚
- 落ち着かない
- 体がこわばる
- 頭痛がする
- 人に触られるとビクッとする
- 感覚が鈍くなる
- 喉が締めつけられる、詰まる
- めまいがする
- 胸が痛む
- 鼓動が激しくなる
- 突然目が見えなくなる
- 言葉が出なくなる
- 体が押し潰されるように痛く、焼けつくような、毒づきたくなるような、または引き裂かれるような感覚に襲われる
- 吐き気がして食べられない
- 疲れ果てる

精神的な反応
- 自分に何が起きているのかわからなくなる
- 自分の思考を制御できず、無力感を覚える
- 不健全な、または道義に反する行為に駆り立てられる
- ある人に強い嫌悪感を覚える
- 神を恐れる
- 頭の中で自分に話しかける声が聞こえる
- 妄想に取り憑かれる
- 誰かに危害を加えたいと思う
- 疑心暗鬼に陥る
- 夜驚症になる
- 自殺を考える

- 「意識を失っていた」と思い込み、その間の行動を説明できない
- 何が現実で、何がそうでないかがわからない
- ひとりぼっちになるのを恐れる
- 危険を感じ、パニック状態になる

超自然的存在が人に憑依していることを隠すための努力
- 起きたことを人のせいにする
- とぼける
- 周囲にいる人々を不安に陥らせる
- うわべだけの謝罪をする
- 人の不安を利用する
- 人同士を仲違いさせる
- 状況に合わせ、自分の行為を睡眠不足や体調不良、悲しみ、トラウマなどのせいにする
- 知識と記憶力を働かせ、周囲の人々を操作する

この感情を想起させる動詞
冒涜する、批判する、侮辱する、攻撃する、蔑む、体を震わせる、歪曲する、ゆがめる、喉を詰まらせる、立ち入る、身震いする、ガタガタ震える、おののく、苦しめられる、予言する、予想する、口を滑らせる、慎る、息を詰まらせる、絶叫する、なじる、はがれる、のたうつ、浮遊感を味わう、叫ぶ、嘘をつく、萎える、嘔吐する

このブースターにより生まれる感情
怒り、苦悩、不安、愕然、懸念、畏敬、混乱、好奇心、防衛、自暴自棄、打ちのめされる、疑念、怯え、危惧、罪悪感、戦慄、屈辱、孤独、疑心暗鬼、無力感、自己憐憫、懐疑、苦しみにもがく、脆弱

引き起こされるネガティブな状況
- 踏ん張っても悪霊に乗り移られる
- 教会に通えない
- 祈りを捧げても神に敬虔でいることができない
- 学業や仕事に集中できない
- 周りにいる人たちに愛情を示せない
- 希望を失い、将来を楽観できない
- 自尊心を持てず、今起きていることは自分のせいなのだと責める
- はっきりと自分の意思を伝えられない
- （十分な食事がとれない、ぐっすり眠れないなど）健康でいられない
- 人生の良い手本になれない

対立・葛藤や緊張を高めるシナリオ
- 怪我をする、または人に怪我をさせる
- 自分の中に棲む悪霊とは反目する悪霊に取り憑かれている人と遭遇する
- 小さな子や年下のきょうだいに恐怖を植え付けて追い払う
- 他集団について悪意に満ちた発言をしている様子を録音（または録画）される
- 意識を失っている間に起きたことを思い出せない
- どこで得たのか思い出せない知識や記憶がある
- 自分の体に何かの痕がついていて、いつどこでそうなったのか思い出せない
- 身に覚えのないことなのに、犯罪を犯したというかどで逮捕される
- 自分が悪霊に取り憑かれていたとは知らず、自分がしでかしたことに罪悪感と恥を覚えて圧倒される
- 次第に憑依の度合いが深刻になり、乗り移られている時間も長くなる
- のけ者にされる
- 何が起こっているのかを知りたくて専門家に助けを求めるが、誤診される
- 過去にも悪霊に乗り移られたことがあり、今回もそうではないかと疑う
- 退学する
- 真実を伝えても信じてもらえない
- 言っていることとやっていることが矛盾する
- 悪霊に取り憑かれている間の行動のせいで、人間関係に亀裂が入る
- 宗教を信じない家族に自分の身に起きていることを否定され、教会に救いを求めるのは見当違いだと断言される

書き手のためのヒント

憑依は起きると信じる人もいれば、信じない人もいて、広く論争の的になっている。これが憑依だと定義できるだけの特徴も確かめられているわけではない。つまりは、書き手は大いに自由に憑依を表現できるのだ。この感情ブースターがストーリーに適しているなら、好きなように創造力を働かせ、キャラクターや状況に合った憑依を描こう。

不安
〔英 Instability〕

【ふあん】
自分の置かれた状況が変わりやすく、しかも悪い方向へ変わる可能性が高いとき、不安になる。たとえば、会社の幹部が代わり一時解雇が起きる場合や、配偶者の依存症が深刻化する場合、あるいは、住環境が危険になって体調を崩す場合など、多くの状況に導入しやすい感情ブースターだ。

外的なシグナル
- （長時間ひとつの作業に落ち着いて取り組めないなど）うわの空で注意力散漫になっているように見える
- びくつきやすい
- まばたきが激しい、または、どこか遠くを見つめている
- 口元が引きつる
- こわばった姿勢
- 自分の体に腕を回して抱きしめる、腕を手でさするなど、自分を落ち着かせるような仕草をする
- うなじを揉む
- 指をポキポキ鳴らす
- 深いため息をつく
- 手足を引っ込め、自分を小さく見せる
- 体を前後にユラユラと揺らすなど反復行動を繰り返す、または体を震わせる
- うつらうつらと寝る
- 自分の身なりにあまり構わなくなる
- ニュースサイトやチャットのメッセージなどが更新されていないか何度も確認する
- 安定して頼れる人や状況にしがみつく
- 気分の浮き沈みが激しい
- 挑発されなくても泣く
- 人に怒鳴る
- 今以上に深く人と関わるのを避ける
- 遊びに出かける予定だったがやめる
- 食料、水、現金などを溜め込み、いざというときに備える
- 自分の所有物を整理してまとめる

- 解決策になるようなものはないかと調べ物に長時間費やす
- 新しい交友関係に投資しない
- 自分が何かをコントロールできるという安心感を得るために強迫性の行動に走る
- 他人を事細かく管理する
- 家の中が散らかり、汚くなる
- 電話やメールを返さない
- 仕事を途中で投げ出す
- 他の人たちに助けを求める
- 体重が減る
- 頻繁に体調を崩す
- 事態を悪化させることになろうとも、社会から離脱しようとする（悪い人たちと付き合う、薬物やアルコールを乱用する、他人の金を使い込むなど）

内的な感覚
- 食欲がない
- 頭痛がする
- 体が痛む
- 息切れがする
- 気分が晴れない（胸が締めつけられる）
- 寒気を感じる
- リラックスできない
- 胸が圧迫され、息苦しい
- 口が乾く
- 肩を落とす

精神的な反応
- 将来を恐れる
- 自分をコントロールできず、イライラする
- 警戒心が常につきまとう
- リスクを避けようとする
- 問題の解決方法を知っていたらいいのにと思う
- 計画を立てようとするが、立てられない
- 自分を不安にさせた人や事情に腹を立てる
- 悲観的な考え方をする
- 考えすぎて、状況を安定化させるための選択肢をいつまでも探しつづける
- 急かされている気持ちになる
- 最悪の事態に備えて心の準備をする
- 安心したいと祈る
- 短気になってイライラする

- ささいなことなのに、あらゆることがとどめの一撃のように思える
- 状況を悪化させるかもしれない人（大家、警察など）が引き金になって取り乱す
- 自分ほど苦しんでいる人はおらず、誰にも理解されていないような気がして孤独を覚える
- （同じ状況に直面しても他の人たちはうまく対処できる場合）自分は過剰に反応しているのではないだろうかと疑う
- ストレスを和らげ、気を紛らわせてくれるものに引きつけられる

不安を隠す努力
- 中途半端な笑みを浮かべる
- 人知れず過食に走る
- 自分の置かれた状況は大したことではないと人には言う
- すべて大丈夫だと自分に言い聞かせる
- 自分の置かれた状況が話題になりそうになると、会話をそらす
- やたらと元気に明るく話す
- 自分の置かれた状況について自虐的な冗談を言う
- 自己啓発書や宗教、リラクゼーションのテクニックへの関心を深める
- 多くの時間をひとりで過ごす
- 忙しくする
- 不安定な状況から離れられる活動に勤しむ
- 薬物またはアルコールの摂取量が増える

この感情を想起させる動詞
気が散る、かわす、緊張にさらされる、びくつく、ふさぎ込む、疑う、（リズムをとって）指で叩く、落ち着かない、無視する、覆い隠す、大したことがないかのように振る舞う、おろそかにする、嘆願する、思いめぐらす、心配する、イライラする、はかりにかける、引っ込む、引きこもる、恐れる、騒ぎ立てる、監視する、同じ場所を行きつ戻りつする、嘘をつく、落ち着かせる、約束する、祈る

このブースターにより生まれる感情
動揺、不安、懸念、裏切られる、根に持つ、自暴自棄、決意、疑念、怯え、危惧、罪悪感、憎しみ、謙虚、屈辱、短気、劣等感、嫉妬、むら気、圧倒、無力感、懐疑、苦しみにもがく、脆弱、気がかり

引き起こされるネガティブな状況
- （主導者的立場にある場合）他の人たちを落ち着かせることができない
- 将来に向けて計画を立てられない
- 夢や情熱を追いかけられない
- 個人的な人間関係に投資できない
- 希望と楽観を維持できない

- リスクを伴う意思決定ができない
- 学業を続けられない
- 不必要な物にお金を費やす
- 人を招いても気配りできない
- 自分を大切にしてリラックスすることができない
- 不安定な状況以外のことに意識を向けられない

対立・葛藤や緊張を高めるシナリオ
- 学業や仕事で成績が振るわないことを指摘される
- 不安定な状況を隠そうとしていたのに、明るみに出る
- アルコールへの依存がひどくなる
- 公の場でパニック発作を起こす
- (より小さな家に引っ越す、仕事を変えるなど) 問題を緩和するため、思いきった行動に出なければならない
- さらに別のネガティブな状況に陥る (親権を失うなど)
- 解決案が見つかるが、欠点または付帯条件がある
- (経済的に一からやり直す、結婚生活に終止符を打つなど) 厳しいやり直しを迫られる
- 状況を悪化させる選択をとる
- 状況を改善するために、自分の道徳を犠牲にしなければならない

> **書き手のためのヒント**
> 不安はキャラクターの生活のあらゆる側面へと忍び込み、緊張を高める可能性を持っている。キャラクターからその利点を奪うのにも適したブースターで、キャラクターが必要とするものを遠ざけ、頼りにしていたものを破壊する。そうなれば、キャラクターは想像力を働かせ、奪われたものを取り戻さなければならなくなる。

二日酔い

[英 Hangover]

【ふつかよい】
飲みすぎると、不快な酔いが翌日まで残る。二日酔いになるのにどの程度の飲酒が必要なのかは、その人の遺伝や体質、酒に含まれる特定成分への敏感度によって変わってくる。関連項目の「禁断症状」(p.112)、「薬物依存」(p.264)を参照のこと。

外的なシグナル
- 目をしばたたかせる、細める
- (引きつった表情、眉間に皺を寄せる、しかめっ面など) 痛そうな、または困ったような表情をする
- 体の動きが緩慢でぎこちない
- 額をこする、こめかみに指を押し当てる
- 口の乾きを癒すため、唾を溜めようとして舌を鳴らす
- 見るからに手が震え、物をうまく摑めない
- 光がまぶしくて、片手または片腕を上げて光を遮る
- ブツブツと何かを言ったり、うめいたりする
- (壁や家具にぶつかる、つまずくなど) バランスがうまくとれない
- 締まりのない表情
- 首を曲げる
- 髪が顔にかかる
- 物をひっくり返したり、うまく摑めなかったりする
- 体が思うように動かない
- ソファーや床の上に丸くなって寝る
- 自分の体を抱きしめる、両腕で頭を抱え込む
- 部屋がグルグル回っているように思え、それを止めようとして頭を両手で押さえる
- (立って歩けないため) 這う
- うなる、手をひらひらさせる、肩をすくめる、首を振るなど、物憂げな反応をする
- テーブルに突っ伏し、両腕に頭を乗せる
- 大きな物音やまぶしい光、何かの動きにびくつく
- 屋内にいてもサングラスをかける
- 頭痛薬はないかと引き出しや薬棚を探し回る

- （嘔吐や酒の染みがついたしわくちゃな服を着ている、とれかけのメイク、寝癖、枕の跡がついた顔など）だらしない格好をしている
- 嘔吐する
- 汗ばんでいる
- 顔が赤らんでいる
- ぐったりと何かにもたれかかる
- 体を動かさないようにじっと横たわる
- 顔がむくんでいる
- 目の下にクマができる
- よろよろと足を引きずりながら歩く
- 背中を丸め、両腕をだらりとさせる
- フラフラしながら立っている
- 目が充血している
- 症状を和らげようと拳を目に押し当てる
- 目をこする、鼻柱をつまむ
- 手や指が震える
- （ブランケットの下にもぐり込む、自室にこもる、フードをすっぽりかぶるなどして）隠れる
- 自分を揺り起こそうとする人を払いのける
- （浴槽の中、床の上、便器を抱き抱えている状態、クローゼットの中、見知らぬ人の家の中、ポーチの椅子の上など）いつもとは違う場所で目覚める
- 蛇口から直接水を飲む、またはグラスやボトルからゴクゴクと水を飲む
- 嘔吐を恐れて食べ物を避ける（または気分が良くなると思って、ある物を口にする）
- 目覚めてみると、覚えのない切り傷、擦り傷、あざがある
- 目覚めたら、隣に見知らぬ人が寝ていた
- よれよれの服を着たまま、翌朝よろよろと帰宅する

内的な感覚
- 視界がかすむ
- 頭痛がする
- 口の中が乾く
- 口の中が不快な味がする
- 光と物音に過敏になる
- 胃がむかつく、ひどい吐き気がする
- 胃が痛む
- 消化不良を起こす
- 部屋がグルグル回っているように感じる
- めまいがする
- 震える

- ひどく喉が渇く
- 疲れて筋肉が痛む(ズキズキする痛み、刺すような痛み、ガンガンする痛み、拍動性の痛みなど)
- 脈が激しくなる
- 自分の鼓動がドクン、ドクンと耳に響く

精神的な反応
- 眠たくて仕方がない
- 短気になる
- 集中して物事を考えられない
- 動きたくない
- 二日酔いを治せるなら奇妙な方法でも試したい(脂っこい物や生卵を食べるなど)
- 症状を和らげることに意識を向ける(光や物音を避ける、喉の渇きを癒す、薬を調達するなど)
- 不安症や鬱病の症状が出る
- 隠れていたいし、人を避けたい
- 罪悪感や恥を覚える
- 飲んでいたときに起きたことを思い出す(その結果、心配になる場合も)
- 何が起きたのか思い出せない
- 自分が何か愚かなことをしでかさなかったかと昨晩一緒にいた人に尋ねたい

二日酔いを隠す努力
- ミントキャンディやマウスウォッシュで口臭を隠す
- (自分のだらしない姿や短気な態度の言い訳として)よく眠れなかったと不満を言う
- 仕事を病欠する
- 飲みすぎたとは言わずに、食中毒にかかったと嘘をつく

この感情を想起させる動詞
寝る、身をかがめる、前かがみになる、ガタガタ震える、おののく、ろれつが回らない、うなる、うめく、ブツブツ言う、避ける、ぐらつく、つまずく、崩れ落ちる、息を詰まらせる、嘔吐する、こじらせる、あてもなく探し回る、引きずる、よろよろ歩く、うずくまる、倒れそうになる、横目で見る、さする、痛む、絡みつく、隠し事をする、喉を詰まらせる、長居する、放尿する、蛇行する、転がり落ちる、途中で姿を消す、胸を激しく上下させる、泥酔する、もがく、探す、まごつく、しがみつく、懇願する、嘆願する、すりむく、吐くのを我慢する、びくつく、すする

このブースターにより生まれる感情
いらだち、愕然、気づかい、混乱、拒絶、きまり悪さ、狼狽、罪悪感、無関心、立腹、みじめ、むら気、緊張、後悔、激しい嫌悪、悲しみ、自己嫌悪、自己憐憫、恥、陰気、

心配、脆弱

引き起こされるネガティブな状況
- 子どもやきょうだい、同僚など、人に八つ当たりする
- 難しい試験で失敗する、仕事の会議で失態を犯す
- 信頼されなくなり、何も任されなくなる
- 過去に酒を断ち、自制心があると評価されていたのに、その評判が崩れる
- 飲酒に走った自分に失望した人に認めてもらえない
- (将来の義理の家族、面接、重要なクライアントとの顔合わせなどで)ポジティブな第一印象を与えられない
- 時間を守れず、早朝は意識が朦朧としている
- キッチンでの調理や仕事関係の昼食会など、食べ物を目にすると飲みたくなるので、仕事ができない

対立・葛藤や緊張を高めるシナリオ
- (火事、地震、銃撃事件など)危機が発生したのに二日酔いで参っている
- (親権を争う公聴会、仕事のイベントなどに)必ず出席しなければならない
- 愛する人や上司に二日酔いを隠す必要がある
- 長らく酒を断っていたのに、また飲んでしまう
- 窮地からの脱出に際して人が自分を頼りにしている
- 泥酔して問題を起こし、喧嘩になったまたは逮捕されたが、覚えていない
- チーム作りのための合宿など、がやがや騒々しいイベントに参加しなくてはならない
- 二日酔いで苦しんでいるところを親や配偶者、または牧師など、飲酒を嫌う人に見つかる
- 辺鄙な場所で目を覚ますが、現金も身分証明書も持っていない
- 目覚めると、しらふだったら絶対に相手にしないような人が隣に寝ている
- 二日酔いなのに、鬱陶しくてたまらない人が目の前にいる

ふつかよい｜二日酔い

ふ

書き手のためのヒント
二日酔いで苦しむキャラクターはそのつらさを和らげることだけを考えるため、判断力が低下し、短気になりやすい。書き手はこれを利用して、キャラクターが問題をうまく対処できないとわかっているときに、人間関係をややこしくするなどストレス要因を投げかけてみよう。キャラクターが酔っぱらったときの言動が原因で問題を引き起こし、後悔している姿も検討してみるといいだろう。

方向感覚の喪失
〔英 Physical Disorientation〕

【ほうこうかんかくのそうしつ】
方向感覚を失い、今いる場所がどこなのかわからなくなるのは、道に迷ったとき、頭を負傷したとき、酔っぱらったとき、あるいは気を失って（または殴られて気絶し）見知らぬ場所で目覚めたときなどだ。また、認知力が衰えた人が、ときどき自分がどこにいるのかわからなくなる場合も、これに含まれる。

外的なシグナル
- ぽかんとしながら周囲を見回す
- まばたきが激しい
- 遠くを見ようと目を細める
- 振り返って四方を見る
- 地図や方位磁石を確認する
- （警察官やタクシーの運転手など）自分がどこにいるのか教えてくれそうな人を探す
- 見知らぬ人に声をかけ、助けを求める
- 来た道を引き返す
- 顔を引きつらせながら笑う
- 目印を探す
- 咳払いをする
- 人の後ろをついていき、そのうち自分の居場所がわかる目印に行き着くことを願う
- 携帯電話を取り出し、どれくらいの電波が届いているのかを確認する
- 唇または頬の内側を嚙む
- 膝に両手を当て愕然とする
- 小声でブツブツ言う
- 声の高さや調子、声量が変わる
- 蛇行しながら歩く
- 唇に指を当てる
- どもって言葉が出てこない
- 頭を抱え込む
- 持っていた鞄を地べたに置く
- 同じ場所を行ったり来たりする
- ネクタイなどを緩める

- 空や天井を仰ぎ見る
- 口汚くののしる
- 一緒にいる人たちに謝る
- グループの中の他の人にきつい物の言い方をする
- 他人のせいにする
- （もっと強い電波の届く場所や、全体が見渡せるような場所を求めて）高台を目指す
- 水平線に沿って周囲をざっと見る
- 飛行機やヘリコプターが飛んでいないか空を見上げる
- 助けを求めて叫ぶ
- 泣き出す
- 踏みならされた道、小川、または道路に沿って歩く
- のろしを上げるために枝や枯れ草を集める

内的な感覚
- 呼吸がだんだん速くなる
- 喉が締めつけられる
- アドレナリンが体内を駆け巡る
- 胃が締めつけられる
- 口の中が乾く
- 食欲がない
- 寒さまたは暑さが波のように襲ってくる
- 足がふらつく
- 動悸がする
- めまいがする
- 視界が狭まる

精神的な反応
- コロコロと考えが変わる
- どうしてこうなったのかがわからず、ショックと混乱を味わう
- きちんと準備しなかったことを悔やむ
- 一刻も早く見慣れた場所で安らぎたい
- 周囲をよく観察し、細かなことに気づく
- 見慣れた看板など、自分の居場所がわかる物を探す
- 心が内向きになる
- 危険を感じる
- 大丈夫だと自分に言い聞かせる
- 自分が今どこにいるのかを理解するのに必死で、他の人に声をかけられても反応できない
- 以前交わした会話、過去の経験や知識など、自分が今どこにいるのかを知る手がかりになる情報を思い出そうとする

- こうなったのは自分のせいだと自らを責める
- 自分の方向感覚を信用しない
- こっちだと思っても、また迷い出す
- 水や携帯の電池などがあとどれくらい残っているのだろうと考える
- 自分がいないことに気づいて探しにきてくれそうな人たちを思い浮かべる
- 希望と絶望の間を行ったり来たりする
- 自分の身を案じてくれる愛する人のことを思って、やきもきする
- グループを道に迷わせた人に反感を覚える
- 一緒にいる人たちとの結束が深まる
- 二度と家に帰れないのではないかと恐れる
- パニックになる

方向感覚を喪失したことを隠す努力
- 自分が今どこにいて、どこに行こうとしているのかわかっていると言い張る
- 地図または方位磁石を持っているから大丈夫だと言う
- のんきそうな会話をずっと続ける
- ポジティブにとても楽しそうなふりをする
- 笑顔を装って冗談を言う
- 人と目を合わせないようにする
- 何か見慣れた物はないかと周囲を盗み見る
- 地図を確認するために、人目の届かない場所を探す
- 目的や自信を持ったふりをして前に進む

この感情を想起させる動詞
成り行きに任せる、観察する、あてもなく探し回る、安心させる、思い返す、引き返す、あてどなく歩く、合図する、よく見る、徘徊する、わめく、耳を傾ける、パニックになる、心配する、慌てふためく、跡を追う、目印をつける、見回す、周囲に何があるのかを記憶する、探る、尋ねる、後を追う、退く、捜索する、体力を温存する、同じ場所を行きつ戻りつする

このブースターにより生まれる感情
動揺、怒り、懸念、混乱、防衛、自暴自棄、決意、怯え、危惧、狼狽、フラストレーション、罪悪感、ホームシック、劣等感、自信喪失、孤独、切望、緊張、圧倒、後悔、反感、屈服、啞然、脆弱

引き起こされるネガティブな状況
- リーダー役を降ろされる
- 約束の時間に間に合わない
- 能力と責任感があると証明できない

- （どこが危ない場所なのかわからないし、必需品を持っていない可能性もあるため）危険が迫る
- 友人や家族と合流できない
- 冷静を保てず、他の人たちを不安にさせる
- 一緒に道に迷っている人たちにイライラする
- （愛する人や警察が、ひとりで行動させるのはもう危ないと判断した場合）好き勝手に外出できなくなる

対立・葛藤や緊張を高めるシナリオ
- 今いるところにどうやって辿り着いたのか思い出せない
- 現金や食料、飲み水が底をつきつつある
- 携帯の電波が届かない、または携帯の電池が切れる
- 天候が急に悪くなる
- 一緒に旅をしていた仲間が体調を崩し、（ぜんそく、心臓病などの）薬が必要になる
- グループのメンバーに見限られ、信用ならない無能な人がリーダーに選ばれる
- 危険な領域にうっかり足を踏み入れる
- 怪我をする
- 適切な服を着ていないことに気づく
- メンバーのひとりが誰にも何も言わずにグループから離れる
- 間違った人に助けを求める
- 助けを求めていたら、言葉の壁にぶち当たる

書き手のためのヒント
方向感覚を喪失する状況はプロットの一部としてよく用いられる。しかし、キャラクターを安全地帯から追い出して苦境に直面させたいのなら、場面レベルでも効果的に用いることができる。

ほうこうかんかくのそうしつ ― 方向感覚の喪失

ホルモンバランスの乱れ

[英 **Hormonal Imbalance**]

【ほるもんばらんすのみだれ】
人間の身体は、さまざまなホルモンがバランスの整った状態で分泌されているときに、非常に調子良く機能する。ところが、このホルモンバランスが乱れると、身体だけでなく、精神や感情にも深刻な影響を及ぼしかねない。この乱れを引き起こす要因には、ダイエットや慢性的ストレス、特定の自己免疫疾患、薬の服用、更年期障害など、いろいろとある。ホルモンバランスの乱れの一般的な原因である「思春期」(p. 148)と「妊娠」(p. 200)の項目も参照のこと。

外的なシグナル
- 説明のつかない体重の変化
- 体脂肪が不均等に、普通ではない位置に蓄積する
- 髪が薄くなる（または髪がこれまでは生えなかった場所に生える）
- 寝汗をかく
- 顔がむくんで見える
- 月経不順になる
- 体の動きが硬くなる
- 筋肉が落ちる
- 肌質が変わる（乾燥肌、脂性肌などになる）
- 肌や目が黄味がかる
- よく眠れない
- 目が腫れているか、飛び出しているように見える
- 肌にシミやくすみができる
- ニキビが増える
- 足がむくむ
- ファッション性の高い服より、着心地の良い楽な服を着る
- 涙もろくなる
- 頻繁にトイレを利用する
- なかなか妊娠できない
- 気が散っているように見える
- 以前は気にならなかった臭いや物音などに反応するようになる
- 過剰な反応を示す、急に泣き出す
- 危険行為に走る
- 食べ物に過敏になる

- 体の異変について学ぼうと、ホルモンや身体の仕組みについて調べる
- 体調を改善しようと食生活を変える
- 症状を和らげるため、家庭療法や自然療法を試す
- 運動量を増やす
- 処置薬を服用する
- 頻繁に医者通いをする

内的な感覚
- 不安が押し寄せる
- 性欲に変化が起きる
- 勃起不全や膣の乾燥など、性器に影響を与える望ましくない変化が起きる
- 筋肉けいれんやこむらがえりが起きる
- 便通に変化が起きる
- 脱水症状が起きている気がする
- ある食べ物がどうしても食べたくなる
- 極度の疲労を覚える
- 指がピリピリする
- 乳房を触ると痛い
- 片頭痛が起きる
- 常に空腹や喉の渇きを覚える
- 体が不安定な感じがする
- 骨盤のあたりがズキズキと痛む
- めまいがする
- （高血圧が原因で）脈が速くなる
- 暑さや寒さに敏感になる
- 気分が落ち着かない
- 新たな痛みを覚える、あるいは過敏に反応するようになる

精神的な反応
- 集中できない
- 頭がぼんやりとした感じがする
- ホルモンバランスは元に戻ると自分に言い聞かせる
- 自分は誰からも振り向いてもらえない不快な存在だと感じる
- すぐにイライラする
- 気分の浮き沈みが激しく、カッとなりやすい
- 体の変化を恥じ、当惑する
- 体の変化を否定して生きる
- 何かがおかしいとわかっているが、それが何なのかはわからない
- さっさと変化の時期を通り過ぎてしまいたい

- 自分は誰にも理解されないと感じる
- （人にジロジロ見られることが増えたのではないかと）疑心暗鬼に陥る
- 今まで一度も感じたことのないような脆弱な気持ちになる
- 深刻な病気だと診断されるのではないかと恐れる
- 自分は死ぬのだと思い込む
- 仕事や学校、家族、または性生活などに無関心になる
- 恋人が去っていくのではないかと心配する
- 物事を思い出せない
- 鬱になる

ホルモンバランスの乱れを隠す努力
- 眠れないから夜遅くまで仕事をしているにもかかわらず、遅れを取り戻す必要があるからだと言い張る
- 性的行為から遠ざかる
- 病欠で学校や仕事を頻繁に休む
- 気分の浮き沈みが激しいことを謝り、言い訳することが多い
- さまざまな症状を、食事や休息をとっていないせいにする
- 体の変化をどうにかしようとさまざまなダイエットを試みる
- 変化に気づいて何かを言いそうな友人や家族を避ける
- 高コレステロールや低血糖などの表面的な症状に意識を向ける
- 過度に運動する
- （薄くなった髪を隠すため帽子を被る、太った体を隠すためゆったりした服を着る、ニキビを隠すためにメイクするなど）変化を隠す
- （ホットフラッシュが起きている場合）薄手の服を着る
- 吹出物を防ぐために洗顔するなど、新しいスキンケアを始める

この感情を想起させる動詞
渇望する、上下する、汗をかく、慎る、ぶち切れる、叫ぶ、わめく、泣く、すすり泣く、隠し事をする、そらす、散漫になる、薄れる、引っ込む、口論する、変化する

このブースターにより生まれる感情
動揺、怒り、不安、懸念、混乱、意気消沈、絶望、不満、多幸感、幸福、自信喪失、むら気、緊張、懐古、疑心暗鬼、悲しみ、恥、あやふや、心配、気がかり

引き起こされるネガティブな状況
- 誘われても性行為に応じない
- （痛みを引き起こす、活力が衰える、体重が増える場合）運動ができなくなる
- 服が入らなくなる、気分が盛り上がる服を買いたくても見つからない
- ダイエットを続けられない

- ポジティブな態度を維持できない
- おしゃれをして出かけたり、友人と遊んだりしなくなる
- （特に忍耐が求められる状況で）人と仲良くできない
- （政治家や芸能人など著名人の場合）自分の外見やパフォーマンスが評価される場所に出たくない
- 一定の外見を維持しなければならない職務は果たせなくなる
- よちよち歩きの幼児の世話やパフォーマンスなどエネルギーの要る仕事ができない

対立・葛藤や緊張を高めるシナリオ
- ホルモンバランスの乱れが深刻で、その根本的な原因だと思われる腫瘍や疾患があると診断される
- 自分の感情の起伏が激しいせいで、愛する人と気まずくなることが多くなる
- ホルモンバランスの乱れを治すための治療が必要なのに、妊娠が発覚する
- 公の場で気絶する、または手当が必要になる
- 既に圧倒された気持ちになっているところへ、別の対立・葛藤が発生する（面談のために学校へ呼び出される、職場の揉め事が最悪の事態に発展するなど）
- 妊娠できない
- 休みを多くとりすぎた、または頻繁に遅刻したせいで、会社から書面で警告される
- ホルモンバランスの乱れは慢性的になると知る
- 恋人が去る

> **書き手のためのヒント**
> ホルモンバランスの乱れはキャラクターの気分に影響を及ぼす。感情の浮き沈みが激しいあまりに、家庭や職場の人間関係や友人関係に思わぬ対立・葛藤を引き起こす状況を考えてみよう。

慢性的な痛み
〔英 Chronic Pain〕

【まんせいてきないたみ】
この種の痛みはなかなか消えず、治療を受けても何ヶ月あるいは何年と続く。慢性的疾患と絡んで痛みを感じることが多い。一般的、一時的な痛みについては、「痛み」の項目（p. 76）を参照のこと。

外的なシグナル
- 目を閉じて、ため息をつく
- 口をギュッと閉じる
- 顔をゆがめる
- 眉間に皺を寄せる
- 体を動かしたせいで痛みが走り、歯を食いしばりながら、シーッという声を漏らす
- 体が硬そうで、ぎこちない動きをする
- 声が震える
- じっとしていられない
- できる限り動かない
- 背中を丸める
- 頬や顎、額に汗が滲む
- 痛いところをさする
- 決まった時間に薬を服用する（薬の種類は複数ある場合も）
- 一定の座り方、寝方、動き方をしなければならない
- 長時間にわたる社交を避ける
- よく眠れない
- 痛みから逃れるために寝る
- 予定を頻繁にキャンセルする
- 杖や歩行器、車椅子などの補助器具を使う
- 体重が減る、または増える
- ファッション性よりも快適さを重視して服を選ぶ
- 会社を頻繁に休む
- 社交イベントでは出入り口に近い席に座る
- 明るい照明を避ける

まんせいてきないたみ──慢性的な痛み

- 足を引きずり、よろよろと歩く
- 体を動かすことに疑いや恐怖心を持つ
- 体を縮ませる
- 体に無理を強いられそうになると身構え、攻撃的になる
- 事故のせいでこうなったのだとはっきり声を上げて主張する
- すぐにカッとなる
- 性交渉をしない
- 入浴させていない、食事を与えていないなど、子どもの世話を怠っている
- 体を動かすときにうめく
- 自分の境遇について不満を述べる（または黙って耐える）
- すぐに息切れする
- 体に触れられるとビクッとする

内的な感覚
- 耳鳴りがする
- ズキズキする頭痛や片頭痛
- 手足がしびれる感覚
- 体の力が抜けるのを感じる
- 関節の痛みが続く
- 背中が突然痛む
- 体が異常に火照る
- 皮膚を刺すようなチクチクとした痛みを覚える
- 筋肉が焼けるように感じる
- 呼吸が浅い
- 慢性的疲労
- 痛みがまったく引かない
- 潰瘍になる
- 体全体に痛みや不快感を覚える

精神的な反応
- どの程度の痛みに襲われるのか、毎日不安になる
- 本当に痛みや症状が出ているのかを疑われ、イライラする
- 人の重荷になっていることに罪悪感を覚える
- 慢性的な痛みを抱えることになった状況を悔やむ
- 不機嫌になる
- 約束事をキャンセルしなければならなくなり、罪悪感を覚える
- 孤立感を覚える
- 職を失うのではないかと不安になる
- 誤解されていると感じる

- 慢性的な痛みを抱えていない人々を羨む
- 痛みから解放してほしいと祈る
- この先も痛みに耐えつづけられるのだろうかと思い悩む
- この痛みの原因を作った人に対し怒りを抱いている
- 薬に依存している状態（または薬が足りなくなること）を心配する
- 治療の選択肢が限られていて、イライラが高まる
- 何度も診察を受け、そのたびに医師に痛みや症状を説明するのが億劫になる
- 回復の見込みがなく、希望を捨てる
- 珍しく痛みを感じない時が訪れ、衝撃を受ける（慢性的な不快感がない状態がどんなものだったかを忘れていたため）
- 無力感を覚える
- 自殺を考える

慢性的な痛みを隠す努力
- 他の人と同じレベルで働き、遊ぼうとする
- 忙しくして過ごす
- 誰に訊かれても自分は大丈夫だと言う
- あらゆる物を手近に置き、あまり動かなくてもいいようにする
- 助けを拒む
- 薬を過剰摂取する
- 治療を避ける
- 痛みを隠そうとするが、歯を食いしばる、顔をしかめる、汗をかく、震えるなどの仕草が出る
- 深酒する
- 自分の健康問題から注意をそらそうと自虐的な冗談を言う
- 人との間に距離を置く
- かつて楽しんでいた活動から遠ざかる

この感情を想起させる動詞
苦悶する、食いしばる、張り詰める、うめく、うなる、文句を言う、大きく呼吸する、ブツブツ言う、同じ場所を行きつ戻りつする、体を前後にゆする、震える、力む、苦しい思いをする、おののく、泣き叫ぶ、絶望する、諦める、避ける、動けなくなる、汗をかく、ガタガタ震える、滑って転ぶ、痛む、泣く、さする、体を揉む、適応する、人に頼る、気持ちがぐらつく

このブースターにより生まれる感情
動揺、驚嘆、怒り、苦悩、不安、懸念、根に持つ、敗北、防衛、絶望、決意、落胆、怯え、危惧、フラストレーション、嫉妬、孤独、むら気、圧倒、無力感、屈服、悲しみ、自己憐憫

まんせいてきないたみ――慢性的な痛み

引き起こされるネガティブな状況
- 長時間歩かなければならない（ツアー旅行、空港内の移動など）
- （荷物、ペットなど）物を運んだり、持ち上げたりしなければならない
- 一晩中ぐっすり眠れない
- 勤務中や移動中、または余暇に座ったままの姿勢でいるのがつらい
- アウトドアの活動に参加できない
- コンサートや観劇に行けない
- 必要な用足しができない
- 入浴に介助が必要になる
- パーティーなどの社交イベントに参加できない
- 積極的に子どもに関わることができる親または祖父母になれない
- 治療や回復に関して悲観的になる
- 人と深いつながりを持つことができない（自分の健康状態について正直に話さなくてはならなくなるため）

対立・葛藤や緊張を高めるシナリオ
- 本当はものすごく痛いのを我慢しているのではないかと人に疑われる
- 人に頼る必要のある状態であることを受け入れなければならない
- 別の健康問題が派生する
- 薬物やアルコールに依存するようになる
- 我が子やペットの面倒を十分に見ることができなくなる
- 配偶者に見捨てられる
- 治療費や介護費が保険でカバーされなくなる
- 手術や治療を受け、痛みが悪化する
- 職場で痛みを和らげる椅子を用意してもらえなかったり、通院のための早退が認められなかったりする
- 介護者の近く、または介護施設へ引っ越さなければならない
- 新たな治療の選択肢があることを知るが、また失望したくない
- 愛する人に暴言を吐き、関係がぎくしゃくする

書き手のためのヒント

慢性的な痛みのせいでさまざまな身体的限界を思い知るキャラクターの姿を描くだけにとどまらず、その痛みが大切な人間関係にどのような影響を与える可能性があるのかを考えてみよう。愛する人のなかには、キャラクターを暮らしやすくしてくれる人もいれば、キャラクターが本当に痛みに苦しんでいるとは思わない人もいるはずだ。キャラクターと周囲の人間がどのように反応し合っているのかを描けば、キャラクターを支える人の間にも、人間関係の摩擦が起きている様子を表現できるだろう。

ま

魅了
〔英 Attraction〕

【みりょう】
魅了とは、特定人物に夢中になること、そしてその人物がもたらす喜びの感情を指す。魅了と言っても、キャラクターが物（入手困難なヴィンテージカーなど）を欲しがる程度なら穏やかだが、真の魅了となると、人が別の人に惹きつけられる状態を指すのが一般的である。したがって、この項目では人間同士の触れ合いに焦点を当てる。魅了よりも激しい反応を求めているなら、「性的興奮」の項目（p.164）を参照のこと。

外的なシグナル
- 手を止め、相手を見つめる
- 話の途中で黙り込む
- 突然心を奪われ、せわしなくまばたきをする
- 相手と初めて目が合い、視線を落とす
- うつむいて微笑む
- 手で口を軽く押さえ、相手の視線を唇に誘導する
- 相手の動きや身振り、姿勢をそのまま真似る
- 相手を盗み見る
- 相手のことを他の人に尋ね、情報を集める
- 相手の方へ体を向ける
- 自分が見ていることに気づかれ、小さく手を振って微笑む
- 汗ばんだ手
- 相手に話しかけ、さらに接近する機会をうかがう
- 自分の髪を触る、服に手を滑らせて整える
- つながりを求めて相手に褒め言葉をかける
- 胸を突き出し、顎を上げる
- 唇を舐める
- 相手にいろいろと質問をしているうちに、個人的なことまで訊く
- 相手にミーム〔SNSで拡散される面白い画像や動画〕を見せ、笑わせようとして何かを言う
- 足と足、あるいは肩と肩が触れ合うほど接近して隣に座る
- 相手にひたすら注意を向ける
- 性格や好きなものを知ろうと相手をよく観察し、共通の関心を探る
- 相手をよく知りたくて、その言動に注意を払う

みりょう ― 魅了

- 話しかけるチャンスを掴み、相手をもっと知りたくて、いきなり質問を浴びせる
- 相手が部屋に入ってくると元気になる（背筋を伸ばす、微笑むなど）
- 相手をまっすぐに見つめ、目を合わせる
- 相手のことをいつも友人に話す
- 相手が部屋に入ってくると、他のことが手につかなくなる
- 舌がもつれて、言葉がうまく出てこない
- 相手のソーシャルメディアの投稿を追いかける
- 何とかして言葉を交わそうとする
- 相手に話しかけるとき、声がかすれる、または高くなる
- いつもより汗をかく

内的な感覚
- 胃にぽっかり穴が空いたような感じがする
- 膝がガクガク震え、力が入らない
- 口の中が唾液でいっぱいになる
- 体全体がうずうずする
- 胸にチクリと痛みを感じる
- やる気が湧く
- 息が止まり、声も出なくなる
- 相手と目が合った瞬間、体じゅうに電気が走ったような感覚を覚える
- 相手と精神的なつながりを感じる
- 体が火照る

精神的な反応
- 好奇心が湧き、他の心配事や考え事が遠のく
- 相手と一緒にいられるなら、自分の殻を破ってもいい
- 大胆、あるいは積極的になる
- 相手と親密になりたいと思う
- 相手のすることが皆興味深く思えて仕方がない
- 相手の良いところしか見ない
- 気の利いたことが言える魅力的な人に必死になろうとする
- 相手の気を引く言動をしなくてはと自らに圧力をかける
- 相手のことや、相手と一緒にいる自分の姿を空想する
- 相手と一緒にいられる機会を画策する
- 思っていることを言葉で伝えられない
- 相手に振り向いてもらえるかどうか自信がない
- ライバルになりそうな人を見定めて、競争心を燃やす
- 相手の友人や恋人に嫉妬する
- 最近相手と言葉を交わしたときのことを何度も思い出す

- 性的なことを考える
- 自分の配偶者または恋人に罪悪感を覚える

魅了されている自分を隠す努力
- 向こうがその気を見せても、無関心を装う
- 相手に直接話しかけはしないが、近くにいようとする
- 相手と友だちになる、相手の関心事に関わる
- （訊かれても）相手への気持ちを否定する
- 友人との会話で相手のことが話題に上っても、あまり知らないふりをする
- 相手との交際には関心がないふりをして、今の恋人といちゃつく
- 相手に近づくのに、いちいち言い訳や口実を探す
- 相手を避ける
- 相手にそっけないそぶりを見せる、冷淡なことを言う
- 相手と目を合わせない
- 相手に近づきたくて、まずその友人と親しくする
- 遠くから気になる相手をそっと見守る
- 相手が近くにいると、物を指でもてあそぶ

この感情を想起させる動詞
電話をかける、微笑む、近寄る、罠にかける、見守る、見惚れる、焦がれる、引き寄せる、心移りする、惚れる、じっと見つめる、抱きしめる、魔法にかけられたようになる、魔がさす、感じとる、引き止める、揺らぐ、我を忘れる、魂を奪われる、影響される、メロメロになる、心を虜にする、からかう、冗談を言う

このブースターにより生まれる感情
崇拝、葛藤、欲望、絶望、決意、失望、熱心、高揚感、興奮、軽率、罪悪感、幸福、劣等感、自信喪失、嫉妬、切望、愛情、情欲、執拗、屈服、苦しみにもがく、評価されない、脆弱

引き起こされるネガティブな状況
- 関心を持っている相手とは何の関係もない作業や目標に縛られる
- どうしても相手と仕事上の関係を維持しなければならない
- 配偶者を裏切ることができない
- （自分の気持ちをオープンに伝えるのは憚られる場合）自分の気持ちを隠し通さなければならない
- 気になる相手を表立ってえこひいきできない
- 学業や仕事の目標に集中できない
- 気になる相手の配偶者を、親しみを込めて歓待しなくてはならない
- 深い関係を結べる望みはなく、友人のままでいなければならない

- 気持ちが冷めるかもしれないと期待して距離を置こうとするが、できない

対立・葛藤や緊張を高めるシナリオ
- 配偶者の退職祝いの席やPTA会議などの不適切な場面で、ある人に惹かれる
- 妻を置いて遠くへ出張に行き、昔の恋人にばったり出会う
- 高嶺の花に恋をするが、自分には分不相応だと思って近づけない
- 自分にとってタブーの人（弟の元妻など）に魅了される
- 相手が他の誰かと付き合いはじめる
- 自分のきょうだいまたは親友が同じ人に恋心を寄せている
- 相手について不快な事実（政治的信条、個人的偏見、嫌な習慣など）が発覚したが、それでも好きでたまらない
- （長時間勤務を強いられている、親にデートを禁じられているなど）恋愛関係に進みづらい立場にいる

書き手のためのヒント

キャラクターが魅了のような強い反応を示すときは、性別や年齢、文化的背景、経験によってキャラクターの表情が異なる点に注意しよう。感情を表に出せるのか、隠す必要があるのかによっても反応は変わってくる。

無気力
[英 Lethargy]

【むきりょく】
無気力に苦しむ人は、眠そうで、物憂げで、無関心だと言われやすい。身体的・精神的な原因を含めると、無気力の原因は幅広く、体調不良や病気、ある種の精神疾患、慢性的ストレス、不眠症、不健康な食生活、薬の副作用などが考えられる。関連項目の「疲弊」（p. 220）も参照のこと。

外的なシグナル
- ゆっくり深く息をする
- 目が半分閉じている
- うつろで、精彩を欠いた目
- どこを見るともなく見つめている
- 姿勢が悪い（うつむいている、だらりとしている、背を丸めているなど）
- すぐに寝そべる、椅子に沈み込むように座る
- すぐに何かに寄りかかる
- 足取りが重く、足を引きずるように歩く
- 片肘をついて手に頭を乗せる
- 手にも体にも力が入っていない
- 手足を動かさない
- （髪を洗っていない、しわくちゃの服を着ているなど）自分を構っていない徴候が出ている
- 階段を使わずにエレベーターに乗る、宅配ピザを皿にとり分けずに箱からつまんで食べるなど、面倒なことはできるだけしない
- 活力を保つために、カフェイン入り飲料やエナジードリンクを飲む
- 動かずに長い間ずっと座っている、または寝そべっている
- あくびをし、体を伸ばす
- 座り直したり、寝返りを打ったりするときだけ動く
- 飲み物や軽食などをとりに席を立つのが面倒なので、何も食べない
- 面倒なことは人に頼む
- 予約をキャンセルする
- 社交の誘いがあっても断る
- 引きこもる
- 心身に刺激を与えない活動を選ぶ

むきりょく｜無気力

- 会話に参加しない
- 人に何かを訊かれても、聞き取りにくい言葉で返事するか、肩をすくめて返事する
- 選り好みをせず、ある物で済ませる
- 散らかった部屋で暮らす
- 無気力の根本的原因である病気の徴候がいろいろと出る
- いつもよりかなり睡眠時間が長い
- 体重が増える、または減る
- 筋肉が弛緩している
- 人を避け、世捨て人のような生活を送る

内的な感覚
- 手足が重く感じる
- 動きたくない
- 倦怠感がある
- スローモーションで動いているような気がする
- 食欲がなくなる
- 不眠になる、疲労を覚える

精神的な反応
- モチベーションが湧かない
- 無関心になる
- 作業に集中できない
- もっと気分を上げるように、心の中で自分に言い聞かせなければならない
- なぜ無気力になるのだろうと不思議に思う
- 無気力なのは病気のせいなのではないかと心配になる
- かつては楽しんでいたことへの関心を失う
- 頭がすっきりせず、考えるスピードが落ちていると感じる
- 何もしたくないし考えたくない
- ぼんやりして、時間の経過がわからなくなりがちになる
- 他人の状況に気づかない
- 愛する人が困っていても助けられない
- ちょっと世間話をするのも面倒に感じる
- 切羽詰まるまで物事を先延ばしにする
- 意思決定ができない
- 人に手を貸したり、問題に気づいてもそれを直したりできないため、罪悪感を覚える
- 人に決めつけられてイライラする
- 常に弁明をしなければならない気がする
- 鬱になる

む

無気力を隠す努力
- 問題があると認めない
- 無気力を退屈や過労のせいにする
- 夜に熟睡したら元気になると言い張る
- 周囲に人がいるときは楽しそうな顔をするが、ひとりになるとぐったりする
- 力仕事をしたと言い張るが、その姿を見た人は誰もいない
- 人に心配されても、大丈夫だと言って一蹴する
- ホルモンバランスの乱れや貧血など、無気力なのも仕方がない病気を抱えていると言い張る
- 診断を恐れ、医者に行こうとしない

この感情を想起させる動詞
前かがみになる、引きずる、怠ける、ため息をつく、ぐったりする、もたれかかる、うなだれる、引きこもる、よろよろする、寝る、夢想に耽る、成り行きに任せる、無駄にする、緩慢になる、扇ぐ、揺らぐ、見捨てられる、拒絶する、諦める

このブースターにより生まれる感情
不安、懸念、気づかい、葛藤、防衛、欲望、決意、落胆、きまり悪さ、劣等感、無関心、無力感、後悔、自己憐憫、恥、あやふや

引き起こされるネガティブな状況
- エネルギーいっぱいの子どもやペットの面倒を見ることができない
- 注意深く観察しなければならない作業を途中で投げ出す
- 有能で責任ある人だと見なされない
- 入試や資格試験に十分に備えることができない
- 愛する人のために喜んだり祝ったりできない
- 予定がみっちり詰まった家族旅行に行けない
- 仕事関係のカンファレンスや親族の集まりなど、大勢の人と長時間話すことができない
- 会議や講義、PTA面談の間に集中力が途切れる
- 運動して健康を保てない
- 創造力を働かせることができない
- 日課を守れない、ToDoリストを作っても、それに従って作業ができない
- 「人を助ける」ことができないため、助けてもらいっぱなしになる
- 自分のお金の管理や結婚式の準備など、集中力の要る作業ができない
- 重要な締め切りを守れない
- 周囲に怪しい人がいても危険信号を察知できない

対立・葛藤や緊張を高めるシナリオ
- 重要なことをおろそかにし、過失から安全上の問題を引き起こす

むきりょく｜無気力

- 昇進させてもらえない、または重要な仕事を任されない
- 注意を怠り、大きなミスを犯す
- 戸締まりを忘れ、強盗が入る
- ある人に好印象を与える出世のとても大切な機会を逃す
- 出産など、多くのエネルギーを必要とする大変化を迎える
- 愛する人の誕生日を忘れる
- 助けを求めて自分を変えるか、無気力のまま過ごして結果を受け入れるかの二者択一を迫られる
- いい加減な仕事を提出し、尊敬する人に指摘される
- 何とかしたいが、無気力状態をどうしたら克服できるのかがわからない
- 精一杯人生を生きる人を見て、自分もそうしたいと思うが、エネルギーを奮い起こせない
- この無気力さはもっと深刻な何かに絡んでいると感じているが、医者を説得できない
- （心を取り乱した友人、自殺を思い詰めていた妹など）親しい人が苦しんでいたのに、そばにいてやれなかった

書き手のためのヒント

無気力は概ね身体的不調だが、自信喪失や不安、鬱さえも伴うことがあるため、精神的にも大きな影響を及ぼす。無気力のような状態を扱うときは、感情も含めて精神への影響もしっかり描き出すことを忘れずに。

酩酊
〔英 Intoxication〕

【めいてい】
薬物やアルコールの摂取により、頭が回らなくなり体調を崩す状態を指す。このブースターがストーリーの中で用いられる場合は、「二日酔い」の項目（p. 232）も参考にするとよい。

外的なシグナル
- ろれつが回らず、聞き取りにくい言葉を発する
- 目が充血する、または涙目になる
- 瞳孔が開きすぎている、またはほとんど開かない
- 目をぎょろつかせる
- 視点を合わせようと激しくまばたきをする
- 見られているほうが居心地悪くなるほど、長くじっと見つめる
- 反射神経や動きが鈍くなる
- 息が臭い
- ひとりで笑みを浮かべる
- 体がふらつく
- 足元がおぼつかない
- クスクス笑う、やたらとゲラゲラ笑う
- 思ったことをそのまま口に出し、本当のことを言ってしまう
- 転ばないよう歩くことに集中する
- 視点が定まらず、手つきがおぼつかない
- （障害物につまずく、椅子のあるところに腰を下ろせないなど）奥行きを知覚できない
- 千鳥足で歩く、走る
- 体を乗り出して人に話しかける
- 不快にさせるほどに人に近づく
- 人の体にベタベタと触る
- （前かがみに座る、どさっと腰を下ろす、背中を丸める、腕をだらりと垂らすなど）リラックスした姿勢をとる
- 刺激に過剰に反応する（または、まったく反応しない）
- 人にもたれかかる、物にぶつかる

- 踊って浮かれ騒ぐ
- はやし立てる、叫ぶ、怒鳴る、悪態をつく
- 壁に手をつきながら歩く
- 手が震える
- 食べ物や飲み物をこぼす
- だらしない食べ方をする
- 目を閉じてうとうとする
- バランスを崩しかけて体が前後にふらつく
- 体を預けて何かに寄りかかる、立つ、または座る
- 汗だくになる
- 大声で話す、黙らない、または人を遮って話す
- 行き当たりばったりの質問をする、または奇抜な発言をする
- 質問されても、わけのわからない答え方をする
- 見知らぬ人にさえも、すぐに馴れ馴れしくする
- いたずらをする、または面白がって軽微な犯罪を犯す
- 倒れる
- (饒舌になる、社交的になる、不機嫌になる、涙もろくなるなど) 性格が豹変する
- 居眠りする、または気を失う
- 嘔吐する
- 失禁する

内的な感覚
- 色がいつもより鮮明に見え、物音も大きく聞こえるなど、五感が敏感になる
- 非常にくつろいだ、または高揚した気分になる
- 感覚が過敏または鈍感になる
- 口の中が乾く
- 視界が狭まる
- 体がピリピリする、またはぼやっとした感じがする
- 心地良い暖かさと重みを感じる
- 空腹が刺激される、または収まる
- 吐き気がする
- 部屋がグルグル回転しているように思える
- 記憶を失う

精神的な反応
- (摂取する物質により異なるが) 頭が冴える、またはぼんやりする
- 多幸感を覚える
- 創造性が高まる
- 人と話したくなる

- リスクをとる
- 間違った判断をする
- 勇気が出る
- 時間の経過がわからなくなる
- 攻撃的になる
- 会話についていけなくなる
- 日常のことを深く考える
- ボディランゲージを読めない、または誤解する
- 抑制を失う
- 人に対して親近感や愛情が増し、「好きだぞ、お前!」と言ったりする
- 気後れしなくなる
- 本当は自分は洗練されていて、魅力があって、知的なのだと思い込む
- 他の人もみな自分と同じように酩酊していると思い込む
- 妄想が頭から離れない
- 幻覚を見る

酩酊ぶりを隠す努力
- 自分はしらふだと言い張る
- (車線の上を歩いてみせる、鼻に触れるなどして) しらふであることを証明しようとする
- 目をできるだけ大きく見開く
- 「あいつのほうが俺より酔っぱらっている」などと言って話をはぐらかす
- 酩酊していることを責められると、むきになる
- 酩酊していると非難されても一笑に付す
- 目を合わせない
- 酩酊していることが明らかにわかるサインを隠そうと、目薬を差す、ミントキャンディを口に含む、たばこを吸う
- 寝ているふりをする

この感情を想起させる動詞
蛇行する、踏み外す、窮地に陥る、体が思うように動かない、にやにや笑う、微笑む、いちゃつく、痛飲する、ゴクゴク飲む、のらくらする、(酒を)あおる、音を立てながら吸い込む、すする、吸う、ぷっと息を吐く、ひょいと行く、よろめく、指で示す、ジェスチャーを交える、ろれつが回らない、口ごもる、あてもなく探し回る、手を振る、ハグする、触る、笑う、冗談を言う、叫ぶ、にやっと笑う、鼻先で笑う、もたれかかる、酔いつぶれる

このブースターにより生まれる感情
崇拝、驚嘆、愉快、怒り、愕然、自信、混乱、つながり、好奇心、多幸感、興奮、軽率、罪悪感、屈辱、無関心、憤慨、立腹、むら気、疑心暗鬼、悲しみ、自己嫌悪、恥、うぬぼれ

めいてい｜酩酊

引き起こされるネガティブな状況
- （親、助言者などに対し）自分が責任ある大人であることを証明できない
- これまで守ってきた道徳基準に反する行為をする
- 移動できなくなる
- （依存症の場合）再び酒や薬物におぼれる
- 我が子や親戚の若者の良い手本になれない
- 頭がぼんやりして重要な決断を下せない
- （奨学金を勝ち取るための選考審査や、裁判で証人に立つなどしても）最善を尽くせない
- 緊急事態に陥っても、頭が働かず、器用に手を動かせず、反射神経も鈍っているため、役に立たない

対立・葛藤や緊張を高めるシナリオ
- 他人の秘密を明かす
- 見知らぬ人や同僚といちゃつく
- 余計な私事まで人に話す
- 思ったことを正直に口に出し、人間関係に亀裂が入る
- （親や先生、コーチ、タレントスカウト、パパラッチなど）酩酊の事実がばれては困る人に見られる
- 評判を落とすような、恥ずかしい状態でいるときに動画を撮られる
- 酩酊しながら車を運転し、警察に止められる
- 喧嘩を始める、または誰かを傷つける
- 運転手をしてくれるはずだった友人と離ればなれになる
- 体も頭も思うように動かない状態のときに、危険な目に遭う
- 酩酊しているときに狙われ、襲撃者を追い払わなければならない

書き手のためのヒント
キャラクターが薬物やアルコールにどう反応するのかは多くの要因によって決まる。体重、化学物質への体の反応、遺伝要因はもちろん、性格によっても変わってくる。キャラクターを酩酊させる前に、薬物やアルコールを摂取すると内向的になるのか、それとも外向的になるのか、感情的になるのか、黙り込むのか、酩酊するのにどれくらいの摂取量が必要なのかを知っておこう。

燃え尽き
〔英 Burnout〕

【もえつき】
燃え尽きとは、過剰なストレスに長期にわたってさらされた結果、心身が疲弊してしまう状態を指す。仕事に絡んで起きることが多いが、学業やボランティア活動、趣味、家庭生活など、人生のさまざまな場面でキャラクターが燃え尽きる可能性がある。

外的なシグナル
- 目の下にクマができる
- 体重が減る
- 髪が抜けて少なくなる、白髪が増える
- 姿勢がぐったりとし、背中が丸くなる
- 正気を失った目
- 外見に構わなくなる
- だらしない格好や、TPOに合わない服装をする
- 約束をしても姿を現さない、遅刻する
- 仕事をしながら食事する、または食事を抜く
- （仕事用のパソコン、移動に使う車、介護しなければならない人など）燃え尽きの原因になっているものから片時も離れない
- 時間節約のために手を抜く
- 不注意なミスを犯す
- 他の人とコミュニケーションをとらなくなる
- やらなければならないことを山積みにする
- 人や作業、これまで熱中していたことに無関心になる
- 責任を放棄する
- 目的がなく、何にも関心がないように見える
- 支離滅裂になる
- 仕事場や生活空間をきれいにしない
- 人と付き合わなくなる
- 新しいことが起きても関心を示さない
- すぐにイライラし、他人を怒鳴りつける
- 簡単なことを頼まれただけなのに、これ以上はもう無理だというところまで追い込まれて、

怒りをあらわにする
- 受動攻撃的な独り言を言う（仕事を引き受けておきながら、「忙しいのがわからないのかな」と呟くなど）
- ぶしつけに、思ったことをそのまま口に出す
- 手続きや決まりにいい加減になる
- やらなければならないことを先延ばしにする
- あまり考えもせずに、新しいアイデアや責任を拒む
- 体調を崩しがちになる
- 引きこもって、ひとりになろうとする

内的な感覚
- 頭痛がする
- 疲れる
- 疲れているのに眠れない
- 活力が出てこない
- 胃の調子が悪い
- 体がこわばる
- 胸が締めつけられる、重苦しい
- （高血圧や不安、過労が原因で）めまいがし、体がピリピリする
- 体に何か重いものがのしかかっているような感覚を覚える
- （激しい動悸、震え、息切れなど）パニック発作の症状が現れる

精神的な反応
- とりとめのない考えが浮かぶ
- ストレスと不安を感じる
- すぐにイライラする
- 集中力が低下し、鋭敏さがなくなる
- どうすることもできず、敗北感が募る
- 世界を冷笑的で悲観的な目で見る
- 日々やらなければならないことを考えただけでぞっとする
- 感謝されず、罠にはめられたような気持ちになる
- 自分には状況を好転させる能力がないのではと疑う
- 続けなければならないと自分に言い聞かせる
- 自分の置かれた状況やそれを作り出した人に反感を覚える
- 自分の選んだ道を後悔する
- 何をしても無意味だと思う
- かつて楽しんでいた活動への興味を失う
- 他のことがしたくてたまらない
- 喜びの感覚を失う

- 自己肯定感が低くなる（物事をもっとうまく処理できない自分を期待外れな人間だと感じる）
- 今の状況から逃げ出す方法や、誰かに仕事を任せる方法を考える
- （仕事で失敗すれば他の人を失望させるだろうが、この仕事から逃れられるという理由から）自己破滅的な考えをもてあそぶ

燃え尽きている自分を隠すための努力
- 耐え抜くために薬物を乱用する
- 自分が燃え尽きていることを否定する
- 「私にならできますよ」と人を安心させることを言う
- 要求されていることを完遂させようと、人に頼りすぎる
- 失敗しても弁明する
- 失敗や問題の責任を（株式市場やインフレーション、プログラムなどに）なすりつける
- 幸せを装う
- （あまり働いていないことを他の人に勘づかれないようにするために）普通は人が働かない時間帯に働く
- 締め切りを延ばしてほしいと頼み込む
- 時間稼ぎをする
- 長期計画には関わらず、短期目標だけに集中する
- （口元が引きつる、拳を握る、深呼吸するなど）隠された感情があることを体で示す
- 他の人のために時間とエネルギーを割こうとして、自分の欲求を犠牲にする
- 自分に責任を負わせる可能性のある人を避ける

この感情を想起させる動詞
ぶち切れる、引きこもる、口論する、批判する、文句を言う、避ける、発散する、落ち込む一方になる、爆発する、糾弾する、疑う、酷使する、辞退する、離脱する

このブースターにより生まれる感情
不安、懸念、根に持つ、葛藤、敗北、意気消沈、絶望、落胆、幻滅、怯え、劣等感、無関心、自信喪失、無力感、不本意、反感、屈服、悲しみ、懐疑、評価されない

引き起こされるネガティブな状況
- チームの他の人たちを主導または指導できなくなる
- やる気に満ちた人と共同計画に着手しなければならない
- 熱心に取り組もうとしても、ストレスの原因になっているために長続きしない
- 複雑な問題解決能力が求められる仕事を任され、完了できない
- 同僚の仕事量を減らしてやりたいが協力できない
- フィードバックを取り入れて、積極的に改善しようとしない
- 仕事をしていても丸一日働く気力がない

- 罪悪感が先立つため、リラックスしたくてもできない
- 人手が必要な領域があっても、率先して応援できない
- 困っている友人を助けてやれない
- 休暇をとることができない
- 新たな目標が設定される、または大きなビジョンが決められる会議に出席できない
- 最善を尽くしてやり遂げたと誇りを感じることができない
- 自分のためになる機会が訪れてもそれを受けることができない

対立・葛藤や緊張を高めるシナリオ
- 個人的成長を遂げられるよう、指導者が割り振られる
- 同僚が産休に入るため、さらに仕事が増える
- 愛する人が死を迎える、自分が出産するなど、人生の大きな出来事に直面する
- 今の状況から抜け出す決意をしたが、とどまるようにと魅力的なオファーを提示される
- 家賃が上がり、経済的にさらに厳しくなる
- 手抜きが見つかってしまう
- 不満を漏らす相手を間違える、または不満をネットに投稿する
- 手抜きやミスを犯し、解雇一歩手前の観察処分を受ける
- 薬物使用が長期化して乱用するようになり、仕事に影響が出る
- 担当していた仕事の評価が芳しくなく、やり直しを命じられる
- 子どもの身の上に大変なことが起き、子どものためにさらに時間とエネルギーが奪われる
- 現状から抜け出す方法を教えてもらうが、どう見ても道義的に怪しい（しかし誘惑に駆られる）

書き手のためのヒント

ストレスにさらされると圧倒され、疲れや圧力をことさらに感じるなどして感情は「増幅」するが、力が燃え尽きるときは、こうした感情に加え、空虚な気持ちを味わうことになる。たとえば、モチベーションが湧かない、目的を見失う、投げやりになる、ネガティブな思考に陥る、出口が見えないといった感情を持つようになる。ストレスと燃え尽きの差は微妙なので、両方を注意深く検討し、キャラクターがどちらを感じているのかを見極めよう。

薬物依存
〔英 Addiction〕

【やくぶついぞん】
薬物の使用をやめられなくなる状態を指し、薬物の効き目が途切れたときに、急性の禁断症状が見られるのが特徴である。依存する薬物にはいろいろと種類があるが、ここでは一般的な薬物依存の徴候や症状に限定する。関連項目の「禁断症状」(p. 112) および「二日酔い」(p. 232) も参照のこと。

外的なシグナル
- 薬物が効いていて、普通の状態でないことが多い
- 自分が薬物依存であることを否定する
- 不衛生になる（ぼさぼさの髪、黄ばんだ歯、割れた爪など）
- 血色が悪い
- 目が充血している、潤んでいる、またはうつろで生気がない
- 瞳孔が開いている、または収縮している
- 体の動きが緩慢で、反応が遅い
- 躁病的な行動をとる
- 体重が激増または激減する
- 口や衣服、皮膚から怪しい臭いが漂う
- 体が震え、汗をかく
- 落ち着きのない動きをする
- ろれつが回らない
- 会話に集中しつづけられない（急に話が脱線する）
- 食事を摂るのを忘れる
- 睡眠過多になる（または不眠症に陥る）
- 人と会う約束をしてもすっぽかす
- 金銭的に苦しくなり、家賃滞納や、車の差し押さえなどが起きる
- 現金を得るため何かを売る、または銀行口座から全額引き落とす
- （何かと口実をつけて）人に金をせがむ
- 現金（または換金できる貴重品）を盗む
- 職場や学校での責任を放置する
- 健全な人間関係を保てなくなる
- 友人から離れていき、薬物を使用している新しい仲間にしがみつく

- 仕事に就いてもすぐ辞める
- ぼうっとしている
- 人と目を合わせなくなる
- 非行や犯罪行為に手を染める
- 薬物が効いている状態で運転する
- 危険な行動に走る
- すぐにカッとなり、怒鳴ったり、泣き出したりする
- 欲しい物を手に入れようと人をたぶらかす
- 生活が波乱続きになる
- 共依存を思わせる行動をとる
- 嘘をつき、人を騙す
- 道徳基準が揺らぐ
- 引きこもる
- 分別がなくなる
- 約束をしても守れない
- 無責任になり、信用できなくなる

内的な感覚
- 気持ちが高揚し、ソワソワする
- 無気力になる、または疲労を覚える
- 視力が低下する
- 口の中が乾く
- 体が火照り、宙に浮いているような感覚を覚えるか、手足や頭が重く感じられる
- 顔面や肩などの筋肉が不随意に引きつる
- 音や手触り、味、匂いに過敏になる
- 肌に虫が這っているような感覚に襲われる
- 薬物を使っていないときに、(不安や苦しみ、痛みから逃れようとして) 薬物が欲しくなる

精神的な反応
- 薬物依存の原因に固執する
- 薬物使用時に多幸感を覚える
- 次の摂取まで待ち遠しくなる
- 連用しているうちに効き目がなくなり、薬物の使用量を増やしたくなる
- やる気が湧かない
- 気分の浮き沈みが激しく、攻撃的になる
- 忘れっぽくなり、頼りにならない
- 時間がゆがんだように感じる (時間がゆっくりまたは急速に流れていると思い込む)
- 判断力が低下する
- 他人を責め、自分の行動に言い逃れをする

- 罪悪感や後悔に苛まれる
- 自己憐憫や自己嫌悪に悩まされる
- 自殺を考える

薬物依存を隠す努力
- 自分の薬物依存を否定する
- 欠席や遅刻、物忘れをしても言い訳をする
- 薬物を使用していないと嘘をつく、または過去の使用を認めるが、今はやっていないと言い張る
- (薬物の常用を隠すため) 友人や同僚との付き合いを避ける
- 愛する人に責められたくなくて、相手に罪悪感を覚えさせる
- 長袖の服を着て、注射針の痕を隠す
- 「おかしな」行動を仕事のストレスや体調不良のせいにする
- 目薬やミント、マウスウォッシュを使用して、臭いなどの薬物常用のサインを隠す
- 今まで以上のプライバシーを要求する
- (こっそりと出ていく、家のどこかに薬物を隠すなど) コソコソとした行動に出る
- 禁断症状が出る

この感情を想起させる動詞
汗をかく、引きつる、ガタガタ震える、ブルブル震える、落ち着かない、体が思うように動かない、ライターで火をつける、ぶち切れる、口論する、嘘をつく、そらす、操作する、口ごもる、ろれつが回らない、雨戸を閉める、執拗になる、欲望する、切望する、渇望する、懇願する、むずむずする、隠し事をする、隠す、詰め込む、コソコソする、覆う、しがみつく、売買する、買う、盗む、摂取する、打つ、唾を飲み込む、吸う、そそくさと出かける、麻薬を水に入れて加熱する、熱する、注射する、沈み込む、おののく

このブースターにより生まれる感情
苦悩、不安、根に持つ、葛藤、反抗、拒絶、自暴自棄、決意、打ちのめされる、落胆、疑念、熱心、多幸感、興奮、危惧、罪悪感、短気、自信喪失、立腹、切望、みじめ、執拗、無力感、後悔、不本意、自責、満足、自己嫌悪、恥、価値がない

引き起こされるネガティブな状況
- しらふの状態を保てない
- 薬物およびアルコールの検査がある職に就けない
- (欠勤が頻繁、当てにならないなどの理由で) 仕事を維持できない
- 自分を許せない
- ストレスやトラウマ、トラウマを想起させる何かに直面したとき、健全に対処できない
- 人に信用してもらえない
- 長年の夢を叶えられない

- 我が子の親権を奪われる
- 将来のための貯金ができない
- 自分が薬物に依存していると正直に認められない
- 人の面倒を見ることができない

対立・葛藤や緊張を高めるシナリオ
- 移動に遅れが出て、薬物を注射したいのにできなくなる
- 葬式やベビーシャワー〔出産の前祝いのパーティー〕など家族のイベントがあり、プライバシーがなくなる
- 見知らぬ場所にいて、欲しい薬物をどう入手すればよいのかわからない
- 検問のため警察に車を止められるが、車の中に薬物がある
- 嘘がばれる（または、誰にどの嘘をついたのかわからなくなる）
- 現金が行方不明になって責められる
- 解雇される、または退学になる
- 介入を受ける
- 心の準備が整っていないのに、リハビリ施設への入所を迫られる
- 危険な場所で目を覚ますが、どうやってそこに辿り着いたのか記憶がない
- 運転免許証を取り上げられ、公共交通機関を利用しなければならない
- 経済事情が変わり、薬物の常用が困難になる
- 薬物依存のことをばらすと人に脅される
- （薬物が効いているのに運転した、公共の場で裸になったなどの理由で）逮捕される
- 薬物依存から抜けられず、究極の選択を迫られる（配偶者に離婚を迫られる、親に家から追い出される、親権を失うなど）
- 過剰摂取する

書き手のためのヒント
キャラクターによっては、薬物依存で身を滅ぼしかけても、きちんと生活を続け、困難をうまく切り抜けられる。キャラクターが薬物依存の症状を覆い隠し、ばれそうになると言い逃れをする場合、そのキャラクターにはどのような支えがあるのかを考えてみよう。たとえば、経済的な余裕があれば、薬物を常用してもその出費は気づかれにくいだろうし、家族など助けてくれる人が身近にいれば、清潔を保ち、身なりも整ったままでいられるので、日常生活も続けやすいはずだ。

優柔不断
〔英 Indecision〕

【ゆうじゅうふだん】
この先どうするべきか決めなければならないのに、どの道に進めばよいのかわからずにいるとき、ぐずぐずして決断できない様子を指す。

外的なシグナル
- 考え込みながら一点をじっと見つめる
- いつになくまばたきが激しい
- 眉間に皺を寄せる
- 唇を噛む
- 顔をしかめる、またはゆがめる
- 顎をなでる
- 不安そうに周囲をキョロキョロ見る
- 肩を回す、または首を左右に傾けてポキッと鳴らす
- 耳を引っ張る
- 指で唇を軽く叩く
- 首を振って、ブツブツ呟く
- 爪を噛むなどの「悪い」癖が出る
- ドラムを叩くように指で机を叩く、貧乏ゆすりをする
- 言葉に詰まってどもる
- 目をギュッと閉じ、鼻柱をつまむ
- 自分の決断を待っている人たちを避ける
- 会話をしていても気が散る
- ためらいを見せる
- 腕時計を何度も見る
- 事実を確認する、または選択肢を調べる
- 長所と短所を書き出す
- 掃除や運動、整理整頓など他のことをして決断を先延ばしにする
- （答えを求めている人から離れる、相手に説明を求める、すぐに決めるからと約束するなどして）時間を稼ぐ

ゆうじゅうふだん｜優柔不断

- 答えが欲しいと詰め寄られると、言い訳をして中座する
- 曖昧な表現を使い、明らかな選択が何なのかを伝えようとしない
- （手を握りしめる、腕組みをするなど）閉鎖的なボディランゲージをする
- ひとり静かな場所で過ごす時間が多くなる
- 助言者に相談をする
- 食事が喉を通らない
- 夜、寝つけないままベッドの上でやり過ごす
- 仕事や学業での生産性が低下する
- 問題に専念し、どうすべきかを決めるため休暇をとる
- 決断するまで時間に猶予が欲しいと頼み込む
- 電話やメールを無視する
- 質問されても断定的な答え方をしない

内的な感覚
- 首や肩、背中がこわばる
- 胸が締めつけられるような感覚を覚える
- 喉が締めつけられる
- 空腹にならない
- 胃の調子が悪い、吐き気がする
- 神経が高ぶる
- 鼓動が激しくなる
- 頻繁に頭痛がする
- 高血圧の徴候が現れる（顔面紅潮、胸の痛み、息切れなど）
- （重大な決断を下さなければならないが、不可能な選択しかないように思える場合）パニック発作が起きる

精神的な反応
- 混乱してどうしたらよいかわからない
- 各選択肢をとった場合の結果を頭の中で計算する
- 決断を避けるために他のことをしたい誘惑に駆られる
- 決断を迫られると逃避反応を示す
- 決断をいつまでも先延ばしにできないことや、時間がどんどん経っていくことは重々わかっている
- 明らかな選択肢以外に何かあるのではないかと思うが思いつかない
- 脅されている、または圧力をかけられていると感じる
- ひとりになりたい
- いつまでも判然としないかのような閉塞感を覚える
- 自分に選択を迫る人に反感を覚える
- 間違った判断をするのが怖い

- うろたえ、圧倒された気分になる
- 次から次へと思考が駆け巡り、抑制が効かなくなる
- 何事にもモチベーションが欠けている気がする
- 考えすぎる
- ネガティブな独り言を言う（「お前には無理だ」「この状況で良い判断などできるわけがない」など）
- 自己不信や不安、自己肯定感の急低下に見舞われる
- 決断を下しても、まだくよくよ悩む
- 不安が押し寄せる
- 少々の困難や問題が生じただけで圧倒される

優柔不断を隠す努力
- 決断を下さなければならなくなると、話題をそらしたり変えたりする
- 家庭で揉め事があってストレスが溜まっているなどと言って同情を引き出し、相手を引き下がらせて一息つく
- 決断を軽く見る
- （決断は下したが詳細を調整する必要があると言い張る、もうひとり話しておきたい人がいると言うなどして）時間を稼ぐ
- 急ぐ必要はないのだから、時間のあるときに決断を下せばいいと言い張る
- 決断など大したことではないかのように無関心を装う
- 他の人たちに助言を求める
- 自分に対する信頼が失われないように、一生懸命に自信ありげに見せかける

この感情を想起させる動詞
回避する、ぐずぐずと先延ばしにする、巧みに免れる、否定する、疑う、気が進まない、すり抜ける、はぐらかす、お茶を濁す、曖昧なことを言う、おどおどする、固執する、躊躇する、執拗になる、考えすぎる、思いめぐらす、遅らせる、考え込む、くよくよする、格闘する、避ける、約束する、後悔する

このブースターにより生まれる感情
怒り、苦悩、いらだち、不安、懸念、葛藤、混乱、落胆、怯え、きまり悪さ、狼狽、フラストレーション、短気、劣等感、無関心、自信喪失、緊張、圧倒、無力感、不本意、自己嫌悪、心配、気がかり

引き起こされるネガティブな状況
- 読書やテレビ鑑賞、瞑想などをして余暇をのんびりと過ごせない
- 決断を待っている人と一緒には働けない
- 決められないことを人に打ち明けられない
- （正しい判断が家族の命令に背く場合）家族を最優先できなくなる

- （隠し事に関して決断を下さなければならない場合）正直かつ誠実でいられなくなる
- 他の状況でも自分の直感を信じられなくなる
- 決断の結果、変わる可能性のある人間関係に投資できなくなる
- 他の決断も下せない
- 意思決定力が求められる指導者的役割を担えない
- （自分に近しい人が決断の影響を被る場合）忠実でいられなくなる

対立・葛藤や緊張を高めるシナリオ
- 「この日までに決断を下すこと」と厳しく期日を決められる
- 愛する人や尊敬する助言者が反対している選択肢に傾く
- 自分のとった選択のせいで友人や家族に危害を加えられる
- 時と共に悪化する認知症を患っている
- いい加減で信用できない人に助言を求める
- 以前経験した問題に再び直面し、決断を下さなければならない（が、前回は失敗に終わった）
- 決断を避けているせいで、人間関係に亀裂が入る
- 優柔不断のせいで、自分の能力が疑われる
- 自分が出せなかった解決策を持った人が介入する
- ためらっている間に状況が悪化する
- 責任が増えてきて、問題やその解決案を完全に把握するための時間を割くのがだんだんと難しくなる
- 何が正しい選択なのかはわかっているが、それ以外のことをしたい誘惑に駆られる
- 健全な決断を下すのに必要な情報が手元にない

書き手のためのヒント

どの選択肢にも代償が伴い、特にその代償がキャラクターに近しい人たちに影響を与える場合は、決断を下すのはより難しくなる。どの選択肢も等しく良い（またはひどい）場合、あるいは、キャラクターが不利な立場にいて、明確な選択をするのに必要な情報が手に入らない場合であれば、緊張も高まる。キャラクターがストーリーの中で岐路に立っているときは、こうした状況もあることを念頭に置いておこう。

感情ブースターでキャラクターを揺さぶる

付録A

内面の緊張が限界を超えてしまうと、理性的な思考や行動はできなくなる。激情に身を委ねれば、一時はすっきりするかもしれないが、代償を伴うことがほとんどだ。激情に駆られたキャラクターはどのように反応し、後悔の道へと突き進むのか。このチャートを使ってアイデアを出してみよう。

判断の誤り
- 常識がわからなくなる
- 理性を失った思考や偏見
- 結論に飛びつく
- イエスかノーかの二項対立的な考え
- 妥協できない

価値観の崩壊
- 道徳的に一線を越える
- 法を破る
- 偏見に縛られる
- 暴力に手を染める
- 正しい道よりも楽な道を選ぶ

事態の悪化
- 危険を顧みない
- 軽はずみになる
- 理屈よりも感情で動く
- 脅威や危険、思い違いに気づかない
- 他人を危険にさらす

自問自答
- 自己肯定感がなくなる
- 脆弱な気持ちになる
- 自分には力が足りないと感じる
- 後悔や自責の念に駆られる
- 自己破滅的になる

人間関係の崩壊
- 短気になる
- 人に食ってかかる
- 相手の動機や忠誠を疑う
- 誤解が起きる
- 自分の殻に閉じこもる

評判の低下
- 論理の破綻ぶりを人に見せる
- 間違いを犯す
- 自制心を失う
- 自分の偏見を表に出す
- 圧力に負けて精神的に参る

＊ 付録A〜Cは、フィルムアート社の特設サイト「すべての創作者のための類語辞典シリーズ（公式）」（https://filmart.co.jp/ruigojiten/）にて、PDFの無料ダウンロードが可能です。類語辞典シリーズ既刊本の付録ページも同様に公開中、創作のお供にぜひご活用ください。

付録B

キャラクターの思考過程を考える

ある状況において、キャラクターの信念が拮抗していると、キャラクターは葛藤を覚える。この状況を乗り越えるには、キャラクターは自分自身に問いかけ、何が最も重要なのかを突き詰めなければならない。このときいろいろな要因を考慮に入れるわけだが、その思考過程は人さまざまで、状況によっても異なる。そこで、書き手は次の質問に答えながら、キャラクターが何を懸念しているのかを考えてみるといいだろう。自分がとる選択または行動の結果を恐れるあまり、キャラクターが自分自身にブレーキをかけていないかも考えてみよう。

なぜ今動揺しているのか。
激しくなっているのはどの感情で、それは耐えられないほどつらいものなのか。
過剰に反応してはいないか、考えすぎてはいないか。
同じ状況にいても他の人なら動揺するだろうか、それとも流すだろうか。
何をいちばん恐れているのか。
これに関わるべきなのか。
現状のままでいいのか、それともより良く、安全で、楽なほうに傾くべきか。
この選択によって大切な人を傷つけてしまうのか。
現状を維持し、関わらないと決めた場合は、どういう結果が待ち受けているのか。
自分を変えたくて声を上げる場合は、どういう結果が待ち受けているのか。
大切すぎて犠牲にできない信念はどれか。
忠誠心は誰に(または何に)向けられているのか。
＿＿＿＿＿＿＿＿＿(キャラクターが最も尊敬する人物)はこの場合どうするだろうか。
正しい道より楽な道を選ぶ場合、後悔するだろうか。

変化を阻む考え

✘ 自分は何も変えられない。
✘ 自分が何かしたところで、事態を悪化させるだけだ。
✘ 自分を変えるのはリスクだ。今の自分のままでいいではないか。
✘ 自分の信念を明らかにして、決めつけられ疎外されるくらいなら、他人に追従したほうがいい。
✘ どうすればいいのかわからないのだから、何もしないほうがいいだろう。
✘ 変わろうとすると、必ず失敗する。

付録 C

キャラクターの意思決定に盛り込む4つの要素

キャラクターの信念を揺るがす何かがある。それが何なのかをキャラクターが知り、経験するとき、あるいはその存在に気づくとき、キャラクターの内面には認知的不協和が生じる。この不快感を解消するには、キャラクターは自分の心の中で対立する考えや信念に、あるいは自分の矛盾した行動に、もっともらしい理屈をつけ、どうすべきかを考える必要がある。書き手はキャラクターの意思決定過程に次の4つの要素を盛り込むことで、読者の関心を引きつけることができる。

1. 個人的信念
新たな情報を知ったとき、どの信念や価値観が揺らぐのか。

2. 偏見
キャラクターの判断を曇らせる偏見はないか。

認知的不協和
矛盾した信念や行動、または相容れない考えや信念、価値観によって引き起こされる内的緊張と不快感

4. 考慮すべき要因
善悪を判断するとき、または最善の行動を選ぶとき、キャラクターは何を考慮すべきなのか。

3. 働いている感情
偏見や不合理な考えによって引き起こされる感情も含め、どの感情が働いているのか。

このワークシートを用いて、キャラクターの内的不快感（認知的不協和）と結びつく要素を書き出してみよう。執筆時にはこれらの要素を盛り込みながら、キャラクターが重要な意思決定を下す過程を描いていこう。

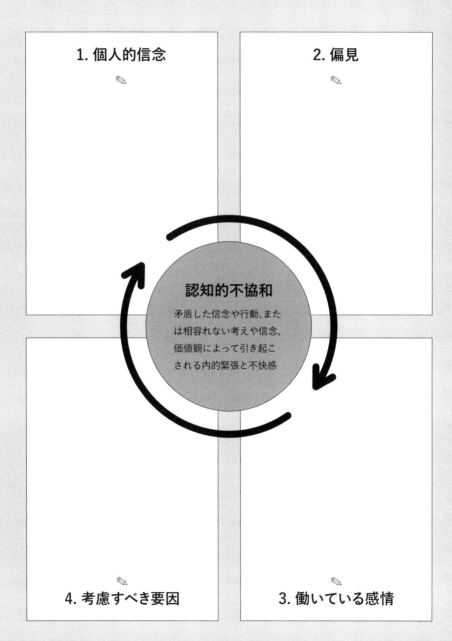

付録C──キャラクターの意思決定に盛り込む4つの要素

おわりに 創作に必要なすべてをひとつの場所でまかなう

執筆活動を根本から変えてみませんか？

小説があふれている市場では優れた作品のみが突出します。そこで、本書の筆者2人が作ったのが「One Stop for Writers」。より力強く、新鮮なストーリーを創作するための想像力をかき立てるアイデアが詰まったサイトです。たとえば、こんな便利なツールが用意されています。

* 書き手がストーリーを言葉で「見せる」ためのヒントが満載の、どこからでもアクセス可能なデータベース
* 超インテリジェントな「キャラクタービルダー（Character Builder）」ツール
* キャラクターごとにキャラクター・アークを細かく設定できるツール
* ストーリーの構成や場面を練るためのボード作りとタイムライン設定ツール
* アイデア探しのためのツール
* ストーリーテリングのさまざまな要素を明確にするためのフローチャートやサンプル、Q&Aシート、チェックリストなど
* 各種チュートリアルと用語集
* 執筆完成までの手順表「執筆作業のロードマップ（Storyteller's Roadmap）」

執筆方法をもっと早く学びたい、構成がしっかりした、読者をつかんで離さないプロットに自然に溶け込んだ、真実味あふれるキャラクターを作るためのツールを探していた……そんなあなたの小説の創作方法を「One Stop for Writers」は変えます。PCの画面を見つめるばかりで何も書けない、ストーリーがうまく流れていないから、専門家の意見が聞けたら……そんな悩みにさようなら。より力強い小説をより短時間で書いてみませんか？

興味のある方は、ぜひ2週間の無料トライアルをお試しください。お申し込みの際に「ONESTOPFORWRITERS」というコードを入力すると、すべてのプランが1回に限り25％割引になります*。

それでは皆さん、「One Stop for Writers」でお会いしましょう。

アンジェラ・アッカーマン＋ベッカ・パグリッシ

*ここで紹介された「One Stop for Writers」は、本書の著者たちによって運営される海外サイトです（有償項目あり）。ご利用を検討される場合、詳細はガイドラインをご覧のうえ、ご自身の責任のもとにご判断いただきますようお願い申し上げます。

おすすめの書籍

創作に関しては、本書と併せてこちらの参考資料を一読することをおすすめする。

『感情類語辞典［増補改訂版］』
アンジェラ・アッカーマン＋ベッカ・パグリッシ＝著　滝本杏奈＋新田享子＝訳
（フィルムアート社）

キャラクターに合わせた感情的反応を、読者の想像力をかき立てるように描きたい。そんなときに便利な一冊。キャラクターの感情を表現するのは難しいけれど、これを開けば、ぴったりの表現方法が見つかるはずだ。

『対立・葛藤類語辞典』上下巻
アンジェラ・アッカーマン＋ベッカ・パグリッシ＝著　新田享子＝訳
（フィルムアート社）

対立と葛藤をうまく選んでストーリーの緊張感とリスクを高め、困難に直面させながらキャラクターに変化を経験させる。読者の心を最初から最後まで掴んで離さない書き方を紹介する手引き書。

『感情を引き出す小説の技巧──読者と登場人物を結びつける執筆術』
ドナルド・マース＝著　佐藤弥生＋茂木靖枝＝訳
（フィルムアート社）

キャラクターの内面の動きを描き出し、読者にもキャラクターの感じていることを感じさせる方法を考えるのに大いに役立つ。

『場面と構造（Scene and Structure）』
ジャック・M・ビッカム＝著（未邦訳）

因果関係で巧みに場面をつないでストーリーにアクションを導入し、主人公の苦しみを長引かせては、読者に「気を揉ませ」つつ最後まで読ませる小説の枠組みの作り方を教えてくれる。

類語辞典シリーズ
好評既刊紹介

https://www.filmart.co.jp/ruigojiten/

『感情類語辞典 ［増補改訂版］』

滝本杏奈＋新田享子＝訳　定価：2,000円＋税

「この感情を伝えるにはどうしたらいいのか」。喜怒哀楽の感情に由来するしぐさや行動、思考、心の底から沸き上がる感情を収集した、言葉にならない感情を描くときに手放せない一冊が、収録項目180％増量にて再登場。飯間浩明（国語辞典編纂者）推薦。

『性格類語辞典 ポジティブ編』
滝本杏奈＝訳　定価：1,300円＋税

記憶に残る「前向きな」キャラクターの創作のヒントの詰まった類語辞典。キャラクターが持ちうるポジティブな性質と、その性質を代表する行動、態度、思考パターンなどを列挙し、現実味溢れ、読者を魅了するキャラクターの創作に役立ってくれるはずだ。朝井リョウ（小説家）、飯間浩明（国語辞典編纂者）推薦。

『性格類語辞典 ネガティブ編』
滝本杏奈＝訳　定価：1,300円＋税

悪役にも心の葛藤や不安はあるし、やりたいことがあっても躊躇し、うまく物事が運ばないことだってある……リアルな悪役はポジティブな部分とネガティブな部分をあわせ持っている。そんな彼らの嫌な部分の理解を深めると、その根底にある不安と恐れが見えてくるだろう。キャラクターの心の闇に光を当てた一冊。藤子不二雄Ⓐ（漫画家）、飯間浩明（国語辞典編纂者）推薦。

『場面設定類語辞典』

滝本杏奈＝訳　定価：3,000円＋税

郊外編、都市編合わせて225場面を列挙し、場面ごとに目にするもの、匂い、味、音、感触をまとめた一冊。情景を描写しながら、ストーリーの雰囲気や象徴、そしてキャラクターの葛藤や感情を表現し、ストーリーに幾層もの深みを持たせ、読者を引きつけるための設定のつくり方を学んでほしい。有栖川有栖（小説家）、武田砂鉄（ライター）推薦。

『トラウマ類語辞典』

新田享子＝訳　定価：2,200円＋税

誰もが大小さまざまなかたちで持っている「トラウマ」。不意の事故や予期せぬ災害、幼少期の体験、失恋や社会不安……などなど、トラウマを効果的に描ければ、そのリアリティが読者の共感を呼ぶはず。より魅力的で豊かなキャラクターを作りあげるために必要な、あらゆる心の傷／トラウマについて網羅した一冊。綾辻行人（小説家）、武田砂鉄（ライター）推薦。

『職業設定類語辞典』

新田享子＝訳　定価：2,200円＋税

職業をめぐる登場人物の特質や選択は、どのように特徴づけられ、プロットに結びつき、必要とあらばシーンに対立関係を吹き込むことができるのか。どうすれば読者や観客が登場人物を自分に重ね、作品にのめり込むことができるのか。120を超える職業設定の実例から、ストーリーテリングのための無限の可能性を探る。宮下奈都（小説家）、池澤春菜（声優／第20代日本SF作家クラブ会長）推薦。

『対立・葛藤類語辞典 上巻』

新田享子＝訳　定価：2,000円＋税

あなたの作品のキャラクターたちの成長を促し、それを読者に追体験させるべく、あなたの作品が求める「対立・葛藤」を見つけ出そう。ストーリーテリングに絶対に必要な「対立・葛藤」を学ぶ絶好の入門書が、シリーズ初の上下巻構成で刊行。読書猿（『独学大全』著者）推薦。

『対立・葛藤類語辞典 下巻』

新田享子＝訳　定価：2,000円＋税

キャラクターをリアルに描き出し、ストーリー全体の緊張感を高めて物語を大きく前進させるためには「対立・葛藤」が必要不可欠だ。あわせて225の「対立・葛藤」が生まれる場面を収録した上下巻を携え、味わい豊かで力強いストーリーを構築しよう。西川美和（映画監督）、加藤陽一（脚本家）推薦。

著者紹介

アンジェラ・アッカーマン Angela Ackerman
ベッカ・パグリッシ Becca Puglisi

『感情類語辞典』をはじめとする「類語辞典」シリーズの共著者として知られ、創作について世界各地で講演を行ってきた。「類語辞典」シリーズは「執筆ガイドの決定版」と呼ばれるベストセラーで、大学では教材として採用され、文芸エージェントや編集者にも推奨されて、世界中の小説家、脚本家、心理学者が愛用している。同シリーズは累計120万部以上の売上を誇る。

アンジェラ（カナダ人）とベッカ（アメリカ人）は長きにわたる執筆パートナー。初めて出会ったのはオンラインの批評グループで、仲間の作品を読んで批評し合っているうちに、たちまち互いの作品の熱烈なファンになった。これをきっかけに、2012年には共著に取り組みはじめ、書き手を助けたいという思いから、ウェブサイト「Writers Helping Writers」を共同設立。次いで、書き手が奥行きのあるストーリーやキャラクターの創作に必要とするものをピンポイントで提供できる執筆ツールを豊富に揃えた人気ポータルサイト「One Stop for Writers」を立ち上げた。

訳者紹介

新田享子

三重県生まれ、サンフランシスコを経て、現在はトロント在住。テクノロジー、国際政治、歴史、文学理論、服飾と幅広い分野のノンフィクションの翻訳を手がけている。ウェブサイトはwww.kyokonitta.com

---

感情増幅類語辞典

2025年2月26日　初版発行

著者	アンジェラ・アッカーマン＋ベッカ・パグリッシ
訳者	新田享子
翻訳協力	株式会社トランネット（www.trannet.co.jp）
校閲	Letras
ブックデザイン	イシジマデザイン制作室
装画	小山健
日本語版編集	白尾 芽（フィルムアート社）
発行者	上原哲郎
発行所	株式会社フィルムアート社
	〒150-0022
	東京都渋谷区恵比寿南1丁目20番6号 プレファス恵比寿南
	TEL 03-5725-2001
	FAX 03-5725-2626
	https://www.filmart.co.jp

印刷・製本　シナノ印刷株式会社

Printed in Japan
ISBN978-4-8459-2405-9　C0090

落丁・乱丁の本がございましたら、お手数ですが小社宛にお送りください。
送料は小社負担でお取り替えいたします。